TRUE STYLE

懂文化的男人才時尚

真正的型男不趕流行，而是洞悉潮流！

True Style:
The History and Principles
of Classic Menswear

G. Bruce Boyer 布魯斯・波耶 著

周明佳 譯

CONTENTS

推薦序 **台灣男人型不型？** 許益謙   8

推薦序 **一場華麗的時尚冒險** 郭仲津   11

推薦序 **讓穿搭成為你的生活樂趣** 沈方正   13

各界讚譽   15

序言   21
衣服會說話
穿衣服的規則中有很多迷思

第1章   **阿斯科特式領帶**   33
裝飾脖子最好的方式
巴爾札克曾寫過領飾手冊

第2章   **靴子**   43
從實用物品變成時尚宣言
牛仔靴盛行，拜電影所賜
最受歡迎的三款靴子

第3章   **領結**   56
每個男人都可以打領結
買打好的領結，證明你是外行人

第4章   **商務穿著**   61
穿衣服的七項準則
四個天大的錯誤

第5章　**工藝**　72

買最好的商品是為了省錢

工藝師的信念就是把東西做到最好

第6章　**丹寧布**　80

丹寧布的流行跟淘金熱有關

西部電影帶動了牛仔服飾的流行

現在的牛仔褲跟一百年前沒太大差異

第7章　**晨褸**　91

一件浴袍可能比家具還要貴

最適合悠閒地待在家裡時穿

第8章　**英國鄉間居家造型**　96

英國仕紳古怪的鄉村風格

英國鄉間居家造型的兩大重點

第9章　**晚禮服**　102

男士晚禮服回來了

維多利亞時代，黑色西裝代表專業

別配戴飾品又戴胸花

第10章　**眼鏡**　120

電影明星開始戴眼鏡

復古和新潮的眼鏡同時並存

眼鏡可強化想傳達的臉部訊息

第11章　**香氣**　130

路易十四是聞起來最香的皇帝
拿破崙洗完澡要灑上一整瓶古龍水
香氣成為男人商務形象的指標
如何選擇適合自己的香味？

第12章　**修容**　143

修容問題，應請教專業人士
吉列發明的安全刮鬍刀大受歡迎
修容組和藥品包，讓你隨時上得了檯面

第13章　**義大利風格**　151

義大利就是風格的代名詞
亞曼尼帶動了男裝的革新
義大利人喜歡領導潮流，而非追隨潮流

第14章　**常春藤學院風**　167

二次大戰後，常春藤學院風興起
常春藤學院風的基本配備
雷夫羅倫是學院風教父

第15章　**保養**　179

保養衣物，靠自己也要靠專家
保養衣服的六大原則
保養鞋子的簡單方法

第16章　**箴言**　188

與服裝、風格有關的箴言

第17章　**混搭** 191

混搭可能是災難，也可能獨樹一格

向溫莎公爵學習混搭的藝術

別讓單一衣服占據所有目光

第18章　**口袋巾** 196

口袋巾如何變成完美配件？

連007龐德也配戴口袋巾

第19章　**襯衫** 204

襯衫是最貼近上半身的衣物

襯衫衣領要怎樣才符合美感？

第20章　**鞋子／襪子／長褲之間的關係** 221

有褐色麂皮鞋就夠了

穿接近西裝顏色的襪子很合宜，但有點無趣

穿西裝、皮鞋卻不穿襪子，一點也不時尚

第21章　**短褲** 229

百慕達男人讓短褲變成高級服飾

短褲起源於英國軍隊

及膝短褲可以百搭

第22章　**瀟灑不羈的風格** 236

別人表現的樣子，不見得是真正的樣子

「酷」的概念

刻意展現不完美

第23章　**西裝**　　　247

　　查理二世宣告男人開始穿西裝
　　雙排扣西裝比較講究
　　任何體型都可以穿雙排扣西裝

第24章　**夏季布料**　　　256

　　起皺正是亞麻的魅力和風采所在
　　特級羊毛與輕透布料是夏季西裝的好選擇
　　毛海和絲混紡的衣服有都會風格
　　泡泡紗是最適合夏天的布料

第25章　**高領毛衣**　　　271

　　高領毛衣原本是漁夫穿的
　　罪犯和有教養的人都穿高領毛衣
　　高領毛衣成了英國年輕知識份子的象徵

第26章　**因應天氣變化的裝備**　　　279

　　風衣與馬球外套是很好的外衣
　　博柏利的雨衣布料既透氣又防水
　　買一把好傘反而比較划算
　　下雨天適合套上高筒鞋套

　　致謝　　　293
　　附錄：最適合男性參考的時尚書籍　　　294

推薦序

台灣男人型不型？

許益謙

博上廣告團隊董事長
台北市廣告代理商業同業公會榮譽理事長
中國文化大學兼任教授

　　我隱身在台北市敦化南路和忠孝東路交叉口街頭一隅，從徠卡相機的觀景窗凝視這個代表城市意象的大舞台。綠燈亮起，我緊盯著在像透了伸展台的通衢大道上移動的男士們依序魚貫衝向鏡頭，凝神屏息等待我的獵物：男人昂首闊步或低頭沈思，有打手機、有尋寶物、有一支菸在手吞雲吐霧，我很有耐性地等候鏡頭前出現台版「尼克·伍斯特」[1]的身影，這是一個街拍者的報酬。「眾裡尋它千百度」，是天氣吧，體感溫度超過40度，誰還顧得了時尚穿著，聽起來像是不錯的藉口。這是一個男士被時尚遺忘的國度，從小長輩教誨我們「男人不必重視外表，重要的是內在」。這是一頂男士解不開的緊箍圈，於是我們消極以對，以不變應萬變。等到我們站在國際舞台上，發現不重視外表如同不講外語一般令人手足無措。「沒人教我們時尚穿搭啊！」學校不教導、企業不要

求、社會不期待、自己不在乎，我們什麼都有了，生活美感卻是一貧如洗。美感的貧血是一個不錯的理由，也是藉口，索性賭氣穿搭不分場合，視若無睹請柬上的Dress code，我「型」我素。

部分對時尚有識的男士，則是緊抓著穿著趨勢的浪頭。他們深諳外表是一種語言，適合的穿著不會令人感到困惑，於是囫圇吞嚥坊間的時尚書籍刊物以防溺水失足。沒有人直言不諱敢喊出「男人要漂亮」的深層洞悉去挑戰傳統價值，最多只敢踩著時尚的腳步，隨著流行刊物穿搭起舞依樣畫葫蘆。學會了穿搭技巧（skill），卻找不到男裝歷史源頭的馬步──尋找風格（style）安頓在我們心底深處，只能用花費價錢來合理化穿著的價值。究竟要如何認識男性服裝中的基本美感與功能？所幸布魯斯‧波耶為男人寫了這本書，帶我們來到舊世界的魅力和現代優雅並存的事實，為男士解除了緊箍圈，從此無有罣礙、自由自在。男裝歷史告訴我們一個事實：男人是愛漂亮的，如同英國政治家查斯特菲爾德（Chesterfield）勛爵指出：「服裝是件可笑的事，然而不重視服裝卻是更可笑的事」；波耶也認為，當一個男人的生命還有光亮，還承受得起一些改變時，不該這樣妥協與讓步。

衣服會幫你發言，從服裝中找回尊嚴，只有了解服裝文化的男人才能穿出品味和風格。做為一個時尚追隨者，我匍伏前進，學習時尚帶來的華麗冒險，耽溺在時尚浪潮中載沉載浮。面對時尚發展的軌跡和對男人優雅的型塑，我是如此無依無助，然而，透過這本書，我找到了謎團的出路。「穿著的目的是要人注意你，而不是注意你穿的衣服」。一句話勝讀十年書。波耶或引經據典源遠探索，或針砭人物典範再現，或細數

名流軼事精采點滴，26個章節告訴男士從頭到腳應該知道的事。我掩卷長嘆：原來時尚是有脈絡、有規則的，了然於心後，時尚是有機的。正如他提醒「我們需要的是信念，而不是意見。」相信它終將幻化成身體的一部分，外在和軀殼終於結合了。什麼人需要這本書？時尚工作者、想穿出風格和品味的男士、普羅大眾上班族、學生，以上皆是。企業內訓、社群讀書會、想擺脫美學貧窮的有志之士，應該人手一冊按表操課，這是男人必修的26堂課、必備的案頭書。

「吾日三省吾身」：今天有穿對衣服？今天有搭錯飾物？明天要穿什麼衣服？一卷在手沒有藉口，我型！

1　Nick Wooster，街頭時尚指標人物，被譽為地表最會穿衣服的男士。

推薦序
一場華麗的時尚冒險

郭仲津

作家、「倫敦男裝地圖」部落格版主

　　最近最熱門且又讓人膽戰心驚的話題無非是：未來哪些產業即將式微或是走入歷史？探討此議題的文章總是言之鑿鑿地告誡著我們：矽谷的高速公路上奔馳的無人駕駛汽車，已敲響「司機」此一職業的喪鐘；機器手臂取代工廠中的作業員似乎已成定局；而愈發進步的同步翻譯技術，則將讓龐大的語言學習產業進入黃昏。

　　儘管物換星移，時裝市場似乎總是堅若磐石。或許某種風格的服裝會完全絕跡（就像是文藝復興時期，畫家筆下的男性貴族愛穿的蕾絲大翻領襯衫或緊身馬褲），但總會被另一種風格的服裝取而代之。其實，可以預見的是，服裝產業不僅不會式微，還會持續蛻變，並且蓬勃發展。這是因為衣服早已脫離了純粹的功能性，15年前主宰行動通訊市場的芬蘭公司Nokia曾經對世界喊道：科技始終來自於人性。儘管這麼棒的廣告詞

無法讓Nokia扭轉日漸下滑的市占率，但這句話絕對是真知灼見，而其關鍵詞就是「人性」二字。

　　無論產業怎麼變化、科技如何進步，人性始終存在。有一百個人，就有一百種個性、一百種渴望。只要人性存在，我們永遠都想穿得跟別人不一樣，永遠都想透過選擇鞋子、襯衫、外套、香水，來告訴世人我們是誰！我的健身教練是個身材高大、皮膚黝黑的巴西人，他總是會在我們的健身課程結束後，遞給我一疊封面上印著斗大「We Are What We Eat」字樣的本週菜單。對於他這樣對健美運動、健康飲食狂熱的人而言，他覺得可以透過一個人的體型、肩寬、手臂線條，來推測他的運動偏好與飲食習慣。也許是老生常談，但這句話如果套到我們每個人的衣櫃上，不也完全適用？我們的衣櫃正反映著我們最深處的內在。

　　近十年是男裝蓬勃發展的黃金時期，男人們開始擁抱更多元的服裝風格，擁有百年歷史的西裝訂製老店、製鞋匠、製錶匠，以及如雨後春筍般冒出的新銳設計師，在城市街頭、購物商場以及社群媒體上不斷相互交鋒，為當代男人們雜揉出一個百家爭鳴的男裝市場。而各位男士們是否已經準備好，面對這個令人眼花撩亂的花花世界？翻開此書的你我，似乎已找到一塊入門磚。透過布魯斯‧波耶豐富的經驗與機智詼諧的筆觸，我們即將展開一場華麗的時尚冒險，一段關於文化、關於男性、關於美學的優雅旅程。

　　我準備好了，你呢？

推薦序
讓穿搭成為你的生活樂趣

沈方正

老爺酒店集團執行長

　　台灣男士經常忽略了一件重要的事，就是在穿著打扮上表現自己的「Style」。現在30歲以上的男性主力商務族群，從小到大讀書時穿制服，畢業後當兵也是穿制服，退伍後參加面試，可能還是穿黑西裝白襯衫的制式面試服，很少有機會好好學習什麼是個人的Style，更別說是從中找到樂趣了。

　　大學時的我也一樣，年頭到年尾的標準打扮都是T恤加短褲。從事業務工作後，我才開始學習正式的穿著打扮，從最普通的藍西裝、白襯衫開始，再慢慢嘗試其他顏色或花樣的西裝、襯衫、領帶和不同的穿搭方式。這些年下來，不但在工作和人際關係上得到許多正面的回應，自己也樂在其中。

　　其實，從一件每天要做的事情中，去學習、嘗試形成個人的風格是

相當有趣的過程，尤其是台灣已進入風格社會階段，能充分表達自己的品味及主張，有很高的附加價值。

　　然而，看流行雜誌學習穿著風格，有時與現實落差太大，自己挑選的結果不見得盡如人意。閱讀這本《Ture Style》，不但可以了解源自西方的男士穿著文化，以更寬廣的角度看待流行時尚的轉變，也能掌握一些經得起時間考驗的穿搭原則。讀完之後，想必所有男士可以鼓起勇氣，朝塑造自我風格邁進，讓每天的造型成為生活中獨一無二的樂趣！

各界讚譽

所有稱呼自己為型男紳士的人，都應該熟讀。把底打好了，才能連靈魂
都時髦。

楊茵絜╱《美麗佳人》雜誌總編輯

布魯斯・波耶正向你發出一張時尚邀請函，領你進入這場川流不息的人
生派對。從文化風格到實戰手冊，精確的、奢華的、個性的，也是革命
的；男人！不要輕忽了時尚的力量。

袁青╱資深時尚評論家與媒體人

透過知識建立品味，經由行動實踐風格。
時尚，不是人云亦云的附庸風雅，
時尚，是具有存在感的生命定位。

謝哲青╱作家、節目主持人

一寸的差別

大一號或是小一寸，對有些人來說不是問題，但就品味這件事來說，卻會有不同的結果。除非是追求oversized或是超合身剪裁，我評判一個男性的穿著品味，會從這一寸的差異看起。它反映的不只是穿著者對於外在經營的問題，也顯示了文化的深度。美國知名男士風尚行家布魯斯·波耶，以累積數十年的經驗與學識，從皮鞋、香水、服飾到眼鏡等不同領域，告訴男性朋友東西該怎麼選、怎麼穿，同時也提醒你我，品味是通往成功的關鍵條件之一。

黃維崇／《儂儂》雜誌編輯總監

台灣男人對於穿著總是有個迷思，認為太認真打扮會被冠上沒有認真工作的帽子。其實，穿著就是生活的一部分，就是要真正創造自己的品味態度，選擇適合自己版型的服裝，運用小配件或具有質感的手錶或是鞋子；重要的是不盲目追隨流行，穿出自我。布魯斯·波耶讓男人們重新思考，創造自我的文化，讓男人穿出品味，贏得更多的尊重。

溫筱鴻／鴻宣時尚娛樂整合行銷有限公司執行長

波耶是最了解袖扣和領結的一流作家。對於為什麼這樣穿──或是如何穿得更好看──有疑問的所有男人，都能從這本不可或缺的書中受益。

傑·費爾登（Jay Fielden）／《城市與鄉村》雜誌主編

波耶是男裝報導界的雷蒙・錢德勒，十分具有影響力。身為作家以及講究風格的男士，波耶走在時尚的「驚險街道」上，幾乎沒有盔甲能抵抗他的筆和獨特的機智。鼓吹壞品味的人小心了，他會來對付你。

麥可・德瑞克（Michael Drake）／
男裝品牌 Drake's London 設計師與創辦人

對理解男性風格開拓出一條獨特的道路，書中用了精闢的評論、實用的指示以及歷史見解——這種讓人興奮的組合，唯有波耶才能提供。未來幾十年，這本書都會是男裝的參考指南。

趙馬克（Mark Cho）／
男裝品牌 The Armoury 共同創辦人

對於紳士風格有興趣的人，這是本絕佳的書，在這個主題上，作者是全世界最好的作家。

法蘭西斯科・卡諾尼可（Francesco Barberis Canonico）／
訂製西裝品牌 Vitale Barberis Canonico 創意總監

波耶是紐約時裝技術學院博物館「常春藤學院風格展覽」的策展顧問，該展覽在日本的時尚領導者之間仍不斷被討論。我們很敬佩波耶先生，他對常春藤學院風格的評價，一直影響著世界各地的時尚新風潮。

小野里稔（Minoru Onozato）／
《自由自在》（*Free & Easy*）雜誌主編

結合對歷史的洞察力、優雅的文字以及服飾權威的意見，而經典的插圖更強化了這一切。這本書和一個行家的衣櫃與書架可說是相得益彰。

克里斯多福・布里沃德（Christopher Breward）／
愛丁堡大學文化史教授

這本書十分神奇，波耶令人愉快的作品，給了我們仔細思索男性服裝中基本的美與功能的機會，帶我們來到一個舊世界的魅力與現代優雅並存的世界。藉由豐富的學識，波耶結合了服裝史、時尚教學、有趣的軼事與經典風格偶像的典範，說明了如何掌握男性穿著的藝術與樂趣。

政史・蒙登（Masafumi Monden）／
《日本時尚文化：當代日本的服裝與性別》作者

獻給　潘姆

序言

「從她身上，你似乎看到了很多我看不見的東西。」我說。

「華生，不是看不見，而是沒注意到。你不知道要從何看起，

因此錯失了所有重要的細節。我永遠無法讓你了解袖子的重要性、

拇指指甲給的暗示，以及從一條鞋帶就看得出來的大問題。」

——亞瑟·柯南·道爾（Arthur Conan Doyle）爵士，

《身分之謎》（*A Case of Identity*）

別人會以外表來評價我們

確實如此，從一條鞋帶就可以看出大問題！我們的父母與師長不是說過很多次同樣的話，告誡我們：未來的老闆會暗中記住我們指甲和鞋子的狀態，因而看出我們的性格嗎？我們不也因此認為人力資源部的主管都是聯邦調查局（FBI）訓練出來的嗎？

不過，可能成為你老闆的人，並不是唯一會注意這些事情的人，父母和師長顯然也會。現在的老闆、同事、情人、朋友、認識的人，還有（可能是最重要的）未來可能的情人、朋友及認識的人，都會注意這一切。說實在的，誰不曾嘲弄過陌生人不合身的西裝，或是對同事脫線的袖口投以輕蔑的目光？誰不曾評論過約會對象的穿著？難道我們能假設其他人不會這麼做嗎？

　　道爾爵士很清楚自己在說什麼：你穿的衣服中，那些小地方、細微又精密的細節將會說出一切。例如，你的襪子是蓋過小腿，還是鬆垮地垂在腳踝旁，讓你的小腿看起來像是拔了毛的雞脖子？你的領帶很樸素，還是過度裝飾？口袋裡的手帕是用來裝飾，還是用來擤鼻涕的呢？手帕襯托了你的襯衫和領帶，還是與你的穿著不協調？還有，你真的在上衣口袋中放了手帕嗎？

　　我們可以暫時放下衣著打扮、姿態和舉止是否重要的道德問題，因為這些事確實很重要。奧斯卡・王爾德（Oscar Wilde）指出，只有膚淺的人，才不會根據外表評論一個人，只可惜我們無法決定他的話是對是錯。我們只能說，大家確實會注意他人的風度與外表，而且這一切說出了許多關於我們的事。

　　如同福爾摩斯（Sherlock Holmes）所說的，搭配訂做西裝的配件，是極為重要的個人與社會指標，正因為配件不具備其他真正的功能、沒有實用目的，所以除了做為社會地位的象徵、個人抱負的表徵之外，根本就沒有必要。歷史上，對男人與女人來說，珠寶就是一種明顯的地位象徵指標。可是，對現代男性來說（至少是有品味又彬彬有禮的男性），與其在手腕或胸前戴上一大塊金條，還不如用更細緻的物品來表現自我。

衣服會說話

　　我總是不厭其煩地說（讀者可能已經厭煩了，但我還是要說）：衣服會說話。事實上，衣服從來沒有停止發言。重大的危險就在於，你不聆聽衣服說什麼、不仔細聽它們訴說，很可能因為這樣的漫不經心而付出代

價。如同英國政治家查斯特菲爾德（Chesterfield）勛爵指出的，服裝是件可笑的事，然而不注重服裝卻是更可笑的事。

衣服不只會說話，而且比語言更誠實。我們知道，大多數的溝通都是非語言的，而且有很大一部分都來自我們彼此收集到的視覺線索。

在現今的世界上，當短暫的會面、速食與無所不在的科技，占據了人與人之間愈來愈多的空間時，我們被迫在十億分之一秒下做出決定，盡可能取得需要的證據。有許多證據都來自視覺感知，來自我們看到的一切。而個人與社會整體所看到的，就是時尚。因為服裝會說話，形成了一種文法，也就是讓大量的語言可能性變得有意義，讓人能理解訊息的一套規則。然而，儘管服裝明顯是一種溝通工具，我們卻往往視服裝的語法為理所當然，甚至否定了服裝的存在。

我知道大多數的人並不會閱讀時尚雜誌或部落格，我自己也不太熱中，因為我擔心這些雜誌或部落格會對思緒造成可怕的影響。不過，前幾天我挑了一本雜誌，以為能從標題名為〈世界新秩序〉（New World Order）的重點文章中學到一點東西。然而，我讀完第一句：「工作場所的穿著新規則，就是沒有規則。」就不再往下讀了，我笑得眼淚都流出來了。

對於時尚或其他事物，規則是無窮無盡的。只不過規則偶爾會改變，有時改變得很慢，有時則會十分快速，並且猛烈到難以想像：整個王國一眨眼間就消失了。你可能已經注意到，最近一個夏天，全世界的男人似乎都穿著雙排扣海軍外套（navy blazer）搭配白色牛仔褲。當然這樣顯得很瀟灑，可是大量這種類型的穿著，卻會讓你覺得街上到處都是

從吉伯特與蘇利文（Gilbert and Sullivan）的《賓納福皇家號》（*H.M.S. Pinafore*）[1]中走出來的合唱團團員。我的意思是，這樣搭配看似時尚，可是在街上看到30、40個男人穿成這副模樣後，就變得有點無趣了。從本質上來看，制服並沒有什麼不對，只是會變得千篇一律，男人這樣穿，只顯現出他們急於跟上潮流，根本沒有特別之處。

男性時尚從華麗轉為簡樸

牛頓第三運動定律說明了物體的運動，相較之下，時尚是來來回回，似乎對本身產生更強烈的反作用力。然而，這不就是時尚一貫的表現手法嗎？對立的運動，就像黑格爾派哲學家持續在看似對立的極端中猶豫不決。某一季全部都是合身的灰色毛海[2]，下一季則是過大的斜紋軟呢（tweed）。隨著時間改變，穿著灰色法蘭絨西裝的男人演變成孔雀革命（peacock revolution）[3]、米蘭風、復古懷舊風、學院風（la mode preppy）[4]，或是浪漫叛逆風。除了當下流行以外，一切都沒有意義。

本書的目的在幫助讀者超越那個時刻，描述一系列曾根植在歷史中、擁有永恆優雅的物品、風格與傳統，能讓你走過接下來的5季或是50季。我的目標是藉由在創新、傳統與個人品味之間不停的對話，幫你實現合理的優雅。

本書中描述的衣著風格基本上是西式的，而且源頭十分古老，事實上已歷經好幾個世紀，同時在這段時間內擴展到全球，這也是它們極具價值的證明。三件式西裝源於17世紀中期，但是後來的服裝史學家與時尚作家這個小圈子裡的詹姆斯・拉維爾（James Laver）和波爾・賓德

（Pearl Binder）、賽席爾·康寧頓（Cecil Cunnington）與菲麗絲·康寧頓（Phillis Cunnington），以及克里斯多福·布里沃德（Christopher Breward）與彼得·麥克尼爾（Peter McNeil），都注意到男士服飾在19世紀發生了相當迅速的轉變。

我們現在將這個時期稱為「大揚棄」（Great Renunciation），是一種遠離華麗、迎向簡樸的運動。在19世紀開頭數十年，男人放棄了絲與緞、繡花外套、上粉的假髮和有銀色飾扣的鞋子，開始偏愛剪裁簡單的毛料西裝及素淨的色彩。換句話說，男人脫下我們所說的宮廷服飾，穿上了現代西裝。

在「大揚棄」之前，男性服飾與現今的服飾有著天壤之別。18世紀前半，繡花的絲織品、緞織品及天鵝絨充斥在歐洲的菁英之間。直到兩次想像不到、具有極大影響的革命，決定了之後兩個世紀，甚至是更長一段時期人們的穿著。第一次是法國大革命，對絲與緞的宮廷服飾造成重大打擊；接著是工業革命，兩者都出現在18世紀末，不僅對人們的外表，對於人類活動也形成了分水嶺。

18世紀即將結束之際，歐洲人開始採取一種新的服裝模式，在幾年間，這種服裝模式與自由民主間的緊密關係也被強化了。在歷史學家大衛·庫查塔（David Kuchta）筆下，消失的世紀創造出一種「自信的資產階級，驅逐了由宮廷支持奢華消費的舊政權，取而代之的是立基在工業與節約的男性概念上的經濟文化。」一種新興的都會、專業、商業及製造階級，在緞面馬褲、銀色飾扣的鞋子與上粉的假髮中找不到任何實用性，進而感覺在這樣的事物中也沒有任何象徵的價值。

喬治・布魯梅爾（George "Beau" Brummell）[5]代表了這種轉變。自從他推廣商業階級的標準服飾：樸素的羊毛外套與長褲，白色的亞麻襯衫和領帶後，便受到不少讚揚。布魯梅爾對社會發展史最大的貢獻，就是讓風格成為晉升的準則。在此之前，晉升依據的都是血統。在男性服裝史上，他撇開了代表官職的宮廷服飾——珠光寶氣的背心、長假髮與天鵝絨馬褲，換上富有鄉紳的獵狐服裝。簡單、實用、整潔，是他的目的，從這點來看，他正是那個年代的產物，就如同我們這個年代的產物：代議制民主的風行與進步、大型都會中心的興起、工業和科技革命、大量生產與媒體、透過科學變得更高的生活水準，以及科層體制的企業階級。

根據布魯梅爾那個年代的這些面向，在他生前所有關於衣著的變化是程度上的差異，而非種類上的不同。由於他創造了第一種現代都會制服，理所當然地受到推崇，那是極簡主義，是革命，而且我們至今仍然這樣穿。

布魯梅爾的私生活很早就走下坡，令人失望不已，但他在紳士的穿著與打扮上的概念卻流傳後世。在布魯梅爾的年代之後，商務套裝確實經歷了後續的演變，但是相對來說，在過去100年間其實沒什麼改變。布爾梅爾白天的穿著，和我們現在的藍色西裝外套、長褲沒什麼不同：藍色羊毛燕尾服、普通背心、米色長褲、白色襯衫和棉布領帶；沒有上粉的假髮，也沒有花俏的刺繡或銀色飾扣。他晚上的穿著則是黑、白兩色的搭配。以那個年代來說，最令人矚目的就是他每天洗澡並更換衣物。為布魯梅爾撰寫傳記的作家凱布敦・傑西（Captain Jesse）提到，布

魯梅爾很早就「避開所有外在的怪癖，只相信舉止的舒適與優雅，他顯然也維持了一定程度的舒適與優雅。他主要的目的，就是避免外表引人注意，他有一句名言：一名紳士遭受最嚴重的屈辱，就是因為外表在街上引起關注。」

然而，這只是故事的大概，當代時尚史學家對於這個「企業人年代」（Age of Corporate Man）有許多著墨與爭論。不過，如果我們男性確實必須放棄18世紀的華麗服飾（女性在某種程度仍然享有那樣的衣著），難道我們不能在量身訂做的服飾中找到一點個性與色彩嗎？我們非得繼續在大量枯燥的精紡套裝下壓抑詩意的靈魂，隱藏我們的光芒嗎？我們究竟有哪些選擇呢？這是我想提出來討論的事。

穿衣服的規則中有很多迷思

諷刺的是，當男性的服飾選擇變得愈來愈明確時，衣櫥裡的選擇也變得愈局限。19世紀上半，當歐洲的大都會擴展，愈來愈多人擠進愈來愈大的城市時，大家的外表變得很像，既沒有個性，也沒有地方特色。隨著中產階級興起，服飾的象徵變得更微妙。服飾表現的是「品味」，而非俗麗的展現。區別紳士和裝模作樣者（當這樣的分別真的存在時），因此成為一種講究辨識與敏銳觀察的複雜遊戲，至今依然如此。

這種狂熱愛好者和假冒者之間的競爭，不只關於精緻的服飾，過去如此，現在依然如此，還包括交戰規則。一般認為，紳士服飾的規則在英國愛德華時期（編註：1901至1910年英皇愛德華七世在位的時期）達到巔峰，當時社會中的男性成員，依據不同的時間、要會面的人及場

合，一天會換六次衣服。在這樣的約束下，你一定能想像，他們對於適切打扮的焦慮必定十分明顯；一般會認為是社會階級不斷變動、愈趨不穩定所造成的。沒有人希望自己被當成下層社會的一員，擔心那些不適切的外表會成為事實。除了極細微的細節以外，個人品味完全毫不相干，你對某件衣物的愛好，不足以當成穿它的理由，甚至有可能危及身分地位。

如果你想到那些服飾部落格，充斥著正確高雅服飾的藍圖，也經常附上呈現適當搭配組合的照片，這樣看來，現今人們對於時尚的焦慮程度似乎也很高。毫無疑問，這些網站對未來迷人的社會學研究提供了大量實證，現在卻可悲地成為最容易取得（對許多男性來說，也是唯一能取得）的「穿什麼、怎麼穿、為什麼這樣穿」的指南。

從許多層面來看很可悲，許多男人的打扮依舊宛如生活在愛德華時代的人；他們並沒有利用現代文化提供的自由，透過服飾來表達自己。事實上，打扮得宜的男人就是打扮得宜，並不是因為他們遵守關於服飾的每項細則，而是因為他們有品味、有個性、有風格又了解服裝史。不管我們談論的是溫莎（Windsor）公爵、佛雷‧亞斯坦（Fred Astaire）[6]、路奇亞諾‧巴貝拉（Luciano Barbera）[7]；還是尚恩‧庫姆斯（Sean Combs）[8]、Jay Z[9]、尼克‧福克斯（Nick Foulkes）[10]、雷夫‧羅倫（Ralph Lauren）[11]及喬治‧克隆尼（George Clooney），這些打扮最瀟灑的紳士探索過花樣、衣料與色彩組合，藉此表現個人特色，同時也不忘傳統。任何男人只要留意，就能達到類似的平衡。

他們每一位（假使我能代表這些男士說話）都了解穿衣規則，卻沒有

陷入那些迷思。畢竟這些規則裡有許多迷思，而且有許多規則毫無意義。這當然是時尚雜誌通常不會提到的：為什麼人們會**穿上**那些服裝，更重要的是，為什麼他們**不穿**某些衣服。我的意思是，關於穿著有許多良好的規則，而人們隨口提到的卻是其他規則，例如：應該用某種方式摺手帕，或是應該以某種晦澀難懂的數學公式來計算外套的長度，以及褲腳的翻邊要多寬之類的。說實話，許多這類的規則都很可笑。我的座右銘是：如果你喜歡，就穿吧！但請讓那些亮面的毛織獵鹿帽、歌劇中那種斗篷與復古牛津鞋，留在它們原本應該在的地方。

跨出第一步，從服裝找回尊嚴

該說的都說了，當我提到服飾中「相對的自由」時，我是認真的。畢竟得體有其限制，每個男人都知道這一點。例如，現今男人能夠選擇的休閒服飾很多，問題在於：一個男人的辦公休閒服，可能會是另一個男人的運動服，對吧？因為休閒服在我們現在的生活中占了很大一部分（可能是最大的一部分），實在沒理由將休閒服限縮為破爛的牛仔褲、運動服和球鞋。正如同說話有不同的層次，穿著也是如此。說話和穿著是否正確，要看適切性而定：針對不同的目的、觀眾及場合，對無人海灘來說，一條短褲可能是絕佳服飾（沒有其他更適合的服裝了），卻不適合雞尾酒會。話說回來，領帶或襯衫也不適合雞尾酒會。

我們覺得，服裝上的混亂狀態，就代表有問題。如同前述那種「沒有任何規則」的無稽之談，不只會出現在服裝上〔可參考社會學上的「破窗」（Broken Window）理論[12]〕，回想一下「商務休閒」（business casual）造成的不幸結果，就是為了消除所有嚴肅男人的外在符號、階級表徵和嚴肅態度。我們開始覺得，看到那些我們認為具有責任的成人，穿得像溜滑板的孩子，似乎讓人有點不舒服。我們因而開始思索，「我真的想看到我的股票經紀人或心臟科醫生穿著卡其短褲，還有上面印著www.fuckoff.com的T恤嗎？」我應該把辛苦賺來的錢與未來的保障，交給一個穿著設計過度的蠢球鞋、刻意破洞的牛仔褲的投資顧問嗎？可能並非如此。

同時，也有每況愈下的問題。針對這個理論，我將會在下一屆國際藝術與科學學會（International Society of the Arts & Sciences）會議中提出完整的報告。不過，現在我要講述的重點，就是同儕壓力經常比虛榮更有影響力。畢竟，我們都是團體動物，有強烈想融入人群的傾向。但是，一旦關係到服裝與儀態，我們的傾向就是要成為其中一份子，而非鶴立雞群，因此導致了每況愈下的結果，也就是只為了要融入下層的人群，而無法向上提升。

所以，男人能做什麼呢？下輩子繼續穿著單調的西裝，將自己最根本的特性淹沒在一堆色彩黯淡又寬大的衣服裡，或是低頭縮肩地穿著連帽T恤與慢跑鞋？當一個男人的生命中還有光亮，還承受得起一些改變時，就不應該是這樣！了解你手邊有不同的選擇與風格、歷史和運用，只是透過服裝重拾尊嚴的第一步。人們說，任何旅程都是從幾個小小的步伐開始的。只是，一旦你上路了，該穿什麼鞋子呢？讓我們一起開始這一步——不是從下面，而是從上面開始。

1 由英國音樂劇作曲家亞瑟・蘇利文（Arthur Sullivan）爵士與劇作家威廉・施文克・吉伯特（William Schwenck Gilbert）合作的一齣輕歌劇。

2 mohair，用安哥拉山羊毛製成的毛料。

3 1960 年代，男性服飾轉變成形式大膽且色彩豐富的風格。男性開始留長髮，穿上尖頭靴，大翻領和寬腿長褲的中性穿著也成為常態。

4 1970 年，《愛的故事》（Love Story）這部電影上映後，學院風蔚為風潮。

5 1778～1840 年，英國攝政時期男裝時尚的權威人士。

6 美國電影明星、舞者。76 年的演藝生涯中，共演出 31 部歌舞劇。

7 義大利高級男士西服同名品牌的創辦人、設計師。

8 藝名為吹牛老爹，美國唱片製作人、歌手，三度獲得葛萊美獎。

9 美國嘻哈歌手、企業家。

10 英國時尚服裝作家，著作主題廣泛，包括詹姆斯・龐德（James Bond）、瓷器和風衣等，其 19 世紀歷史三部曲《可恥的社會》（Scandalous Society）廣受好評。

11 美國同名品牌服飾的創辦人、服裝設計師。

12 破窗理論認為，一棟建築物的窗戶破了，如果不修理那些窗戶，可能會有人破壞更多的窗戶，最終甚至會闖入建築物，讓那裡成為犯罪的溫床。

第 1 章

阿斯科特式領帶

Ascots

裝飾脖子最好的方式

　　這是個很糟糕的事實，大多數男人都不知道該怎麼包裝自己的脖子。當脖子沒有安全地包裹在領帶裡時，他們不是放棄其他的選擇，就是真的讓脖子晾在外頭，就像開領處突出的許多火雞肉垂；或是嘗試穿選擇性更少的衣物來解決這個問題。例如，高領毛衣偶爾會定期回到服飾場景中保護外露的喉嚨，許多（有太多的）男人會以一種出於無望的沮喪而有的熱情擁抱它。於是，一整群過度敏感的男士，都穿著海軍雙排扣西裝外套與白色高領毛衣，出席雞尾酒會。群聚在露台上的他們，簡直就像是拍攝《俾斯麥艦殲滅戰》（*Sink the Bismarck*）時中場休息的臨時演員。（參見第25章有關高領毛衣的完整討論。）

　　實在不必為了脖子這件事感到困惑，長久以來，我們手邊就有一個

完美的解決方法。假使你可以接受這種混合用語：舒適、輕鬆活潑又古老的領巾傳統，你愛怎麼稱呼都可以，無論是阿斯科特式（ascot）領帶、領帶，還是馬術裝的白色領結，是將領巾包覆在喉嚨外，就是對於該如何處理裸露的脖子，經過測試後最真實的答案。至於那些讓人疑惑，應該正式又要「穿著輕鬆」的場合；穿大衣和領帶顯得太沉悶，休閒褲和Polo衫又顯得太邋遢時，這也是最適合的穿著。穿上喀什米爾的開襟外套、毛呢上衣、海軍西裝外套，或是夏天的運動夾克時，在脖子上圍一條領巾是最適合的搭配。沒有什麼比一條摺好的精緻絲巾圍在打開的衣領上，更能確切展現便裝優雅的氣質，以及動感的自信了。

從硬領進化到領帶

你可能會認為，歷史上的先例足以說明我們應該打領帶，因為不管是哪種形態，領帶的歷史就是領巾的歷史。然而，當我們回溯4個世紀前，歐洲男士長久以來都在脖子上圍著硬領。想想戴著襞襟（ruff collar，編註：用來裝飾衣領的絲織品）的法蘭西斯・德瑞克（Francis Drake）爵士[1]，以及當時許多荷蘭肖像中那些寬廣的蕾絲邊領。然而，到了17世紀中期，一種新式領帶開始取代早期的各種圍領。模仿荷蘭式領圍的這種領帶，由於廣受歡迎而取而代之；它也有蕾絲邊，因此圍住脖子綁在前面時，蕾絲就會下垂到襯衫胸口處，打開外套時，也變成好看的裝飾。

經過好幾年，這片衣飾有過不同的名稱，直到19世紀，最普遍的說法就是「領圍」（neck-cloth），而且有兩種形式：一種是領巾，用一條長

布繞過脖子後在前面打結；另一種是硬領，一條寬織物壓在脖子四周，然後在後頸綁一個結（後來則改為扣子或鉤扣）固定。

起初，領巾引領著時尚風潮。有人說這個概念大約是1640年時引進法國的，在當時的「三十年戰爭」中，法國軍官與克羅埃西亞的傭兵部隊並肩作戰，對抗德國皇帝。這些克羅埃西亞人以長條飄動的布條將領子綁在一起而聞名，而「領巾」（cravat）則是法文的克羅埃西亞人（Croat）。不論領巾的起源為何，在1650年後的繪畫中都能清楚看到這種風格。由君主與相同階級者穿戴的領巾，若不是有蕾絲花邊，就是更昂貴，整條領巾都用蕾絲製成，在美國與歐洲同樣受歡迎。而且早在1735年，細緻的純棉領巾已經在《波士頓晚報》中刊登了廣告。

18世紀上半葉，領巾不再受到歡迎，改由硬領主導了一段時間，其崛起多半要歸功於背心（waistcoat）逐漸廣受喜愛。穿背心這種訂製服時，必須貼身地從後頸下方直到臀部下方使用十幾個鈕扣，因此掩蓋了領巾在前面的裝飾性。現今參與打獵的淑女與紳士，仍會穿著一種改良式的18世紀硬領。硬領是唯一依然有功用的頸部衣飾，無論是在夏天的陽光或冬天的酷寒下，都可用來保護頸項；在馬場上，不管是騎馬者或馬匹受傷發生意外時，也可當作緊急繃帶或吊帶使用。通常硬領是用PK布（piqué）[2]、亞麻、絲或純棉所製成，而狩獵硬領通常是白色的，會以一種特定的方式打結，並用一根3吋長（約7.6公分）的金色安全別針固定。硬領的中間有個鈕扣孔，用來扣住襯衫前面的一顆扣子，然後，硬領是從前面繞到後面，一端經過布料形成的圓圈，接著兩端會再繞到前面，打成一個平結。安全別針用來固定在前面的長端，好讓它們不會飄

到臉上。新的騎手都喜歡開玩笑說，學會止確繞硬領，只比學騎馬難一點點。

西元 1760 年後，背心再度成為公開穿著，做為一種便裝的穿著方式，不分男女都喜愛，講究流行的紳士通常在硬領外綁上一塊有皺褶的布，並讓它飄盪在襯衫前面，這種打扮稱為胸部花邊裝飾（jabot）。事實上，這是一條兩片的領巾，同時也暗示硬領消失了。

巴爾札克曾寫過領飾手冊

在 19 世紀早期的英國攝政時期（1811～1820年），領巾受歡迎的程度可說是達到全盛時期。法國大革命及當時的「自由、平等與博愛」口號，將法國宮廷中豐富的絲綢掃地出門。而工業革命迅速介入，以一種更民主又冷靜的手段取代了這一切。如同優秀的法國作家巴爾札克（Honoré de Balzac）指出的，法國人贏得平權後，也同時取得了服裝上的千篇一律。而當階級間的風格差異減少後，一名紳士的領巾就成了他衣櫥中特別具有表現性的象徵。服裝的微妙之處與民主精神劃上等號，為了回應這種發展，打著優雅並上漿的領巾，成了真正高尚的紳士的特色。這樣的人被稱為「紈褲子弟」（dandy），可能是那些想穿得同樣繁複、但又做不到的人給的稱呼。身為完美的時尚追隨者，有些紈褲子弟的領巾過度誇張，竟然高過他們的下巴，因此蓋住了嘴巴，讓轉頭的動作變得有點麻煩，因此讓這些紈褲子弟保有沉著和傲慢的模樣。如同英國作家麥克斯・畢爾彭（Max Beerbohm）所說，紈褲子弟是將自己當成畫布的畫家。〔令人好奇的是，紈褲子弟之中的翹楚──布魯梅爾並未

© Dunhill

結婚，也沒和任何人（不管是男是女）有過情愛關係，他一生中的最愛似乎就是自己。〕

有趣的是，巴爾札克這位知名作家曾經撰寫一本內容豐富的領飾手冊〔只是他從未承認自己是這本手冊的作者，而勒布朗（H. Le Blanc）也只是個筆名。〕這本書裡包含了 32 種打領巾的不同方式：配合每種心情與場合，都有各自不同的風格。為了避免讓你認為打領巾是件小事：這本書至少鞏固了一個具有卓越風格的偶像與社會權威人士——布魯梅爾留給後人的一切。

身為社會風尚的領導者，布魯梅爾的名氣在某種程度上與他使用領飾（neckwear，包括領帶、領巾、圍巾等）的技巧有關。如果我們能夠相信他貼身男僕的話（沒什麼理由不相信），布魯梅爾會花好幾個小時打領巾，達到他要的效果。他的朋友，當時的威爾斯（Wales）親王，也就是後來的喬治四世，會坐在他的腳邊學習打亞麻領巾的藝術，以便搭配適當的羅紋（dishabille）便裝。人們說威爾斯親王偏好大的領帶，因為他有淋巴腺腫大的問題，有可能他才是一開始讓大眾注意到領巾的人；然而，毫無疑問的是，布魯梅爾和他的紈褲子弟朋友，將領巾變成了紈褲子弟所認可、引人注目的衣飾。

伊恩‧凱利（Ian Kelly）在他撰寫的布魯梅爾自傳中，說明了這種情況。首先，對眼睛來說，領巾確實是個焦點，會引起人們注意。其次，領巾成為紳士的標誌，因為嚴格漿洗過的白色「微妙地表現出對亞麻與洗衣、燙衣的不感興趣」。對那些英國攝政時期的新男人來說，乾淨的亞麻意味著財富、地位及風格。布魯梅爾確保領巾成為紳士外表的象

徵，而且當時很流行花一整個上午的時間，只為了完成適合的領巾打法。有則故事是，有位客人早上拜訪布魯梅爾，發現布魯梅爾與貼身男僕待在更衣室中，深陷於丟成一堆的領巾裡。這位客人詢問那一堆是什麼東西，貼身男僕回答：「噢，先生，那都是我們失敗的嘗試。」

19世紀中期，「領帶」（necktie）這個用語被收錄在辭典中。當時，領巾要繞過脖子一圈，然後在脖子前面打結，可能是打個大蝴蝶結（稱為「領結」），也可能是個小結，兩個長端掛在襯衫前面（也就是現在領帶的前身）。此後，大家都知道，領巾若不是打成結，就是整理成某個樣子：駟馬車結（four-in-hand）（現代的領帶，名稱來自於駕著一輛有四匹馬的車，手握韁繩的方式）、領結（更多相關細節參見第3章），以及知名的阿斯科特式領帶。後者的領巾長片會交叉摺疊在襯衫前面，然後用一根安全別針固定，最初並沒有塞進襯衫裡。

當然，阿斯科特式領帶的名字來自倫敦最知名的時尚活動：一年一度的賽馬大會。該大會每年6月在阿斯科特鎮（Ascot Heath）舉行，至今已有將近300年的歷史。

阿斯科特賽馬大會一向是英國運動季中最注重服飾的活動，而一條由別針固定的絲質寬領巾，最後成了這個場合必要的配件，阿斯科特式領帶也因此得名。

可惜的是，為什麼領結、阿斯科特式領帶和領帶這三者之中，唯一倖存的是領帶呢？用一個比喻來形容，何以其他都成了「絕種」的衣物呢？為什麼領結只能了無生氣地纏繞在一些雜誌編輯、古怪的律師、常春藤教授的脖子上呢？為什麼阿斯科特式領帶無法被所有人接受，只有

世上少數的瀟灑男子，像是佛雷・亞斯坦、卡萊・葛倫（Cary Grant）[3]與道格拉斯・費爾班克斯（Douglas Fairbanks）[4]才會繫上呢？

阿斯科特式領帶不會退流行

事實上，我認為那就是重點。人們把脖子上一條漂亮的領巾與有貴族氣派的服飾聯想在一起，所以很少人認為自己穿戴起來會好看。這個休閒浪漫又稍顯浮誇的配飾，似乎無法輕易和那些必須為了工作而穿著嚴謹的人湊在一起；但是我實在不懂，為什麼一名會計人員或郵務人員、送牛奶的工人或銀行總裁，無法被賦予一些浪漫與浮誇的權利呢？

暫且不論熱情和鑑賞力，對於不用戴領帶的場合，沒有人想得到遮蓋脖子更好的方法。領巾在設計、色彩及風格上有大量的變化，光是打領巾就有好幾種方法。過去，阿斯科特式領帶是以愛德華時代的方式設計，中間的部分（也就是繞著脖子的那個部分）是一條狹窄打褶的帶子，兩端則相對寬大，經常有尖角。概念上，繞著脖子的狹窄部分應該在襯衫衣領下，會感到更舒適又較不笨重，而寬大的兩端在襯衫前應該顯示出適當的蓬鬆效果，恰好填滿襯衫開襟處。現今男士服飾店中販售的，仍然是這種典型的阿斯科特式領帶。

然而，用其他方式也能達到類似效果。男士可以使用約32吋（約81公分）長的方巾，或是大約寬6吋（約15公分）、長1碼（約91公分）的長布巾。領巾應該以對角的方式折成三角形，然後將頂端捲向底端，直到形成長條。使用長布巾時，只須摺疊到適當的寬度即可，兩種方法都很簡單方便。

用上述任何方式摺疊一條領巾，很容易就能固定在脖子前面。溫莎公爵（也就是前愛德華八世），以及之前的威爾斯親王，都習慣簡單而優雅地將領巾的長端穿過圓環，讓領巾懸掛在襯衫前。佛雷‧亞斯坦最為人知的，就是他偏愛用小領帶夾固定長的一端，也就是原本的阿斯科特風尚。古董領帶夾、裝飾藝術（Art Deco）的珠寶，或是小型金色衣夾，都是很完美的搭配。換句話說，若要簡樸（這是最卓越的美德），建議你打一個結就好了。事實上，將領巾一端穿過結的下方，然後再繞過打結處，就能製造下垂的感覺，這樣一來就不會過度膨脹，而會達到合適的蓬鬆感。

阿斯科特式領帶的可能性真的是無窮無盡，也最適合讓一個人確實保有個性。一個人能夠自行設計戴領巾的方式，打上自己特殊的結，並把它當成一種標誌。我認識一個傢伙，他不戴領帶時，總是圍著一條深藍與白色相間的波卡圓點（polka-dot）⁵領巾，打兩次結。這就是他的標誌，而且很適合他。

20世紀中期前後，布克兄弟（Brooks Brothers）⁶為這個造型創造了最簡單的解決方法：附上一條阿斯科特式領帶的休閒西裝襯衫。「布克－柯拉尼」（Brooks-Clarney）襯衫（以設計師的姓氏來命名），有漂亮的法蘭絨和格子花樣，一條同樣布料的阿斯科特式領帶附在領圈上，對於非正式的娛樂場合、俱樂部中的雞尾酒宴會及類似的場合，可說是最完美的方案。可惜的是，布克兄弟並沒有持續提供這個產品很多年，如果人們展現出對它的興趣，或許這個產品會捲土重來。

關於這種領巾風格，另一個值得注意的重點是它從未改變過，總是

同樣的比例、同樣細緻的絲質，甚至是同樣經典的設計——草履蟲圖案（paisley，又稱為佩斯里圖紋）、波卡圓點或幾何圖案，延續好幾季。因此，如果你最近又買了一條新的阿斯科特式領帶，可能只是想換個顏色看看，畢竟它沒有理由會退流行。

1　1540～1596 年，英國著名的航海家，據說是麥哲倫（Fernando de Magallanes）之後完成環球航海的第二位探險家。

2　用網眼布織法織成的布料，以純棉及聚酯纖維混織而成。

3　美國電影演員，知名的作品有《金玉盟》、《謎中謎》等。

4　美國演員、導演與劇作家。是第一位在電影中扮演蒙面俠蘇洛的演員。

5　由一系列圓點構成的花紋，最早流行於 19 世紀後期的英國。

6　美國歷史最悠久的服裝品牌之一，1818 年創立於紐約麥迪遜大道。

第 2 章

靴子

Boots

20世紀，靴子風靡全世界

靴子曾經只是勞工與喜愛戶外活動的人穿的實用鞋子，在20世紀中期左右，卻成了風靡全世界的時尚穿著，受歡迎的程度還在持續增加中。有些靴型有新的風格，許多靴子則是過度設計，將一些材料縫製、黏貼在一起，讓靴子有著十分粗獷的外觀，足以成為漫畫英雄的裝束。而任何一種典型風格仍然隨手可得：正統的工作靴、工程師靴、牛仔靴、登山與林野靴，以及塑膠的鄉村靴。還有輕量戶外健走靴和防水的狩獵靴，厚重耐穿與腳趾部位有鋼片的建築工人靴；矽膠處理的牛皮或上油野豬皮的技工靴、畜牧工的馬靴、中筒靴、無鞋帶短靴，以及由蘇格蘭原皮（編註：指未經磨面的皮革）製成，有著翼紋雕花和硬膠底的紳士鄉村靴。奇佩華（Chippewa）、紅翼（Red Wing）、橡樹街（Oak

Street）、狼獾（Wolverine）、威柏格（Viberg）、盧梭（Russel）、里昂比恩（L. L. Bean）、威靈頓（Wellington）、雷德（Rider）、R. M. 威廉斯（R. M. Williams），以及夏慕尼（Chamonix）等，還有其他十幾個品牌，都是目前零售業界耳熟能詳的品牌。更何況是其他知名的公司，像是愛德華格林（Edward Green）、克羅克特與瓊斯（Crockett & Jones）、艾登（Alden）、雀集思（Church's）、約翰洛伯（John Lobb）所製造的沃克靴（country walker）[1]。

　　跟數十年前比起來，難道現在有更多人喜歡運動嗎？也許沒有，但是有更多人想塑造一種中產階級喜愛戶外活動的印象。然而，可以確定的是，有更多男士發現靴子是皮鞋以外，另一個實用的選擇。這些風格都有強大而悠久的歷史，現今對手工製作品質與古老物品風格有興趣的人，都認為它們很有吸引力。你的選擇可能來自：只為了表達你的時尚宣言，在某個都市中的花園走走逛逛，或是在阿帕拉契步道（Appalachian Trail）[2]進行馬拉松式的健行，好發洩一些精力。許多新款的運動靴，有各種顏色的尼龍片、D 型鞋帶扣環、橡膠的腳趾前端、坦克鞋底花紋、反光飾條，以及會呼吸的高科技鞋底，十分舒適又耐穿。這些靴子看起來彷彿是閱讀許多關於靴子與皮鞋的資料後才設計出來的，但是這些設計師其實什麼都沒看過。

從實用物品變成時尚宣言

　　有些風格（大多數都是美式風格）最受人們歡迎。從 1950 年代開始，黑色的牛皮機車靴就受到年輕男性的喜愛。1953 年在《飛車黨》

（*The Wild One*）一片中，馬龍・白蘭度（Marlon Brando）呼嘯進入小鎮時，便穿了一雙這樣的靴子；兩年後，在《養子不教誰之過》（*Rebel Without a Cause*）中，詹姆斯・狄恩（James Dean）也穿了一雙這樣的靴子到處閒晃。現在，靴子似乎是每個設計師系列中的重點，是在風格更接近實用性的年代裡，對時尚的一種致意。這些靴子幾乎有某種神話性格，就如同藝術史學家肯尼斯・克拉克（Kenneth Clark）爵士提過的，神話不是驟然消逝，而是經歷一段被他稱為「可敬的退隱」的時期，繼續餵養我們的想像。當靴子從原本具備實用性到成為時尚宣言，那股男子氣概就蕩然無存了。

在設計師的作品中，這種無產階級的靴子成為裝扮，卻與原本的雅致或美感無關。這些搭配大型哈雷機車的靴子，確實在這個類別中成為第一種真的很「酷」的鞋子。嚴格來說，真正的典型應該稱為「工程師靴」，這原本就是為了鐵路工人而設計的。厚實而堅韌的工程師靴，用染成黑色的厚重硬牛皮所製成。靴筒部分不像牛仔靴那麼緊繃和筆直，而是上寬下窄，在腳踝處用有鋼扣的鞋帶綁住，鞋面到了腳趾處形成圓弧狀鼓起，腳背也有另一條鋼扣皮帶（有時以金屬釘裝飾）。鞋底的皮很厚，1.45吋的鞋跟稍微往前斜削，邊緣則呈現凹面；鞋匠會將半月形的金屬防滑釘釘入鞋跟裡。這些靴子是堅固耐用的鞋子，光是一隻可能就重達1磅，適合很招搖的人來穿。穿這種靴子，要搭配黑色機車皮衣外套、褲腳捲高的牛仔褲、貼身T恤（上面請不要有任何商標或字樣），以及油亮的「飛機頭」（duck's ass, D.A.）[3]。完整的形象就是具有叛逆性格的無產階級男性，還要是一個超級英雄，這種典型很快預告了其近親

——「不良少年」的到來。馬龍‧白蘭度與詹姆斯‧狄恩都有參與演出的《黑板森林》（*Blackboard Jungle*），還有許多電影都有這樣的角色，現今記得的人不多了。

「垮世代」愛穿工人靴

　　1950年代興起的還有工作靴：現代時尚趨勢中從底層向上爬升的另一種典型，而不是一直以來從社會上層往下發展的情形。這種靴子被所謂的「垮世代」（Beatniks）[4]，以及其他同情無產階級的左派知識份子所接受，他們穿的靴子主要都是建築工人風格的版本（建築工人穿的就是這些靴子）。從亞瑟‧米勒（Authur Miller）、艾倫‧金斯堡（Allen Ginsberg）、傑克‧凱魯亞克（Jack Kerouac）[5]到葛瑞格里‧柯索（Gregory Corso）[6]的劇作家和詩人，都穿著淡橘色的皮製工人靴，有象牙色的橡膠底和粗鞋帶。

　　這樣的無產階級裝束，對於垮世代中那些憤怒的年輕反叛者來說，有一種悠閒的風度與工人階級的吸引力，是下層階級英雄、無產階級反叛者的風格。這些靴子被引進美國各地的陸軍和海軍用品店，搭配藍色條紋工作襯衫、卡其褲、橄欖綠T恤、皮革短夾克及軍用寬厚皮帶。剩餘軍用品中的靴子都很便宜且製作精良，在第二次世界大戰和韓戰之後，大量的靴子唾手可得。在曼哈頓的史傳德書店（Strand Bookstore）[7]、哥倫比亞大學圖書館的階梯上、加州柏克萊大學的校園中，都看得到這種裝扮；連在密西根州安娜堡（Ann Arbor）的咖啡館、紐約格林威治村（Greenwich Village）中的俱樂部，以及舊金山北灘（North Beach）的書店

裡，也隨處可見。其他地方也有年輕人決定將他們認為窒息、乏味、枯燥又一成不變的資產階級生活，提升為很酷、泰然自若且不拘小節的形態。

牛仔靴盛行，拜電影所賜

牛仔靴從社會底層擴及到高層，也反映了另一種現代時尚趨勢。這些尖頭靴的前身，就是美國南北戰爭前、美國陸軍中的騎兵軍官所穿的靴子；而那些在格蘭德河（Rio Grande）北邊大平原上放牧「長角牛」的西班牙裔牧人，也穿著裝飾金屬刺的靴子。當放牧人這個職業在美國成為主流時，許多曾是美國陸軍軍官的人也推波助瀾，讓這些鞋子的風格成了時尚主流。尤其在美國南北戰爭結束後，東岸與南方的男人為了冒險或尋求較好的生活，開始前進西岸。有些人的工作，是看管德州廣大草原上放牧的大批牛群。這些男人提供了一種最具活力的英雄形象，在美國前所未見，也就是──美國牛仔。

這個標誌性人物值得多加探討，因為牛仔的影響力在之後的美國歷史中無所不在。在那個色彩繽紛的年代，僅僅 30 個年頭，是「長征」的時期，上千頭德州長角牛從德州南方被趕到堪薩斯州的威奇托（Wichita）與阿比林（Abilene），經過傳奇的奇澤姆步道（Chisholm Trail）。在 1939 年好萊塢史詩般的電影，也就是約翰・福特（John Ford）執導的《關山飛渡》（*Stagecoach*），以及 1948 年霍華德・霍克斯（Howard Hawks）執導的《紅河谷》（*Red River*）中，都將奇澤姆步道形塑成極為激勵人心的路徑。實質上，牛仔的所有浪漫神話與服裝，都來自這個獨一無二的電影

事業。1930年代，休閒牧場（Dude ranch）[8]成為十分受歡迎的觀光景點。然而，要到1940年代，好萊塢牛仔影片才建立起對西部神話和故事的懷舊。特別有影響力的是那些「歌唱牛仔」：羅伊・羅傑斯（Roy Rogers）、金・奧崔（Gene Autry）與特克斯・里特（Tex Ritter）這些電影和唱片界的明星，還有打倒一堆戴著黑帽的惡人，親吻了那個女孩，並以反覆變換的真假音唱出山艾樹[9]之美，而後在日落中遠走的雷克斯・艾倫（Rex Allen）。從此以後，牛仔帽與花俏的靴子成了鄉村音樂明星必要的裝備。

實際上，長途跋涉的牛仔，生活是寂寞而艱苦的。他們的衣服設計來自得來不易的經驗，藉此提供保護，甚至是慰藉。寬邊帽與印花布頭巾，讓他們免於炙熱的陽光和令人窒息的沙塵，硬實的皮革長手套與皮褲，則能承受在馬上的跳動、韁繩及山艾樹。至於靴子則有特殊的考量，除了槍與馬鞍以外，靴子被認為是牛仔所有衣物中最重要且昂貴的

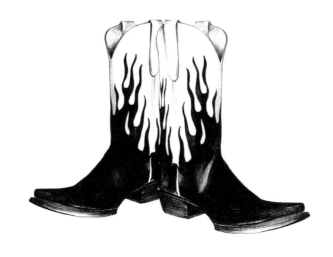

部分。1800年，西部牛仔靴已經演化成我們認為且認定的現在的形態：高跟（大約2吋，能夠避免鞋子滑進馬鐙裡），呈現錐狀，且重心很低，在抓住一頭套上繩子的牛時，能踩進土裡做為支撐；足弓的部位高又窄，尖的鞋頭讓穿進馬鐙時較為容易，保持姿勢時也比較不會疲憊。鞋子的上部，從膝蓋以下全部直筒，以堅實的皮革製作，用來保護腿部不受馬匹流汗、仙人掌針葉、蛇咬、四處揮動的牛蹄，以及許多類似的危險所傷害。

事實上，那些靴子上唯一缺乏的現代元素就是裝飾，以現在的標準來看，它們極為樸素。我們不確定，花俏的靴子到底是何時開始進入放牧業，或是出現在人行道上，一般的說法是，當必要性減少時，靴子就開始走向運動與娛樂了。隨著鐵路出現，已經沒必要長征趕牛，走在奇澤姆步道上的牛仔也成為歷史、民間故事及傳奇。不過，長征的牛仔減少，卻標記了娛樂界牛仔的興起。1880年代開始，第一位「牛仔之王」巴克・泰勒（Buck Taylor）出現，與水牛比爾（Buffalo Bill）[10] 的巡迴演出團體合作，並進入早期威廉・哈特（William S. Hart）、布朗科・比利・安德森（Broncho Billy Anderson）及湯姆・米克斯（Tom Mix）的早期西部片中，「花俏的」牛仔於焉誕生。他會騎著一匹配備齊全的駿馬（通常取了討人喜愛的名字），穿著帶有裝飾的服裝，在稍晚開始彈奏有相同裝飾的吉他，對一名無可挑剔的健美姑娘滿懷柔情地高歌。在他的世界裡，唯一毫無裝飾的元素，是他的道德準則：痛恨惡人與不正義，當他發現這些情況時，就清楚知道該怎麼做。

美國演員米克斯是第一位呈現戴著白帽子的好人形象，並且很快地

就穿著整套白色服裝（在開闊的牧場上完全不適合趕牛的服飾）。當然，他的靴子並不會踩在開闊的牧場上：不論在迎戰不法之徒，或是贏得當地學校女教師的純真芳心時，他都會穿著完全手工製造的軟皮皮靴，或是有五顏六色、拼接複雜花紋與鑲嵌裝飾的異國情調的皮靴，設計上偶爾會在邊緣加上昂貴的純銀鉚釘或鑲嵌寶石。當米克斯因為將這個水鑽牛仔的形象變得流行而廣受好評時，他比道奇幫（Dodge City posse）[11]更快地被十幾個其他花俏又出手射擊快速，同樣也戴著白帽子的好人跟隨，這些人拔出有珍珠握把的科爾特（Colts）手槍時，如同他們拿出吉普森（Gibson）和馬汀（Martin）吉他時一樣乾淨俐落。

羅傑斯與奧崔這兩個最知名的歌唱牛仔，很可能是美國英雄穿著前所未有的別緻服飾的主因。這些服飾像是：有淡紫色過肩（yoke，又稱育克或約克）[12]和袖口的緋紅襯衫，頂端邊緣有著口袋與勳章形狀皮帶環的合身條紋長褲，手工製作的皮革皮帶搭配有雕飾的銀色扣環，花俏的絲質領巾，有藍綠色鑲邊的寬緣帽，當然還有想像得到設計最精細複雜的靴子。他們的靴子上呈現出鑲嵌的州花或州鳥、阿茲特克（Aztec）圖案、星暴，或是太陽光線和弦月、長角牛牛頭、展翅的老鷹、火焰、蛇、撲克牌、仙人掌、蝴蝶、花押字[13]（monogram），以及牛仔在牧場上觀察得到或想得到的任何事物。腳趾的部位上方蝕刻著圓形裝飾，靴子頂端可能有荷葉邊，甚至是拉環。相較之下，現代電影中的英雄看起來邋遢多了。

靴子有各種顏色：淺灰與米黃、粉藍與橙紅、孔雀藍與翡翠綠、黑色與櫻桃紅、茶色與米白色、草綠色與銀色，所有最巧妙的設計和無與

倫比的技巧，在歌唱牛仔這段幸福美好的時代並不罕見。相較於羅傑斯所穿的靴子：在平滑的鴕鳥皮裝飾攀沿向上的紅玫瑰，或是在著名的有紅白藍三色、展翅的老鷹這樣華麗的裝飾，放上花押字簡直就是雕蟲小技。1940 年代後期，位於德州聖安東尼奧（San Antonio）的路切斯靴子公司（Lucchese Boot Company），為了用來展示，製作了 48 雙牛仔靴，每一雙都描繪了特定的州議會大廈、州花、州鳥，以及在聯邦中每一州的州名。這個系列的靴子，至今仍被認為是傳奇德州靴子製造商之間藝術表現的寫照。

最受歡迎的三款靴子

1960 年代初期，美國各地的大學校園中都經歷了被稱為「佛萊狂熱」（Frye fever）的風潮。約翰・A・佛萊鞋業公司（John A. Frye Shoe Company）於 1863 年在麻薩諸塞州的馬爾堡（Malborough）成立，距離當時正好是一個世紀前。到現在，這家公司名聲依舊，如同 1960 年代該公司為第二次世界大戰期間的軍人與戰鬥機飛行員製作的靴子時一般。然而，至今該公司最受歡迎的靴款，根據的是一種更古老的設計，名為「哈尼斯靴」（harness boot）：鞋頭小且扁平、鞋跟厚重、雙層鞋底與高直筒，有一根帶子和銅環穿過鞋面，鞋面是獨特、厚重且油亮的鞣製橘色皮革。簡而言之，這種大約 50 年前出現的基本靴款、毫無裝飾的結實皮製工作靴，達到某種精緻度，逐漸受到那些無法一直穿牛仔靴的人所喜愛。1970 與 1980 年代，年輕男女穿著上萬雙這樣的靴子，成為普羅大眾穿著鞋款的都會表現。

在此，還有兩款靴子值得一提：經典沙漠靴（classic desert boot）與緬因獵鴨靴（Maine duck boot）。前者是一種簡單、低筒、粗製皮靴的變化款式，在許多國家都找得到，它由一塊鞋底與兩塊皮革所製成：前片包括鞋面、腳背和鞋舌，以及環繞的部分；另一片高及腳踝，用來做成靴子的側邊和後面。這種風格的靴子有時稱為恰卡靴（chukka boot），因為人們認為最先穿這種靴子的是印度馬球球員。（在馬球賽中，「chukka」指的是一局。）

我們現在知道的沙漠靴，當初是由Clarks這家愛爾蘭製鞋公司所製造。南森‧克拉克（Nathan Clark）是公司創辦人的兒子，在第二次大戰期間是一名軍人，在停戰期間，他注意到英國第八軍團軍官所穿的靴子。當英國陸軍的將軍伯納德‧蒙哥馬利（Bernard Montgomery）在北非征戰中的第二次阿拉曼戰役，擊敗了非洲裝甲軍團後，這些樸實無華又簡單的靴子被帶到埃及開羅的集貨市場。克拉克為自己買了一雙，當他除役並回到家鄉後，就說服他的父親少量製造這款靴子。這種靴子的基本架構是兩片皮革與四個鞋眼扣，用的是年輕的克拉克在國外看到的沙麂皮和生膠底（crepe sole）。

Clarks公司在1949年的芝加哥鞋展（Chicago Shoe Fair）發表這種靴款，立刻成了搶手貨。之後的6、7年中，這款靴子廣受歡迎，追求流行的年輕人和大學生都會穿。通常搭配的是與蒙哥馬利有關，也是來自英國軍服的配件：格羅菲爾（Gloverall）牌子的粗呢大衣，因為蒙哥馬利將軍有時會穿這款大衣拍照。趕流行的人穿著靴子與直筒褲，有時會用液體鞋油將靴子染成深褐色或黑色。幸好現代人已經不用這樣做了，因為

Clarks公司現在也做這些顏色的靴子。這款靴子依然舒適、不昂貴，而且是流行全世界的休閒鞋。

最後要談到里昂・里昂伍德・比恩（Leon Loenwood Bean），這位里昂比恩公司的創辦人及該公司目前很有名的獵鴨靴。比恩是美國土生土長的產物：企業家、真正的新英格蘭運動愛好者，而且是個注重實用的發明家。據說他喜歡穿著傳統油鞣皮革的狩獵靴，在緬因州布倫瑞克（Brunswick）住處附近的沼澤水域中打獵；可惜的是，這些靴子無法防水太久，於是在一天結束時，比恩通常都會拖著又溼又冷的腳回家。他決定解決這個問題，最後想到一個將皮革鞋面與橡膠鞋底縫在一起的念頭。1912年，在歷經幾番嘗試後，他完成了一款功能良好的靴子，命名為「緬因狩獵鞋」，因此創辦了一家不錯的小公司。

不用多說，這款靴子現在通稱為「獵鴨靴」，是有十數種仿製品的代表性靴款，是現今真正的時尚表現，在全球的校園裡、河床上與都會區的街道上都有人穿，當然在新英格蘭的沼澤水域中也一樣。根據這家公司的網站指出，在2012年、公司成立100週年時，獵鴨靴已賣出50萬雙。現今，里昂比恩公司仍販售一系列色彩與材質不同且各具風格的靴子，有的是Gore-Tex材質、保暖材質或羊毛襯裡，不過所有靴子都像網站上所說，依然是「在緬因州一次製造一雙」這樣生產出來的。

1　用來步行與健行的舒適靴子。

2　美國東部著名的徒步路線，全長約3,500公里。

3　1950年代十分流行的髮型，將兩旁的頭髮往後梳，後面的髮型會變成I字形。

4 1950～1960 年代初的一群年輕詩人和作家，嚮往自由主義，對後現代主義形成有深遠影響。

5 1922～1969 年，美國小說家、詩人，也是垮世代中最知名的作家之一，最知名的作品是《在路上》（*On the Road*）。

6 1930～2001 年，美國詩人，垮世代作家圈中最年輕的一位。

7 1927 年開始營運，號稱全世界最大的二手書書店。

8 以觀光客為主的牧場。

9 sagebrush，呈現灌木狀，原產於北美西部。

10 1846～1917 年，美國偵察兵、野牛獵人和藝人。最具代表性的是以牛仔為主題的表演，在美國各地巡迴演出。

11 1879～1880 年代早期一群堪薩斯槍手與賭徒，掌控新墨西哥州拉斯維加斯的政治和經濟。

12 指肩部以縫線為準，前後拼接或貼縫的一塊布，因此又有前後之分。

13 一個或多個字母組成的交織圖案。

第 3 章

領結

Bow Ties

每個男人都可以打領結

我們最好一開始就把這件事講清楚：**你可以打領結**。要是我再聽見任何成年男子說他辦不到，我就會殺了我自己。

讓我們理性地討論這一點。你整天都在打蝴蝶結：你的鞋帶、禮盒，還有那些綁在垃圾袋上、有顏色的繩子，只不過這個蝴蝶結剛好打在脖子上。我甚至不會在這裡告訴你要怎麼打結，我不會迎合這種孩子氣的需求。如果你認真思考，打領結唯一的困難之處在於，你要看著鏡子打結，影像是相反的，就只有這個問題而已。

真的沒有任何藉口，讓你可以不用領結。買一個領結（我會在稍後說明這一點），然後練習打這種結，而打這種結所要具備的技巧，就是某種程度的**瀟灑不羈**（sprezzatura，參見第22章），也就是稍微寬鬆、邊緣

有點不平整，以及不對稱的歪斜。這就是我們要的，一種凌亂的優雅，在這裡不必追求完美的對稱，把那種完美留給極度刻板的人。

買打好的領結，證明你是外行人

這讓我想到另一點：不管在什麼情況下，你都不應該買已經打好的領結。你自己打的領結與事先打好的領結有個明顯的差異，事先打好的領結總是過分對稱，非常平衡又無可挑剔。我真的不想這樣說，然而在那些講究服飾的人看來，一個事先打好的領結是個極為明顯的徵兆，說明了你是個外行人。

你也無法像過去許多人所做的：忽略領結這件事。20世紀後半葉，領結被認為屬於那些輕鬆悠閒的教授、編輯，以及具有無政府主義傾向的知識份子。不過，在接近千禧年末時，一些有決心、很酷的年輕人，穿戴有草履蟲圖案的絲質領結，有亮橘色、黃色及孔雀藍，還有整齊的波卡圓點或寬條紋。那真的讓人耳目一新，即使那是如我所想的，對當時一個愚蠢想法：「打駟馬車結領帶搭配晚宴短外套」的反應。我並不認為該訓斥或迴避那些打駟馬車結領帶搭配晚宴外套的人，他們只是投入那種不足取的事物中的盲從者，對於為什麼這樣穿戴毫無概念，只是照做罷了，而且顯然是那些全球知名、毫無品味的時尚設計師告訴他們的，似乎與領結毫無關聯。

穿晚禮服搭配領結是一種尊重傳統的表現，不過，若在白天戴領結，就是紈褲子弟那種個人主義的象徵，表現出某種不在意他人的調調。或許這也是為什麼近來我們看到較多的領結，在現在的服裝穿著上

傳達了更強烈的個性。要如何跟上時代又不顯得奇怪，對新事物有興趣卻仍尊重傳統，這就是懂得穿衣服的人知道的事。

領結的類型與材質

如果你想戴上領結，唯一要了解的就是它的**形狀**。19世紀時，男性穿戴所有的領飾，包括領巾、領帶、硬領及阿斯科特式領帶（大多數已在第1章提過），可是領結直到1880年代才贏得青睞，當時較長的領帶（現在常見的那種馬車結領帶）開始受到注意。從此之後，領結的形狀穩定地以兩種明確的樣式呈現，兩種都相當恰當，雖然看起來有點複雜，事實上一點也不會。一種是蝴蝶結（有時稱為「薊」），展開的形狀很像蝴蝶的翅膀，這種樣式會有一個平整的尾端，或是菱形的尖端；另一種是蝙蝠翼（有時稱為「球棒」），則有著直片和方形尾端。

傳統上，這兩種基本類型的領結在國際禮節上並沒有必要性，但是確實能表現出個性，而且對細節的關注，總是值得引起他人注意。有一段時間以來，風格都是講求較小、色彩明亮的蝙蝠翼（球棒）結，結打得有些寬鬆，以傳達微妙卻察覺得到的那股漫不經心，與腦海中那種短胖保守的領結印象大相逕庭。在今天，領結把以前的波西米亞主義、知識份子，以及一些男孩子氣的嬉鬧，迷人地結合在一起，顯得極為成功，我或許會用「活潑有趣」（piquant）來形容。

至於布料，多年來，領飾都是由我們能想像得到的各種材質所製成，不過，絲仍是標準布料。依季節會有所變化，較冷的地方總是有薄毛呢材質，而馬德拉斯（madras）薄棉布則適合較溫暖的氣候。最重要

的是，有別於馴馬車結領帶，領結應該要能**調整大小**，也就是在領結兩端中間的那一片，可以依照脖子粗細來做調整。看看這個帶子的內側，車縫了一條測量過的細帶子，並且有個縫口能放入金屬製的 T 型固定器，真的是一種非常巧妙的設計。即使是便宜的領結，也應該有能夠調整大小的帶扣。

話說回來，打領結最重要的規則，都來自巴爾札克寫的那本關於領飾的迷人小書：《打領巾的藝術》（*The Art of Tying the Cravat*）。書中指出：「不論領巾是什麼風格，一旦形成了結（不論好壞），都不應該用任何理由加以改變。」換句話說，打好結後，就忘了它吧！

第 4 章

商務穿著

Business Attire

工業革命前，公私領域的穿著有很大差異

每個人都聽過這句話：別以貌取人。然而，我們之所以不斷重複這句話，其實是因為用外表來評斷一個人，正是我們一直在做的事。這是有原因的，所有人的時間愈來愈有限，行事曆上滿滿的行程、會議愈來愈多、要回覆訊息的清單愈來愈長，還有社交活動、趕著搭飛機，以及數不清的事情要做。時間是我們工作中較有價值的事物之一，誰有時間或精力深入了解那些我們在快速的商業午餐中遇見的人呢？似乎總是微笑、飛快對話、道謝，雙方獲得所需之後，便握手道別了。我們把剩下的部分留給心理學家，或是那些比我們更內行的心靈導師。

十分有趣的是，直到工業革命為止，人們有個清楚且有例可循的方式，來處理這種難以判斷的情況：將公領域與私領域分開。在公共場合

中，他們的穿著和舉止符合他們在社會秩序中的角色；在私生活中，他們的穿著和舉止則如同想與親密的人在一起的樣子。經常被引用的是查斯特菲爾德勛爵的建議：「不要過分打探他人外表的真相。如果接受這個事實：人們就是他們表現出來的樣子，而不是他們真正的樣子，生活將會和諧許多。」你可能認為這有些犬儒主義，不過你可以想想相關的例子。大家都知道，美國媒體記者之間有個普遍而有禮的約定，就是不會提及富蘭克林・羅斯福（Franklin roosevelt）[1]總統的健康情況，而這項協議顯然是件很好的事。在今天，這樣有禮貌的約定有可能實現嗎？恐怕不行。

公眾與私人界線在服裝上逐漸消失

理查・桑內特（Richard Sennett）[2]在他極具思想的研究：《再會吧！公共人》（The Fall of Public Man）一書中指出，我們喪失了對公眾與私人自我之間有用的區別。這個模糊的界線確實出現在影響力強大的媒體裡，現在的模式似乎就是發現，然後發表。合宜刻意的公眾表現與私密真實的私生活，兩者在許多面向上的界線已經消失了，不只有服裝和儀態這兩個面向而已。

工業革命與大都市裡中產階級的興起，鼓舞大家揚棄華麗的服飾，人們也開始以不同的眼光看待彼此。如同桑內特所說的：「人們在街上很嚴肅地看待彼此的外表，他們相信自己能夠透過所看到的東西，揣測人們的性格。不過，他們看到的卻是大家的穿著漸趨相似，而且色彩單調。因此，要從外表來了解一個人，就要尋找服裝中的細節。」

　　服裝一向是公共生活的一部分，確實，若不是因為公共場合所需，我們所知道的服裝不可能到現在還存在。可以確定的是，多年來有許多理論提到人們為什麼要穿衣服，有人認為是因為羞怯，有人則認為是為了區分性別（也很接近羞怯）；其他人則認為是為了舒適或不受外在環境傷害、創造性感等等。事實上，人們穿衣服只是為了表現**地位**，也就是在社會結構裡的位置。如果是因為羞怯或保護自己，我們只要把自己罩在同樣的橢圓形尼龍袋裡就好了。但是，我們之中會有人想要不同顏色的尼龍袋，不是嗎？有些人想要表現個人偏好，因此形成了差異。我們想讓周遭的人覺得自己很特別，想表現出個人的**風格**。我們想被認為是獨一無二的，而這似乎是一種文明趨勢。然而，這種衝動卻揭露出人類最卑劣的本能，有人的穿著優於他們的身分地位所展現的，於是其他人試著阻止，這種情況歷久不衰。後者是在禁奢令的名目下出現，前者被稱為「暴發戶」，總是被別人看輕，即使這樣並不好，卻可以理解箇中原因。

　　不論是以什麼樣的方式，我們都必須融入社會結構之中。在現代世界裡，如同傑瑞米‧邊沁（Jeremy Bentham）[3]指出的，我們要的是一個有秩序的社會，一個穩定的結構，為大多數人提供最好的利益。我們認為，政府的首要目標就是維持國內的安定，但是大自然似乎無法大量滿足這一點。而為了眾人的利益，我們試著建造一個有秩序的社會。然而，從這樣的體系中，有些人得到的利益會比其他人來得多，至於那些覺得受忽略的人，經常會試著用遊戲規則來出人頭地。

　　這種與服裝有關的想望有了兩種獨特的面向。第一，服裝一向提供

了最明確的定義方式。當法王路易十四走進一間房間時，他披掛著長貂毛，還有猩紅色絲絨長袍與金線繡花，沒有人會對他的地位有所質疑。在民主時代，或是現今的君主政治中，我們並不會這麼招搖又公開地這樣穿，我們的服飾宣言較為含蓄而平等。然而，我們仍希望領導者看起來像領導者，即使大多數共產社會領導者的衣服，似乎只比辦公室職員稍微平整而乾淨。

適當的穿著不會令人焦慮

然而，奇怪的是，現今許多專業人士不論在公司中真正的地位為何，看起來都像辦公室職員。在過去100年左右，大多數明確的服飾運動都朝向舒適發展，這種趨勢在休閒服的重要性與日俱增，而量身訂製服裝的退化可見一斑。在過去半世紀（20世紀後半），我們有著去除西裝與領帶的隨性想法，是一種在休閒服中維護尊嚴的民主革命。問題在於：當所有的人都穿著同樣的運動衫、牛仔褲及球鞋時，又要如何保持個性呢？

這些問題依舊存在：別人如何對待我們？而我們應該怎麼穿，才能得到我們希望別人對待我們的方式？在企業環境裡，或許比任何地方都更強調這一點，服裝就是事業工具，關於我們是誰，以及我們想在工作與社交生活中擁有什麼地位，這是一種很重要的宣言。對於著裝和儀容的強調可能很細微，也可能很明顯，不過這一點卻極為重要，倘若忽略了，將會危及個人。

我們的外表是一種語言，就如同其他語言一般，應該：(1) 適合觀

眾、場合與目的；並且(2)不要發出讓人困惑的訊息。我在不久前才想起這個原則，有個熟識的朋友從德國的一個商展回來，告訴我，他代表美國一家大型企業的團隊，遇到同業競爭。「我沒注意到，」他悻悻然地脫口而出，「我們的隊員穿著有多麼粗劣，英國、北歐、日本等國際公司的人，都穿著精心訂製的合身西裝外套搭配公司領帶，而我們的人卻穿著隨處可見的過時聚酯纖維運動夾克和寬鬆的卡其褲。我們從一開始就在心理上被擊垮了，再也無法重拾自信與沉著。」

我很自然地告訴他，他的團隊會損失這筆生意一點也不意外。（我不厭其煩地說著這句話：「我早就告訴過你了。」）當服裝為我們發聲時，就如同其他溝通模式一樣模糊或細微，讓我們成為不同團體中的一員，而服裝說的語言就是那個團體的語言，不論是在廣義上（例如社會學上的區分），或是在更特別的層面上（如不同的工作會要求穿不同的制服）。重要的問題是：我們希望被視為哪個團體或是哪些團體的成員？

在這些團體之中，不論是大學籃球隊或企業管理團隊，一向都有規則，重點就是要讓人們知道誰是成員，而誰不是。當然，會有例外的情況與對規則不同的詮釋，而且在同一個團體中的穿著也會有細微的變化。細微的差別也是現代穿著的主要面向之一，只要想一下文藝復興時代的王子和目前總統之間衣著的差異即可。現今工業國家中的領導者擁有足夠的權力，令穿著豆綠色衣服的法王路易十四欣羨，但他們的穿著卻像是小康的商人；我猜你們可能會說，在某種層次上他們就是如此。

依照個人目標適切穿著的結果，就如同我朋友正確指出的，是心理上的自信。適切的穿著讓我們不會因為發出負面與讓人困惑的訊息，而

變得焦慮又覺得必須為此負責。如果一個男人穿得讓人印象深刻、有自信而舒適，就會以其他標準被評斷，認為他有才能、有生產力、充滿優點、富有技術，以及忠誠，這就是應有的狀況。這並不需要擁有龐大且昂貴的服裝，或是成為紈褲子弟等諸如此類的條件，只要有效地把事情做好就夠了。

我不習慣提供許多時尚建議，因為我對於猛烈的時尚與華麗張揚的時刻興趣缺缺。（要知道，跟上潮流是沒完沒了的。）但是，我在這裡想提倡的並不是技術性知識，不是關於長褲長度，以及皮帶扣環是否要搭配袖扣那種老派的官樣文章，而是一些在商業環境中辛苦得來的實用建議。技術性知識是放在食譜中的內容，實用知識則是廚師在食譜之外的其他知識。就像這種專業知識，接下來的想法不僅真實——我要告訴你們的所有事都是真的——而且很實際。

穿衣服的七項準則

1. 簡約通常是一種美德。你的衣服不應該比你個人更讓人印象深刻，應該讓你更有吸引力，而不是和你競爭。避免趨勢、流行、華而不實與花招，這些都會把吸引力帶向服裝，而不是帶到你身上。

2. 永遠購買你負擔得起、最好的衣服。不僅要考慮最初的支出，也要考慮服裝的壽命與讓人滿意的程度。好鞋子會比便宜的鞋子穿得久，而且當它們變舊時，甚至會比便宜的新鞋子好看。與其省錢，不如投資在品質上。

3. 堅持「舒適度」。如果你對於穿著的服裝感到不舒服，你也會讓其他

人覺得不舒服，因此大家都無法表現出最好的一面。在這個年代，不需要犧牲舒適度去迎合時尚或尊嚴。

4. 永遠要根據場合與對象穿著適合的服裝。

5. 「合身」是穿著最重要的準則：仔細考量你的身材，並強調優點，讓缺點降到最低。用世上最好的布料做出來的西裝如果不合身，仍然是糟糕的選擇。

6. 通則就是絕對不穿任何便宜、花俏、閃亮或合成材質的服飾。

7. 我們依然會認為一個投資銀行家看起來就應該像是投資銀行家，對於要把自己辛苦賺來的錢，託付給一個看起來會吸毒又迷糊的衝浪者，就會謹慎一點。並不是我對吸毒又迷糊的衝浪者有什麼不滿，只是要告訴你，我不會讓他們拿我的錢去投資。

四個天大的錯誤

1. 顯得太有研究：一切都搭配得很好，一致性很明顯，過於吹毛求疵，擺明了就是一個自戀的人。個性應該要明顯，但是請默默地表現出來。

2. 穿戴太多的配件：就像把所有瓷器同時擺在桌上，不僅太過繁複，也是缺乏安全感的表現。黛安娜・佛里蘭（Diana Vreeland）[4]明智地說過，風格的關鍵在於**拒絕**。這在如今尤其真切，因為我們眼前充斥了過多的商品。

3. 用了太多花樣：如同超載的電路，整套服裝很快就會燒壞了，並且引起注意。這很像偽裝，物品的線條都很模糊，只為了誤導我們的眼

睛，遠離那些應該分辨出來的一切。

4. **顯得太低調：**平淡無奇意味著內在的貧乏。除非你是卡萊·葛倫這類絕世帥哥，把低調的單色服裝變成標誌，在打扮中做一種細微但足以辨認的表態。

四個常見問題

1. 個人風格是否夠清楚？

這個問題相當基本，而且應該這樣思考：「我看起來應該怎麼樣」的這些念頭從何而來？我認為別人怎麼看我？當我逛街買衣服時，會想到自己的優缺點嗎？我想投射哪種形象或價值觀？我想傳達的形象元素都很一致嗎？我的形象是否與自身的專業和社交生活，並且與自己的性格達到平衡？

2. 針對企業人士：我的個人形象反映出任職公司的形象、產品或服務嗎？我了解公司及其形象的整體意義嗎？

個性是一種需要重視並加以培養的事物，但是對於表現與我們相關的事物時，應該一絲不苟。如果你接受一家大型法律事務所的工作，其他律師都穿著西裝，那麼，服裝的基本標的就在你的眼前。想改變現狀的人要注意，其他人將會試著剔除你們，因為捍衛一個團隊的標準是極為重要的。

3. 該怎麼買衣服？

購買很早就會成為一種根深柢固的習慣，心理陷阱是很難擺脫的。這個問題涉及自我意識：我是否自己買衣服、這樣做已經多久了，我對這個過程感到自在嗎？為什麼要去自己購買衣服的地方購物？我是否有意識地調整自己的衣櫥，賦予它什麼特色？我是否對自己的穿著感到滿意、開心？當我逛街買衣服時，知道自己要找什麼嗎？我認為自己知道品質是什麼、衣服應該怎樣穿才合身，以及如何和銷售人員溝通嗎？

4. 我的實際考量有哪些？

我在這裡說的「實際」，關係到真正穿的衣服。我會對任何布料過敏嗎？有什麼風格讓我穿起來覺得不自在、我覺得不好看，或是我不能理解的？我認為有什麼顏色在身上很沒有吸引力，或是哪些圖案不適合自己？

五個實際考量

1. 混合不同時代

結合時尚、現代及重要的經典服飾。表現出你對舊大陸（Old World）[5]的手工藝、對那些歷久不衰的物品，以及對風格（而非瞬間的時尚潮流）有某種驕傲。不要模仿過去，只要表現出你重視它們。

2. 混合不同地區

很會穿衣服的人都喜歡讓不同類型相互抵觸，喜歡穿一件舊的巴伯（Barbour，編註：知名的夾克品牌）狩獵大衣搭配城市西裝，或是精心

訂製的軟呢夾克搭配牛仔褲。在暗色西裝下穿著亮色系的格子襯衫，或是一條鮮豔的毛織薄紗領帶配上一件傳統的西裝外套，都沒有什麼不對。如果喬凡尼‧阿涅利（Gianni Agnelli）[6] 曾被認為是位很會穿衣服的人，他喜歡穿的是狩獵靴與西裝。順便談到相關的一點：如今所謂的「制服」，老式的深色商業西服、白襯衫、毫無特色的領帶，以及黑色翼紋牛津鞋的穿著，是一種選擇，而非義務。

3. 混合不同品牌

簡單來說，從頭到腳都穿著特定的設計師服裝的人，會被認為毫無品味或想像力。

4. 全球化

如今我們在機場的時間似乎比待在家裡還多：今天去香港，明天飛紐約、里約或米蘭，因此我們必須有一種能反映全球的品味與理解力的風格。無論到哪裡，國際商務人士的穿著都是為了開會，只有那些擁有絕對自信的人，才會認為自己的家鄉就是全世界，不會受到全球化的壓力與影響。

5. 穿出態度

一個男人在世界各地，或是與自己獨處時，難道不應該享受他的服裝，不應該為此感到愉快和滿意嗎？對於舒適的穿著要有信心，但也要記得穿著要適當，即使愉快也要有一定的限度。

1　1882～1945 年，又稱「小羅斯福」，是美國經濟大恐慌和第二次世界大戰的核心人物，不僅連任四屆美國總統，也是唯一連任超過兩屆的美國總統。

2　1943 年～，倫敦政經學院社會學教授、紐約大學人文學科教授。其研究著重城市裡的社會連結，以及現代都會生活對個人的影響。

3　1748～1832 年，英國哲學家，效益主義的開創者。

4　1903～1989 年，時尚界知名專欄作家與編輯。

5　指在哥倫布發現新大陸之前，歐洲所認識的世界，包括歐洲、亞洲和非洲（被統稱為亞歐非大陸或世界島），用來與新大陸（包括北美、南美和大洋洲）相對應。

6　1921～2003 年，有影響力的義大利實業家，也是飛雅特（Fiat）汽車的共同創辦人。他無懈可擊又略顯古怪的時尚感也眾所皆知，影響了全世界的男性時尚。

第 5 章

工藝

Craftsmanship

買最好的商品是為了省錢

　　了解品質的人之所以購買最好的商品，並不是為了花大錢，而是為了省錢。我第一次得到這個教訓，是從佛萊德・卡爾卡諾（Fred Calcagno）這個了不起的襯衫製造業者身上學到的。卡爾卡諾是佩克公司（Pec & Company）的老闆，在曼哈頓西57街上有間小工作室。他製作了非常精美的襯衫，顧客包括卡萊・葛倫、亞里斯多德・歐納西斯（Aristotle Onassis）及幾位洛克斐勒家族（Rockefellers）的成員。

　　我猜想卡爾卡諾的生意應該經營得很不錯。然而，他最迷人的地方，如同所有精通工藝的人士，也就是熱愛自己的工作，並對自己的作品感到自豪。他沉迷於瑣碎的細節與問題，為的是確定袖口寬度和一個男人手腕的大小比例是否合適之類的事物。某天，當我拜訪他時，他正

在把新的領子與袖口放到一位客戶的一堆老襯衫上。那位客戶恰好是洛克斐勒的兄弟之一，我想應該是當時摩根大通集團（Chase Manhattan Corporation）的董事長。

「真有趣，」卡爾卡諾若有所思地說：「我很久以前幫他做了這些襯衫，每隔幾年，他就會送回來讓我更換磨損的領子與袖口。這是一個好主意，因為襯衫本身還是像新的一樣，他真的從這些襯衫上省了不少錢。」卡爾卡諾這麼說著，絲毫沒有因為無法賣給客戶一堆新襯衫而感到失望，而是稱許一個了解品質的人。這就是一個工藝師與售貨員之間的差異，後者只想要賣東西給你，而一個真正工藝師的興趣，則在於讓他的產品和你**都變得更好**。

工藝需要信念支持

關於工藝的書有兩大類：一類是複雜度較高的學術性文章，像是哲學、社會學；另一類則涵蓋了可怕的特定主題，例如：如何既有趣又能賺錢地做出馬蹄鐵。我在這裡只是要以較簡單的一點文字討論工藝，並不是以上述兩種觀點出發，而是討論全心投入工藝的這種態度。我在服

飾業中認識夠多的工藝師，包含裁縫、鞋匠、襯衫製造商等，也發現工藝師的工作室確實是一個迷人的地方。

因此，我應該趕快提出一些自己覺得十分易讀也值得一讀，關於這個主題的書籍。我最喜歡的一本書，是湯瑪斯・吉爾丁（Thomas Girtin）寫得極好的《差異製造者：城鎮與鄉村紳士的供應商》（*Makers of Distinction: Suppliers to the Town & Country Gentleman*）〔1959年由哈維爾出版社（Harvill Press）出版〕。那是一趟重回過去的美好旅程，講述那些為英國紳士提供服裝與運動配備的工藝師。例如，當作者提及倫敦重要的製鞋匠與裁縫，還有他們的店鋪時，你幾乎可以聞到皮革和濃密毛呢的氣味，是對一個豐富卻過時的世界難得的一瞥。

另一本更學術一點，但讓人讀起來津津有味的，就是桑內特的《匠人》（*The Craftsman*）〔2008年由耶魯大學出版社（Yale University Press）出版〕。桑內特是知名的社會學家，主張工藝師就是藝術家，他們結合了具有高超技巧的勞力工作與工作倫理，是大家都很讚賞卻已然失去的東西。這是一本非常迷人的研究著作，在最後討論到工藝師真正做的事情，以及我們現在應該珍視他們的價值觀的原因。

最後，要推薦的是一本我個人非常喜愛的自傳，由阿多・羅倫基（Aldo Lorenzi）所寫的《蒙特拿破崙大街上的店》（*The Shop in Via Montenapoleone*）〔2008年由伍利科侯艾匹出版社（Ulrico Hoepli Editore）出版〕。1929年，羅倫基的父親在米蘭開設一家刀具店，直到2014年歇業前，這家店一直是全世界購買刀片與刀具，以及各式相關工具最知名的地方。歷史上，倫德納河谷（Rendena Valley）的每戶人家都有一個磨

刀匠,《蒙特拿破崙大街上的店》則是倫德納河谷磨刀匠之子的證言,對於工藝師在世界上應該享有的地位,表現出強烈的信念。

　　針對這個主題,我也想推薦一部由義大利紀錄片導演吉安盧卡·米格利亞洛蒂(Gianluca Migliarotti)製作與執導的精彩影片《喔,大師!》(O'Mast)。本片純粹從那不勒斯的角度出發,對量身訂做這門藝術進行精彩研究。米格利亞洛蒂所做的絕妙選擇就是,讓這些專業工藝師為自己發聲,而他們對於自己的專業和藝術也表達得十分清楚,真的是一部激勵人心的影片。

　　我自己關於工藝的念頭,將我帶回19世紀德國詩人亨利西·海涅(Heinrich Heine)寫的一封信,是他和一位友人在假期中步行遊覽,造訪法國大教堂的經歷。他在路上寫信回家,描述這次的遊覽,他們最後一站來到亞眠大教堂(Amiens cathedral),他記下與友人之間的對話:「我不久前和朋友站在亞眠大教堂前,他問我,發生了什麼事,我們為什麼不再建造這樣的作品?我回答:親愛的阿爾封斯(Alphonse),那個年代的人有的是**信念**,我們現代人有的是**意見**,而建造一座大教堂需要的不只是意見。」

工藝師的信念就是把東西做到最好

　　我認為這麼說並不誇張，也就是那些努力工作、訓練及練習某種工藝的男女，是在學習一種特殊技巧，直到他們的手、心與腦合而為一為止，他們堅持著自己喜愛職業中的傳統，和那些教堂建造者沒什麼不同。他們採取的是同樣的方式，情感上的投入也十分類似，因為他們對品質有一股熱情，想要讓某種能夠想到且做到的事物達到最完美的境界，和只是盡可能快速做出許多作品比較起來，兩者之間有很真實與實際的差異。

　　讓我具體地談談這一點。我曾拜訪米蘭一位知名的襯衫製造商。他的店鋪是舊大陸那種充滿魅力的典範：古老的波斯地毯與圓潤的護牆板，一捲捲細綿、麻布和絲布堆疊在直達天花板的架子上，還有復古的黃銅壁燈。店主與我聊著製造完美襯衫較細微的重點及複雜度，而我卻

注意到角落裡有位八十多歲或九十歲出頭的老人，正屈身在一片看起來像繪圖桌的大木板上，用一把大剪刀剪裁衣服樣式。原來那是店主的父親，店主詢問我想不想認識他，我當然想，於是店主立刻幫我介紹他父親。

那位老人的雙眼與雙手都很穩，不僅做工完美，執行得也很漂亮。我不會說義大利文，於是請店主替我翻譯，問他父親一個問題：製作這麼精美的襯衫，秘訣是什麼？他們交談了幾句，然後店主呵呵一笑，對我說：「我的父親要我告訴你，他是用愛來做衣服的。」

對於厭倦工作又憤世嫉俗的人來說，這個回答可能無法滿足他們。不過對我來說，這就夠了，這句回答確實說出許多關於工藝師如何思考，以及如何看待工作、客戶與自己的一切。在製作一樣你能盡量做到完美的作品時，必定會有一種驕傲；在完成這樣的作品時，也會有一種

無法言喻的滿足感。當然，對那些服裝工藝師而言，他們與客戶之間的關係也是一種極大的滿足，因為他們讓客戶看起來更好看，對自己的感受更好；這種關係比婚姻更長久，也更自在。

　　有個對於工藝作品與現代大量生產之間差異的顯著觀察，值得在此引述：「一個人幾乎能把任何東西都做得糟糕一些，賣得更便宜一點，而那些只想到價格的人，就是這種人的合法獵物。」這裡的關鍵字就是「合法」。法律以其偉大的民主智慧，假定我們所有人都能接受教育，對自己平常的福利也有責任，所以購買者應該要自己小心。這些工藝師在對品質的承諾和熱情中，試著做到最好，以我們所能想像到最令人滿意的方式，結合形態與功能，同時拒絕對短視近利的劣等貨感到滿足，他們值得我們尊敬、欽佩及擁戴。

第 6 章

丹寧布

Denim

丹寧布的流行跟淘金熱有關

很多人都寫了關於丹寧布的書，因此讓人不知從何寫起。不過，我想從美國紐澤西州的米爾頓（Milltown）談起。你可能會覺得很奇怪，別擔心，我很快就會解釋原因。

已經有許多理論說明這種被稱為「丹寧布」（denim）〔得名自法國的尼姆（Nîmes），該城市在19世紀出口該種布料〕的布料為什麼受歡迎，褲業為它取了不同的名字：丹寧布、粗斜紋布（dungarees）（來自印度語的dungri）、牛仔布（jeans）〔得名自Genes，古法語指的是熱那亞（Genoa）〕，以及Levi's〔依據李維・史特勞斯（Levi Strauss）[1] 而得名，他是個周遊各地的商人，也是美國服裝製造商；請不要把他和法國社會人類學家與結構主義理論的代表人物——李維史陀（Lévi-Strauss）[2] 混為一

談〕。有人將丹寧布的盛行歸功於1849年的加州淘金熱（Gold Rush），這起事件促使原本居住在紐約、販售巴伐利亞服飾與布料、年輕的史特勞斯搬遷到舊金山，希望能將貨物販賣給快速增加的礦工人口。其他論點則指出，是由於西奧多‧羅斯福（Theodore Roosevelt）[3]總統任內讓國家公園制度興起，開放西部給滿懷好奇心的度假者，也讓他們接觸到西部人的穿著。

西部電影帶動了牛仔服飾的流行

還有一派理論認為，牛仔褲的盛行開始於兩次大戰期間的美國，那時西部開始變得人口稠密，休閒牧場崛起成為度假中心，鄉村音樂自成一格，而牛仔形象也變得浪漫，因為在工業革命之後，那些趕著牲畜長征的日子早已不再。一個世代的工作服，成了下個世代的休閒服，正如同一個世代的工作，成了下個世代的娛樂。

事實上，我的理論與紐澤西州該上場了。這真的只是一個概念，但是我卻稱為理論，為的是讓你印象更深刻。我不介意談論工業革命、西部的開放、黃石公園假期，以及蒙大拿休閒牧場等，不過，我的直覺是，牛仔的浪漫形象是從愛德溫‧波特（Edwin S. Porter）這個足智多謀的人開始的。1903年5月，波特執導並拍攝首部西部動作片，這部12分鐘的影片叫作《火車大劫案》（The Great Train Robbery）。讓人愉快的諷刺之處在於，這部具有發展性的重要西部片其實是在紐澤西州米爾頓，在松林泥炭地（Pine Barrens）[4]的矮樹叢中拍攝的，位於紐澤西州首府崔登（Trenton）東邊大約半小時車程的地方。

　　從這一點就能說明，西部電影這類型影片的風行，引起了人們對西部服飾的興趣。牛仔裝、牛仔靴、史泰特森牛仔帽（ten-gallon Stetsons）5、鹿皮牧場夾克、花俏的頭巾，以及從一開始就存在西部片中的一切，是一個很長的故事。《火車大劫案》讓布朗科·比利·安德森搖身一變成為早期的電影明星，之後他執導《異種婚姻》（The Squaw Man），很快就在 1913 年大為轟動，並讓西席·迪密爾（Cecil B. DeMille）6 成為家喻戶曉的名人。等到與約翰·韋恩（John Wayne）同為好萊塢典型牛仔明星的賈利·古柏（Gary Cooper）7，在 1929 年拍攝《英豪本色》（The Virginian）（在有聲電影發明前，他已經出現在六、七部西部片中）時，米克斯、哈特這些牛仔演員已經在這類型的影片演出十幾年，也賺了許多錢，並開啟了西部片的黃金年代。從福特用猶他州的紀念碑谷（Monument Valley）做為傷心地，到塞吉歐·李昂尼（Sergio Leone）8 塵土飛揚的義大利式傳奇，西部片成為重要的電影類型，並產生了一些卓越的影片：《亂世英傑》（The Plainsman）、《關山飛渡》、《原野奇俠》（Shane）、《日正當中》（High Noon）、《搜索者》（The Searchers）、《紅河谷》、《獨眼龍》（One-Eyed Jacks）、《荒野浪子》（High Plains Drifter）及《殺無赦》（Unforgiven），在此僅列出其中幾部好片。在這些片中的牛仔，有一種是所謂的「假牛仔」（drugstore，編註：無實際經驗的牛仔或是在街上閒晃的人），例如羅傑斯與奧崔，穿著花俏的繡花襯衫、設計華麗的靴子及白帽子；另一種則比較腳踏實地，穿的是在大平原上生活、真正的牛仔需要的簡樸牛仔裝與粗獷的靴子。

現在的牛仔褲跟一百年前沒太大差異

丹寧布是用來自法國與印度的堅韌斜紋布染成靛藍色，第一次普遍出現在1849年北加州的薩特鋸木廠（Sutter's Mill）附近淘金的人身上。史特勞斯的故事眾人皆知，並被記錄下來，他帶了好幾匹厚重的帆布到西部，認為那些移居的礦工應該需要帳篷。事實上，他並沒有賣出帳篷，反而賣了褲子，具有企業家精神的史特勞斯把帆布用在有用的地方。他把帶去的帆布製成長褲，並在帆布用完後打電報給住在紐約的兄長們，他們寄了好幾匹法國（來自尼姆這個地方）的靛藍色棉布給他。

史特勞斯在1860年代販售的長褲，與現今提供的長褲之間唯一重大的改變，由賈克・戴維斯（Jacob Davis）這個內華達州的裁縫師所提供。1872年，戴維斯寫信給李維（我只稱呼他的名字，因為大家熟知的就是他的名字，否則我們就會把那些褲子叫作史特勞斯褲，不是嗎？），並且告訴他，只要在口袋邊和其他受力點放上銅鉚釘，就能改善那些粗厚的長褲。他與李維在隔年共同提出一項美國的設計專利。噢，李維也在同一年開始在褲子後口袋上用橘色車線縫出雙拱形的線，大家都說這是美國服裝中最古老的商標。

除了以上的修改之外，你今天買的Levi's和一個世紀前買的沒有什麼不同：大約11盎司（約312公克）重、靛藍色斜紋棉布、前面有兩個J形口袋、右邊的口袋上還有一個小零錢袋，後面的補丁口袋則有著拱形線條設計；在受力點上都有銅鉚釘、一個金屬扣子拉鍊，一切都是用厚重的橘色線縫製。剪裁上是合身直筒，前片低腰，後片稍微高腰一些，車縫線都在側邊。Levi's容許改變，卻不需要改善：忘了過去多年間的各

種變化，才是「真正的Levi's」。

要了解牛仔褲的現代歷史很簡單。1970 年代，設計師還沒有進入牛仔褲市場時，美國基本上只有三家獨立的丹寧褲製造商：利惠（Levi Strauss）、藍哥（Wranglers）及Lee。任何一個年輕男子只要看到臀部口袋的設計，立刻就能知道差異，因為Levi's是雙拱形、藍哥則是一個W形，而Lee則有兩條波浪線，而每個品牌都有各自的擁護者。不過，故事也開始出現分岐。

喜歡西部英雄與叛逆形象的人都穿牛仔褲

1940 年代末與 1950 年代初，穿牛仔褲的年輕男性分成兩種：一種是偏愛西部形象的人，另一種則是形象叛逆的人。這並不是某種聰明的公關或是設計好的行銷策略，而是風格上的真實區別，因為不同的穿著者屬於不同的世界，而那些搭配牛仔褲的配件就能道盡一切。西部形象包括有著後過肩與珍珠扣的法蘭絨牛仔襯衫、鑲嵌繡花牛仔靴，以及有著花俏西部皮帶扣的皮帶；而叛逆形象則包括皮製機車夾克（通常是黑色的）、有弧度的鞋跟與防滑釘的工程師靴（永遠是黑色的）、緊身T恤和「警衛隊」皮帶（2吋厚，有厚重金屬皮帶扣的軍用風格牛皮皮帶）。西部英雄要騎馬，而叛逆的非正統英雄主角則要騎霍格（Hog，大型哈雷機車的暱稱）。牛仔褲從鄉村服飾搖身一變，成為後工業時代年輕人的都會制服。

不過，這兩種類型的人有許多共通點，像是：總是穿著褲頭在臀部的低腰牛仔褲，褲管則要往上捲3吋，露出腿部側邊的縫線。這兩種人

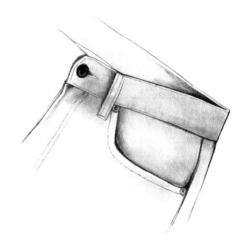

真正的偶像是：《蠻國戰笳聲》（*Hondo*）中的約翰‧韋恩，與《飛車黨》裡的馬龍‧白蘭度（有趣的是，這兩部影片都是在1953年拍攝的）。這兩個人都有稱得上是大搖大擺的步調、傲慢急躁的脾氣、挑釁的眼神，加上對凡事都**漫不經心**的悠閒、沉思及瀟灑風度，而這就是美國西部英雄和無產階級存在主義的叛逆英雄都具備的美感。牛仔褲對年輕男性產生官能性、熱中流浪的效果，那是一種全世界年輕人很快就會喜歡並採用的一種打扮。

　　年輕的非正統英雄主角傳統，與白蘭度、狄恩，以及垮世代作家凱魯亞克和叛逆的搖滾巨星，像是貓王艾維斯‧普利斯萊（Elvis Presley）[9]、傑納‧文森（Gene Vincent）[10]與艾迪‧科克蘭（Eddie Cochran）[11]同時誕生。在《飛車黨》中，白蘭度的牛仔褲與黑色皮夾克，就像是他傲慢無禮的嘲諷，把他塑造成挑戰社會的人。當他被問到：「你到底在反抗什麼？」他所演的角色——強尼（Johnny）無精打采地回答：「你在說什

麼啊？」對於那些心懷不滿又裝腔作勢的人，從來沒有人說過這麼酷又嬉皮的話：如果你真的是嬉皮，就會了解整個文化中整體性的腐化。看看金斯堡的詩《嚎叫》（*Howl*）[12]，就能明白權力被剝奪的感覺了，就如同銅鉚釘與沒有洗過的丹寧布一樣強硬。

丹寧布原本是下層階級的服裝

　　社會學家（以及我）想要指出，在當代生活中，時尚是從街上開始，而非像之前的歷史中那樣從社會階層的頂端出發。自從被創造之後，丹寧布就是下層社會，也就是馬克思（Karl Marx）筆下無產階級服裝中的主軸。無產階級指的就是「藍領階級」：染成藍色的便宜棉布，與白色純棉和亞麻相對應。第二次世界大戰後，無產階級的服飾成為社會中新興階級的制服，這個階級是：青少年，尤其是我們所知的「少年犯」。這些衣服混合了剩餘軍用物資、西部服裝及便宜的勞工戶外服飾，也就是丹寧布牧場夾克、工程師靴、T恤、伐木工的羊毛格子大衣、Schott的黑色機車皮夾克、美國陸軍卡其服裝、海軍厚呢短大衣（pea coat）[13]、威利斯與蓋革（Willis & Geiger）的褐色牛皮飛行夾克、尼龍風衣、厚棕皮警衛隊皮帶、戶外派克大衣、水手的毛帽，以及學生布（chambray）工作襯衫；西元1945年後，在那些處理剩餘戰爭物資的軍備與海軍用品店中，都用很便宜的價格販售。這些東西的品質都很好又便宜，穿起來也酷到不行。

　　1950年代的西部片與叛逆類型電影中，出現大量的牛仔褲，根本上的差異在於電影呈現主角的角度，牛仔褲所結合和象徵的是非正統的英

雄。在 1953 年的《原野奇俠》一片中，當亞倫‧賴德（Alan Ladd）[14] 這個講話很溫和的傳統英雄出現，拯救這個地區時，他穿的是鹿皮，有別於其他人，顯示出他其實是個神秘的外來者，仍處於古典西部片的服裝傳統架構裡；傑克‧派連斯（Jack Palance）[15] 這名受雇殺人的冷血殺手則穿著牛仔褲。在《飛車黨》裡，男主角白蘭度也騎車進入一個小鎮，但他其實是為了摧毀這個小鎮而來，就算不是要摧毀它，至少也明確地表現出他退出了傳統的美國價值觀（現在看起來就是商業消費主義的囚犯）。在這個獨特的系譜中，最後一個叛逆人物就是史提夫‧麥昆（Steve McQueen）[16]。在麥昆於 1972 年的《約尼爾‧波恩納》（Junior Bonner）一片中演出了相當真實、不斷參加競賽的牛仔後，我們轉而懷舊、感傷及模仿，像是 1978 年，約翰‧屈伏塔（John Travolta）在《火爆浪子》（Grease）裡的經典表現，就是誇張地模仿搖滾叛逆的角色。在這部電影上映的 25 年前，一個名叫艾維斯的年輕人走進了山姆‧菲利浦（Sam Phillips）的太陽錄音室（Sun Studio），要為他的母親錄製唱片。

從 1950 年代憤怒的年輕人，到 1960 與 1970 年代年輕人的反動，真的只是一步之遙。「退出社會主流」的訊息早已存在，年輕人需要的只是再加上毒品、重金屬樂，以及某種一知半解的新左派政治哲學，這樣就有了以花為力量的嬉皮世代。牛仔褲隨著時間而有所改變，反映出 1960 與 1970 年代的革命和分歧的觀點。掀起時尚的是那些在柏克萊與哥倫比亞大學等菁英校園中的學生，而不再是紀念碑谷或《在路上》。這些牛仔褲都是喇叭褲且紮染，並刻意加上補丁或經過石洗 [17]，由雷夫‧羅倫、湯米‧希爾費格（Tommy Hilfiger）[18] 及卡文‧克萊（Calvin

Klein）¹⁹精心設計的牛仔褲。那些反叛者的圖像都被關於苦痛的做作民歌沖淡了，牛仔褲也被簡化成只存在於過去的陰影之下，至於那些修改過的叛逆象徵，只能視為對自我意識的諷刺。至少我們認為，在那個年代裡，馬龍・白蘭度與詹姆斯・狄恩永遠不會為了名聲而犧牲正統。如今要在牛仔褲中尋求真實，只是白費工夫。不管是酸洗過或是二手的，日本布邊還是美國製造的彈性混紡棉，我們的牛仔褲反映的是現代世界的各種複雜性，多半是空泛罷了；它是嚴苛努力下的產品，而非自然品味的成果。不過，真正的優雅是由更堅定的事物所組成，而真正的牛仔褲就在松林泥炭地的某個地方，也就是紐澤西州遇見狂野的西部所在之處。

1　1829～1902 年，1853 年在美國舊金山創立牛仔褲公司——利惠公司（Levi Strauss & Co.）。

2　1908～2009 年，有現代人類學之父的美譽。

3　1858～1919 年，又稱老羅斯福，美國史上最年輕的總統。

4　是一片橫跨南紐澤西州茂密森林的沿岸平原地區，由於這裡的土壤為沙質、酸性且不肥沃，早期歐洲殖民者進口的農作物不易種植，因此取了這樣的地名。

5　ten-gallon 從西班牙語的 tan galán 翻譯而來，意指很英勇、很帥，用來描繪騎在馬上的牛仔英姿。

6　美國電影導演，也是美國影藝學院的創辦人之一。

7　美國知名演員，共獲得 2 次奧斯卡最佳男主角獎。代表作為《黃昏之戀》、《日正當中》、《戰地鐘聲》等。

8　1929～1989 年，義大利導演，1964 年起，連拍三部「鑣客」系列義大利式西部片，大受全球影迷歡迎。

9　1935～1977 年，知名美國搖滾樂歌手與演員，被尊稱為「搖滾樂之王」。

10　1935～1971 年，開創搖滾和鄉村搖滾曲風的美國音樂家。

11 1938～1960 年，美國音樂人，其鄉村搖滾歌曲塑造了衣著時髦、長相帥氣的年輕男子形象與叛逆的態度，成為 1950 年代搖滾音樂人的典範。

12 這首詩讚揚垮世代，對美國當時氾濫的物質主義與墨守成規做出猛烈批判。

13 通常是深藍色厚毛外套，原本是歐洲水手的穿著，後來成為美國海軍制服。

14 1913～1964 年，美國演員和電視電影製作人。藉由 1940～1950 年代初期的西部電影，如《原野奇俠》與《合約殺手》（*This Gun for Hire*）等成名。

15 1919～2006 年，美國演員與歌手。曾三度提名奧斯卡最佳男配角，1991 年以《城市鄉巴佬》（*City Slickers*）一片中的角色獲獎。

16 1930～1980 年，著名好萊塢動作片影星，代表作有《豪勇七蛟龍》（*The Magnificent Seven*）、《警網鐵金剛》（*Bullitt*）等。

17 即在洗水中加入浮石，讓浮石和衣服打磨，洗後布面會呈現陳舊感，也會有輕微或重度破損。

18 美國時裝設計師，1984 年創立同名公司，以展現經典美式酷炫風格聞名，並重新詮釋學院風。

19 美國時裝設計師，於 1968 年創立同名公司，以極簡都會時尚為設計主軸，品牌經常簡稱為CK。

第 7 章

晨褸

Dressing Gowns

一件浴袍可能比家具還要貴

1622年，安東尼・凡・戴克（Anthony van Dyck）這位英王查理一世時期的英國宮廷知名畫家，接受委託繪製一張肖像。他繪畫的對象是在近東四處旅行，由英國聖詹姆斯宮（Court of St. James）任命的波斯大使——羅伯・雪利（Robert Shirley）爵士。雪利爵士在戴克面前擺好姿勢時，頭上包著一條大的絲質包頭巾，並穿著蓋住肩膀、長及小腿的絲質繡花長袍。畫中呈現了刻意呈現的隨便姿態，以及可說是最早出現的現代晨褸，你也可以稱為**浴袍**。

「浴袍」的歷史既漫長，又充滿故事性。在歐洲，從中世紀到16世紀，男性為了讓自己擺脫僵硬厚重的緊身上衣與束腰外衣，在天氣暖和時會穿著一件寬鬆的襯衫，天冷時則會加上一件罩袍。不過，到了17世

紀，男性開始穿著室內長袍，與穆斯林穿上床睡覺的簡單睡袍相比，這些長袍是較為華麗的版本。

在這段期間，近東與遠東的貿易和開發正在蓬勃發展。在中世紀，當查理二世得到孟買島（Island of Bombay），做為「布拉甘薩的凱薩琳」（Catherine of Braganza）嫁妝的一部分，英國對這些地區的興趣也隨之提高，具有異國情調的服裝於是成為家居服的風尚。正如同其他具有異國情調的進口商品，像是茶和巧克力，瓷器與印花棉布也蔚為時尚。塞繆爾‧皮普斯（Samuel Pepys）嚴謹的日記為我們提供了許多關於這個年代的知識，而他在1661年7月1日買了第一件晨褸。他回憶道：「今天早上，我出門進城買了一些東西（就像我最近為自己的屋子所做的事）：在各種東西之中，有個普通的五斗櫃要放在我的房間裡，還有一件給自己的印度長袍。前者花了我33英鎊，另一樣則要34英鎊。」

我們可以單單從價格來推斷，這件長袍是很重要的衣物：讓皮普斯付了比一件家具還要昂貴的價格！這些長袍顯然是昂貴又備受珍視的財產，因為當時的男人經常穿著樣式精細的晨褸，讓人繪製肖像畫。1666年，皮普斯本人讓約翰‧黑爾斯（John Hayls）[1]為他畫肖像時，就穿著一件金褐色的絲質印度長袍。

最適合悠閒地待在家裡時穿

這些非正式的「家居」長袍，不被認為是外出服，而是男人在家中放鬆時的私下穿著，搭配一頂柔軟的頭蓋帽（skull cap）或頭巾，還有拖鞋（因此能夠脫去厚重的假髮與靴子，讓自己舒服一點）。當初這些長袍被

稱為波斯、土耳其或印度長袍，是因為它們的設計來自亞洲；之後的用語就是指稱其用途：睡袍、晨褸、睡衣或浴袍。它們的剪裁類似和服，而且很寬鬆，長度符合身高，又有著飄逸的衣袖。最初是用明亮的印花棉布製作，之後則是用真絲織錦緞、錦緞與天鵝絨製作。

另一種風格則稱為「寬鬆襯衫或上衣」〔banyan，banian這個字在葡萄牙文中的意思是印度的，透過東印度公司（East Indian trading companies）成為歐洲的用語之一〕，在17世紀後半廣受歡迎，在18世紀更被視為極具時尚的衣物。英國銀行家湯瑪斯·考特（Thomas Coutts，1735～1822年）訂做的這種寬鬆上衣風格的長袍，布料是有圓點的厚重法蘭絨，無疑是為了要保暖；有著比較合身、大約是身高的四分之三長度，稍微呈現喇叭狀的袖口，收窄的袖子與立領。這種較寬鬆的版型，通常能包裹住身體，要用腰帶綁住；而較合身的寬鬆長袍，一般都是用紡錘型的裝飾性鈕扣扣上，有時會加上內裡以達到保暖的效果。

在整個18世紀中，男人白天穿的服飾開始變得簡約，最後演變成19世紀的深色西裝。晨褸依然是有異國情調的家居穿著，男人穿著這樣的服飾能夠自在地與家人相處，或是接見客人；成為一種早晨接待客人，或是晚間與家人共處等親密關係的象徵。19世紀早期，由於男性早晨的梳理會持續好幾個小時，晨褸因此成為十分實用的服飾。那位講求完美的紈褲子弟布魯梅爾，經常會花一整個早上沐浴、梳洗及著裝，為了散步、體育活動，或是造訪俱樂部做好準備。他早上接見客人時，經常會吸引一群讚賞他的觀眾，甚至包括了威爾斯親王。

　　在英國攝政時期，紳士的晨褸都是一種長度及地的寬鬆披巾，腰部用一條腰帶束緊，且用華麗的印花喀什米爾、印度織錦，或是厚重的錦緞製造，都是草履蟲圖案的設計。到了19世紀中期，這種風格演變成現代的形態：一般的剪裁都有寬大的翻領與深長的袖子，兩者通常都有內裡，再加上有流蘇的腰帶；搭配的軟帽通常會有一模一樣的流蘇。

　　1870年後，這種風格與一種短及臀部的短外套〔稱為「吸菸短外套」（smoking jacket）〕，一起成為受歡迎的家居服。之所以稱為「吸菸短

外套」，是因為固定在全是男性成員的聚會中穿這種衣服。這種聚會都在晚餐後進行，男士為了抽一支雪茄或一根菸而聚在一起。這套服裝的形態與細節結合實用性和美感，至今仍然存在我們的生活中。現在，便服與長袍仍然是悠閒待在家中，或是取悅好友的完美服飾。

現在仍然有許多專門販售美妙晨褸的美好店鋪，有高度時尚敏銳度的男士在選擇長袍時，也如同選擇其他服裝一樣仔細。不久前，我參與共同策畫時裝技術學院博物館（Museum at the Fashion Institute of Technology）一個1930年代服裝的展覽，其中展示了一件極為驚人的絲質晨褸，是由法國夏爾凡（Charvet）[2]所製作的：厚實、古老、黃色緞料、繡著絲路的中國風花紋、黑色緞面翻領，以及一條有著裝飾性流蘇在底端的腰帶。相較於三個世紀前皮普斯所穿的晨褸，這是一種華麗的現代版。當然夏爾凡至今仍在營業，繼續製作華麗的晨褸。

---

1 1600～1679年，英國巴洛克時代的肖像畫家。

2 創立於1838年，是為男女創作與製作訂製衣物和成衣的法國公司，特別知名的是一般服飾（襯衫與睡衣）、領帶和西裝等。

第 8 章

英國鄉間居家造型

The English Country House Look

英國鄉間居家造型經得起時間考驗

　　嘗試不同的「造型」可能會非常昂貴，不管是哥德式的商務造型（雷射切割般銳利的黑色西裝外套與尖頭鞋）、新學院派的日式造型（小心翼翼地結合常春藤學院風格和無產階級的服裝）、那不勒斯輕鬆優雅的造型（皺巴巴的亞麻），或是都會游擊隊造型（陸軍與海軍剩餘物資）等，你的造型比較接近哪一種呢？

　　我建議各位先往前一步，再後退兩步，試試經過時間驗證的英國鄉間居家造型（English country house look, ECHL）。這種造型已歷經時間的考驗，並且在實際上證明了適合任何身形，同時持續在全球各地的街頭受到認同、令人艷羨；還能夠一而再、再而三地修改，以配合一個人的年紀與心情、社會地位，以及各式各樣的場合。

許多英國作家都思考過英式房間做為裝飾主體的神奇之處，諸如伊夫林・沃夫（Evelyn Waugh）、薇塔・薩克韋爾・衛斯特（Vita Sackville West）[1]、愛德華・班森（Edward F. Benson）[2]與詹姆斯・李－米爾納（James Lees-Milne）[3]全都寫過英國的室內裝潢。不過，在極具特色的《裝潢》（*On Decorating*）一書中，美國裝潢設計師馬克・漢普敦（Mark Hampton）則提到了英國鄉村居家的秘密：

房間裡有老舊的地毯，以及將近百年前裝上墊子的家具。這些家具並不是重新加上墊子，而是放上看起來（或許是真的）自製的寬鬆家具套。到處都是書，在有煙痕的壁爐前有著皮製棒狀的炭欄，這就是一般所謂沒有裝潢的樣子。有時是偶然的結果，有時則是一種微妙的努力，故意設計成一種陳舊的氛圍。

「有時是一種微妙的努力」，聽起來就像研究英國鄉間居家造型的完美標題。這種對裝潢的謹慎手段所要表現的概念，是給人一種印象，也就是那種品味的層次，是過去許多年當中由歷任的主人制定下來的，而那種擁擠的不一致性則是集體歷史的結果。因此，這種樣子的正統性就如同一種品味紀錄，誠如小說家班森所寫的：「每一層品味都是由一個自然的地質過程沉澱下來的。」這並不是「年代」的問題（那是平庸裝潢師最愛的事物之一），而是事物的混亂，例如：攝政時期的椅子與英國喬治王朝時代的地毯，加上維多利亞時代的餐具櫃瘋狂地混雜在一起，一切都顯得混亂不已。

英國仕紳古怪的鄉村風格

歷史學家經常指出，英國並沒有中央集權的皇室歷史，能夠用來指引社交行為。例如，相對於法國從 1660 年代初期直到 1789 年的法國大革命，在凡爾賽宮的中央集權政府所做的長期試驗，進而成為法國貴族後來行事的風氣。相反地，一般英國人並沒有一種單一且讓人接受的行為、服飾，以及相關事物等的標準，而這個事實體現在當今許多英國鄉村別墅中些許魯莽的風格裡。

英國貴族喜歡待在他們的鄉村別墅中，只在必要時才會進入倫敦。鄉村別墅意味著鄉村穿著，由耐用的布料製成的狩獵與騎馬裝，而不是皇室周遭的那些絲綢。在 17 和 18 世紀，這種上層階級的鄉村生活，更進一步與增長的中產階級商人趨勢結合，進而捨棄了無謂的裝扮。服裝史學家庫查塔解釋道：「在呼籲紳士改革他們的奢華行徑時，重商主義結合民族主義思想與性別思想，創造出一種符合英國商品和價值觀的男性形象……自由貿易的論調只是對貴族掌控的攻擊：自由貿易將貴族描繪成柔弱的紈褲子弟，生活在只為了消費而極盡奢華又壟斷消費的環境裡。」

對於當代的英國風格，其意義就是，當商業界持續對穿著制服的規範有所要求，仕紳階級卻依舊保持一種古怪的鄉村風格，不理會資產階級的擔憂。維多利亞時代，英國的商人風格成為普遍的商業制服，然而仕紳的古怪風格如今依然存在，並成為廣為人知的英國鄉間居家基本造型。

很奇怪嗎？確實如此，表面上看到的服裝主題並不明確，甚至觀念也不夠清晰。不過，再進一步看到的才重要，那是對保存與妥協的尊重。人們能夠在那些歷史悠久的家園中，找到一種內在根本的穩定，如同屋內的裝潢看上去像是沒裝潢過那般自然。或許人們並沒有明說，但是運用在室內居家裝潢的呈現，也適用於居住者的外表上。

英國鄉間居家造型的兩大重點

既然許多設計師運用他們關於「生活風格裝潢」的概念過著不錯的生活，就讓我們來討論英國鄉間別墅造型兩個真正的標誌，甚至是你可以完成這種造型的一些方法。

首先，要記住很重要的一點：**破舊比嶄新來得好**。新是粗俗的，人們比較偏好的是稍微簡陋，而非全新閃亮。標榜新商品或炫耀商標，帶給人的印象就是缺乏安全感。一個褪色又稍微生出綠色銅銹的氛圍，才能達到超越時間、低調模樣的理想狀態，彰顯出工藝與恰當的比例。例如，薩佛街（Savile Row）上知名的裁縫公司仍舊覺得，當他們的客戶穿著一套新西裝而得到讚美時，他們就辜負了這位客戶。衣服穿在身上不應該像是一種物品，而是個人身心的延伸。說了這麼多，意思是，少了

幾顆扣子或袖口脫線、有些微汙漬與補丁，都是好的。我們現在要談的，是有皺褶卻昂貴，這種接近頹廢的穿著方式，從未真正蔚為風潮或是退流行。符合這種情況的，是古老而破舊，在手肘處有塊皮革補丁，或是緊收袖口的毛呢休閒西裝外套。新衣服可能很美麗，可是沒有情感或真正的過去，有的只是商標。〔確切地說，當中有一種對上流社會的想望，但是雷夫‧羅倫多年來肯定地說服我們，指出我們的祖父輩都有紅木內襯的遊艇與打馬球的小馬，即使他們只是某家鋼鐵廠中的勞工。過往並非商品，我們無法使它變得更好，就如同《唐頓莊園》（*Downton Abbey*）只是影集，不是真實的市中心（Downtown）〕。

　　其次，你應該培養一種讓人覺得**從來沒有刻意準備**的印象。不管付

出任何代價，都要極力避免顯而易見的協調，領帶、襪子及口袋中的手帕至少應該有些微的衝突。穿著不同年代或場合、不同類型的衣服會有幫助，也就是你可以非常安心地交融城鎮與鄉村風格。一條舊的條紋西褲，加上一件西裝外套和有點老舊的板球毛衣，這樣就很不錯了。一件西裝搭配一件穿過一段時間的巴伯夾克（Barbour jacket），或一頂滿是羊毛或有點變形的氈帽（稍微小一點），或是薄的花呢毛衣搭配一件十分乾淨的西裝襯衫以及有圓點的絲質領帶，都能達成那種不需費力的效果。不修邊幅每次都會勝過對稱與有計畫的穿著，而那種出乎預料的不協調，看起來卻出奇自然，很能激勵人心。風格的統一並不是一種美德，如同薇塔・衛斯特所說的，「不同風格的凝聚性」才是真正的重點，這才是「真的很酷」最古老的樣子，是扭轉假紳士氣派的最高境界。

　　不過，事實上，任何一種形式的禮貌舉止，靠的都是小小的謊言，有時候以最細微的努力來達到最自然的外表有其必要。你們不用相信我，只要問問雷夫・羅倫就好了。

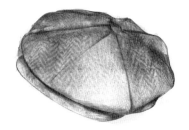

1　1892～1962 年，英國女詩人、小說家與園藝設計師。

2　1867～1940 年，英國小說家和考古學家。

3　1908～1997 年，英國作家，也是鄉村別墅的專家。

第 9 章

晚禮服

Evening Dress

男士晚禮服回來了

　　我從來不相信任何新的事物都是從舊事物而來,也就是事物都會回頭,趨勢都是一再循環的。不過,不久前的《紐約時報》(*New York Times*)讓我重新思索這整件事。根據時尚記者蓋伊‧特雷貝(Guy Trebay)在文章中引述設計師說的話,男士晚禮服(tuxedo)回來了。讓我再說一次,講得更清楚一些:在穿著休閒服的週五,精明的專業男士穿著工作短褲出現在辦公室之後;在各類名人開始不打領帶出現在頒獎典禮上,以及在城市的街上再也看不到一雙擦亮的皮鞋,而且似乎能穿著T恤參加婚禮與葬禮之後,**男士晚禮服回來了!**

　　這不只是說說而已,它**真的**回來了。最耐人尋味的證明就是J. Crew這家服裝公司,在設計總監法蘭克‧穆騰斯(Frank Muytjens)的領導

下，直接進入訂製服裝與配件製作，正在製作一系列的男士晚禮服。誰會料到這一點？（嗯，我就想到了，不過沒關係，我晚一點再說明。）有文章引述穆騰斯的話：「男士準備好要穿得稍微正式一點，但是依照他們各自的條件……我想把晚禮服帶離那個沉悶的男性正式服裝世界。對我來說，那只是一件有著高翻領的休閒西裝外套。」說得很有道理。

或許確實如此，男性不需要帶著既有的概念來穿一套西裝或是晚禮服。在今天，那已經成了非常個人化的表現，也是一個值得探索的社會學田野調查領域。

姑且不論這些讓男士晚禮服重生的努力，20世紀依然是男士晚禮服最重要的世紀。從19世紀最後20年到20世紀，男士晚禮服在衣櫃中已經存在很長一段時間，一直原封不動地保持原本的形態。之所以會這樣的理由很充分，服裝和建築有點類似，就是為了嘗試解決生活中的問題，而那些不成功的嘗試最終會被摒棄。男士晚禮服已經**行之有年**，有著悠久的紀錄。

男士晚禮服在最基本的形態、簡單與變化，也就是色彩、設計、線條及布料，絕大部分都很細微。一套男士晚禮服包括了以亮面黑色布料製成互相搭配的大衣和長褲。〔我在這裡用的是美式說法，英式說法為「晚宴短外套」（dinner jacket），而歐洲大陸則普遍使用「吸菸短外套」；兩種說法都有借代作用，就是以部分代表整體，於是有時會形成文法怪異的句子：「我找不到我的晚宴外套長褲。」〕傳統上，男士晚禮服的大衣非常簡單，前面只有單邊鈕扣（即使兩個、四個或六個扣子的雙排扣版本，從1930年代起已經開始普及），而且裝飾極少，搭配的長褲也一樣簡

單。目的是極簡，早期的晚禮服長褲甚至沒有口袋。

　　總而言之，男士晚禮服及其配件，在過去一個世紀中，一直被認為是男性衣櫥裡最內斂受限的服裝。由於男士晚禮服的運用一直很保守，給人的印象就像在看一系列彩色電影時，突然看到了黑與白：散發出驚人的優雅。這類服裝在歷史上被當作女性鮮豔色彩服飾的高貴陪襯，或許在今天，男士晚禮服已經有了自己的地位，但人們穿著它時仍強烈維持同樣的傳統，畢竟，正式服裝不適合自由放任的美感。

維多利亞時代，黑色西裝代表專業

　　你可以從任何地方開始談論正式穿著的歷史。在約翰·哈維（John Harvey）所寫的簡單易讀、見聞廣博的《穿黑衣的男人》（*Men in Black*）一書中，他寫道，早在西元前 11 世紀，中國的皇帝穿著黑色冕服來表示他們應該受人尊敬；而古希臘與古羅馬人在嚴肅的場合都會披上黑色寬外袍。早期歐洲，神職人員都穿黑色，想想看，那些黑衣修士（Black Friars）[1]。

　　儘管有這些古老的先例，嚴肅的黑色服裝在現代歷史的真正起源，卻是在 16 世紀早期，文藝復興時期的西班牙。從那個年代的肖像畫與禮儀教學書籍中，我們注意到黑色服裝被認為具有較優雅而嚴肅的性質。西班牙的查理一世（1500～1558 年）及其子菲利浦二世（1527～1598 年）都喜歡將黑色服裝視為權力與威信的象徵。而當國王喜歡某樣事物時，朝臣都會審慎地追隨他的喜好，在這種情況下，黑色服裝逐漸成為王室的重點服飾。當西班牙的統治往北方和東方推進到荷蘭與義大利時，黑

色也隨即成為官方服飾。1519年，查理一世成為神聖羅馬帝國皇帝，將自己的稱號改為查理五世，這也有助於將他的服裝偏好推廣到更廣大的群眾。

17世紀由迪亞哥·維拉斯奎茲（Diego Velazquez）[2]繪製的西班牙皇家肖像，明顯展現出這種趨勢，在18世紀荷蘭肖像畫的黃金時期也一樣。到了18世紀，荷蘭成為世界強權，上千名荷蘭商人、專業人士、公職人員及貴族為了一時的滿足感，也為了他們的子孫，紛紛請人繪製肖像；他們在畫中穿著有白色蕾絲衣領與袖口的黑色精紡毛料和絲質衣物。黑色確實成了嚴肅男人處理嚴肅事務的嚴謹象徵。傑若·德·伯赫（Gerard ter Borch）[3]的《年輕男子的肖像》（*Portrait of a Young Man*）繪製於1660年左右，是這種形態和特色的美好展現。這個年輕男子有安靜、自負與尊貴的表情，只有簡單的桌椅做為背景來襯托他。他全身穿著黑色，從有絲質鞋帶的方頭鞋，到尖頂寬邊的帽子都是如此，他的襯衫衣袖用黑色吊帶綁住，蕾絲寬領則是明亮的白色亞麻材質。

有趣的是，除了如貴格會（Quakers）[4]等某些新教的宗教團體以外，法國與英國有權有勢的男士對鮮豔服飾有著較大的興趣。然而，這股潮流在工業革命興起後終於產生了變化。（參見「序言」，對此有較多著墨。）最常被提到的理論是，黑色西裝是中產階級的制服，於是成為男性衣櫥中的主流。這些男人在維多利亞時代到處布滿煙塵的城市與製造業中心工作，因此在面對汙垢、匿名的需求，以及商業界既定的制服時，黑色西裝提供了一種處理這些問題的實用方式。簡單地說，對於都會環境，黑色西裝是一種中立的聲明。

在維多利亞時代，我們看到黑色絨布西裝的勝利，它成為新興商業界中專業商務人士的穿著。在這個年代裡，有資產的男士不再有「稱謂」，只被稱為紳士，這也是大型群眾運動朝向服飾標準化與民主化的開端。與此同時，我們有了製造男士晚禮服的條件，卻還沒有做出真正的服飾。要從黑色商業西服一躍而至男士晚禮服，我們必須先談談愛德華時代。

在19世紀中期到末葉，當白天的時間占據特定的比例時，特殊服飾的概念有了較為狹義的規定。當威爾斯親王即位成為愛德華七世時，人們被一種看似表面的禮儀所鼓舞，並視服飾為達到尊嚴、穩重與受人尊敬的途徑。不論男性或女性，都為了白天的各種場合特別著裝，達到前所未有的程度。有一則生動的軼事，提到一個要陪國王參觀畫展的友人身穿燕尾服，並在午餐之前出現時，愛德華七世很不高興地告訴他：「我以為每個人都知道：在早上的私人會面時，穿著短外套必須搭配一頂絲質帽子。」〔毫無疑問，愛德華時代的人生活在一個與我們不相上下、變化迅速的世界中；他們堅定地認為嚴守規則能確保社會、政治，甚至是智力發展上的平衡。愛德華七世逝世三年後，這些希望都在法蘭德斯（Flanders）的土地及索姆河（Somme）河岸邊被粉碎[5]。〕

在19世紀末那些朦朧的日子裡，紳士有兩種晚宴穿著：燕尾服及其配件，這一向是公開場合的服裝；另一種是較不正式的黑色短大衣，也就是「晚宴短外套」，是在家中私人宴會的裝扮。愛德華七世喜歡短外套這個概念，大約在1875年左右，他允許自己的裁縫師——亨利・普爾（Henry Poole，以他為名的公司至今仍在營業）為他製作一件前領有黑色絲

質鑲邊的短外套。這款短外套也有其他的版本，較花俏的是以壓花絲絨製作，有些帶有裝飾性的鈕扣（鈕扣與鈕扣孔的裝飾通常是以環形編織或線圈）、腰帶（布腰帶，通常末端有流蘇），以及滾邊（通常是將另一片緞面布條放在衣物的邊緣）。晚宴過後，女士被留在餐桌邊，紳士就會集中到私人房間裡，脫去他們的燕尾服，換穿吸菸短外套，享受雪茄、威士忌、撞球，以及某些傷風敗俗的圖片和笑話。最終，這種景象中不再有燕尾服，而由短外套主導接下來的晚間活動。

僵硬的晚禮服變得更加輕鬆舒適

至於晚宴短外套是怎麼來到美國的，有一些理論，但都圍繞著紐約的塔克西多帕克（Tuxedo Park）這個位於紐約市北部的富饒「飛地」[6]。根據不同的故事，不論是皮耶‧羅瑞拉德（Pierre Lorillard）[7]或詹姆斯‧布朗‧波特（James Brown Potter）[8]，兩人在塔克西多帕克俱樂部（Tuxedo Park Club）都有良好的名聲。他們在 1886 年造訪英國，並受邀前往一個家庭宴會時，威爾斯親王穿著短外套出席，其他英國紳士可能也出席了這場宴會。美國人詢問威爾斯親王關於短外套的事，愛德華則推薦他們去找普爾。當對方回到美國後，不知道是羅瑞拉德或波特，或是另外一個人，在塔克西多帕克俱樂部的某個活動上就穿了短外套，其他成員很快就追隨流行，「男士晚禮服」因此在美國找到了新家。

男士晚禮服（或是晚宴短外套，隨便你怎麼稱呼），從那一天起就沒有什麼變化。差異與變化主要在於舒適度、一些小的風格細節，以及一些偏離常軌的有趣顏色。直到 1920 年代末，一名紳士的服裝配備，都包

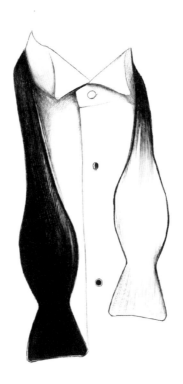

括一件晚宴大衣與搭配的長褲，後者是用18～20盎司（約510到567公克）的巴拉西亞（barathea）⁹毛織品或斜紋嗶嘰布（serge）製成；棉或亞麻襯衫的前襟部位大量上漿，並且有著豎起的衣領、絲質帽子及配件。衣物與上的漿加起來大約20磅重，雖然合身、僵硬得像條冷凍鯉魚，卻因為忍受身體的負擔與衣物的局限，而提升了道德優越感，因而確保了儀態的尊嚴。

　　儘管到了1930年代初期，臃腫僵硬的外觀開始有了改變，中央暖氣、質量較輕的布料及較為輕鬆的社會態度，都讓男士的服裝更舒適，而當時的威爾斯親王也沒有錯過這一切。

　　威爾斯親王的特色就是十分現代化：他喜愛夜總會與爵士樂、飛機與高爾夫球，還有旅行與運動服；他似乎也特別喜愛有夫之婦，但是這並非現代的特色。他和周遭一些講求時尚的人物，包括他弟弟肯特（Kent）公爵、路易・蒙巴頓（Louis Mountbatten）勛爵、劇作家與專業演員諾維・考沃（Noel Coward），以及流行歌曲和舞蹈表演家傑克・布卡能（Jack Buchanan），與一個世紀前的布魯梅爾沒什麼不同，是個風格改革者。愛德華七世是個現代的紈褲子弟，急於擺脫他父親那個世代的規則，對於晚禮服，他偏好晚宴短外套而非燕尾服，因此不再需要腰帶或背心的雙排扣。他也准許大家穿可以翻領的柔軟襯衫。他在回憶錄《溫莎再訪》（*Windsor Revisited*）中提到：「我們開始發現雙排扣的晚宴短外套，一種看起來和立領一樣俐落的柔軟衣領，而到了 30 歲時，我們全都開始『穿著柔軟衣物』，結合之前的世代沒做過的，舒適又自在的服飾。」當威爾斯親王成為首批穿著深藍色晚禮服、而非黑色晚禮服的男士之一後，薩佛街上的裁縫店開始湧入大量深藍色男士晚禮服的訂單，證明了他的影響力。

孔雀革命讓男性服裝多彩多姿

　　由於戰爭與穿著制服的關係，1940 年代在時尚史上是個斷層。對女性來說，克麗絲汀迪奧（Christian Dior）的「新造型」重新流行，也就是女性的衣櫥中再次有大量布料和色彩，首次出現在 1947 年，但是一直到了 1950 年代，男性才重拾色彩。創新來自四面八方，不過，在這段期間，對歐洲時尚產生影響力的，應該是義大利。義大利設計師推崇輕盈

與鮮豔的訂製服裝。1950年代的「大陸造型」有著毛海材質的男士晚禮服短外套，發出虹彩珠光的雙宮綢（doppione silk）與其完美的色彩，例如深粉紅色、法國藍、暗紅色、銀色、翠綠色、紫紅色及天藍色。天氣暖和時，在休假去處或鄉村俱樂部，就搭配黑色西裝褲；較涼爽的天氣時，則搭配格子花呢。但也有一個風潮，是穿戴有花紋的腰帶與相襯的領結。（巧合的是，黑白電影的時代也在此時迅速被彩色電影所取代。）

這就是在下一個十年被稱為「孔雀革命」的開端，而男性也開始注意範圍更大的時尚選項。白天與夜晚的穿著，主要是由英國備受推崇的新愛德華式的面貌，基本上是一種更長又有蜂腰的外套，下擺在臀部的位置展開；而窄長褲則是真正的馬術風格。這種風格藉由法國的女裝設計師皮爾·卡登（Pierre Cardin）傳播得更廣泛，他破天荒地為男性系列服裝複製這樣的風格。人們說，他本人就是知名薩佛街裁縫店——獵人（Huntsman）的顧客，而該店的專長就是為客戶做出那樣的版型。不論其影響力如何，卡登的服裝系列是一種革命，讓他變得家喻戶曉且十分富有。從此以後，他成為第一代男性服裝設計師的教父，其他的男性服裝設計師則包括：美國的比爾·布拉斯（Bill Blass）與約翰·韋茲（John

Weitz）、法國的皮爾・巴爾曼（Pierre Balmain）與吉爾伯特・費魯奇（Gilbert Feruch）、英國的魯伯特・格林（Rupert Lycett Green）、湯米・納特（Tommy Nutter）與哈迪・埃米斯（Hardy Amies），以及義大利的卡羅・帕拉奇（Carlo Palazzi）與布魯諾・皮雅泰利（Bruno Piattelli）。

同時，英國人忙著自己的革命，發生地點就在卡納比街（Carnaby Street）[10]，位於倫敦蘇活區後的行人徒步區。這裡製作的服裝，外觀像是薩佛街馬術風格的極致版本，但是現在有了較不尋常的布料與色彩，以明亮寶石色調的天鵝絨與錦緞，來搭配相襯的花俏印花襯衫和領帶；長褲與大衣都在底端展開。19世紀中葉以來，似乎一直都質樸又簡單的晚禮服，突然間放棄了之前的「大揚棄」，回歸華麗。

對服裝來說，1970年代是讓人心跳暫停的時期，正如同1960年代的孔雀革命，晚禮服也未能免俗。男士晚禮服在當時是以印花天鵝絨、絲綢襯裡的丹寧布、檸檬綠的華達呢（gabardine）[11]，以及其他想像得到的各種庸俗可能性，搭配有蕾絲流蘇的柔軟襯衫、鬆軟的領帶，以及下垂的帽子。男人與女人競相表現華麗和賣弄。

商務服裝轉為休閒風

一切都太過誇張了，而每種風格不可避免地都帶有自我毀滅的元素。很快地，男性服裝設計時能做出最極端的反應，就是變得有理性，至少那是第二代男裝設計師的想法。喬治・亞曼尼（Giorgio Armani）決定男裝應該偶爾要高雅而舒適，而雷夫・羅倫看到的則是傳統與經典的重要價值。1980年代，人們見證了男性服飾重要的重新調整與國際性的

拓展。義大利設計師與製造商掌控了市場上游，設計師輩出，而商務服裝和晚禮服開始有了一項歷史性的改變：休閒服革命。

到了1990年代，商務人士進辦公室，都穿得像是他們玩衝浪的兒子，並且穿著簡單的男士晚禮服與休閒鞋，搭配的不再是特定場合戴的領帶或馴馬車結。依照每個人感受到無拘無束的自由新精神（或是對於失去這種自由的恐懼）的不同，開始出現不同選擇，以及隨心所欲，像是「創意黑領帶」、「有趣的正式服裝」、「穿著的選擇」，或是「任意穿著」。對許多人來說，無疑在身體上更舒適，在心理上卻更具破壞性。沒有人真的知道在某個特定場合應該怎麼穿，選擇多到難以置信，於是每個人開始在每個場合中只穿著既有的衣物。事實上，這就意味著我們完全失去了對不同場合的感覺。從1980年代起，不管在哪一種場所，男士看起來都像是剛從健身房出來。

別配戴飾品又戴胸花

21世紀則變成「酷，所以不需要在意」的年代。相當明顯的例子就是，這個時期的電視頒獎典禮，所有女士看起來都十分美豔，而男士看起來則像是置身事外，完全不在意他們的穿著。問題在於：我們這些觀眾看到的卻是他們努力讓自己看起來很酷。

所幸，晚禮服似乎又再度站穩腳跟，那些人腳下穿的正是整潔的亞伯特有跟便鞋（Albert slippers）**12**！男士晚禮服再度被製造成有著合身的版型，更合身的上衣再加上略窄的立領與薄長褲，製造出一種年輕又纖細的形象。而且布料更輕盈，是7～11盎司（約198～312公克）這個範

圍內的毛海、亞麻、絲混紡，以及輕質梳毛呢（tropical worsted），同時也保有舒適和尊貴。

　　無論是現在或橫跨各個時代，我們都應該遵守一些簡單的規則。今日經典的男士晚禮服大衣採取大家偏愛的訂製合身外觀，如果商務西裝的肩膀較寬或是長褲較窄，男士晚禮服也會如此。然而，這兩種服裝還是有細微的差異。單排扣的晚宴短外套通常只有單一扣子，背後沒有開衩且胸前有個口袋（無蓋），這一切的目的是要呈現更優雅、更簡單的線條。此外，經典晚宴短外套從來不是西裝領（notched lapel，又稱標準領），無論是劍領（peak lapel）或絲瓜領（shawl lapel）[13] 都被認為是合宜的，選擇則純粹依照個人喜好。翻領可以用光滑緞面或羅紋羅緞（細緻但較厚的羅紋絲）鑲邊，通常是與男士晚禮服布料相同的黑色或深藍色。彩色或白色的度假晚宴短外套，鑲邊與外套本身布料的顏色也相同，概念是兩者要相互搭配，而不是對比。

　　傳統上，禮服長褲則與商務長褲只有兩個不同之處：禮服長褲的褲腳從來不會反摺（即使現在一般的褲子流行反摺），腿部側面縫線上也會有一道緞面或羅緞（與領子的鑲邊相稱）。以往，男士穿著禮服長褲時會穿吊帶，但是這關係到時尚與偏好。總而言之，這是不夠優雅的表現，讓人想到兩個世紀前布魯梅爾的穿著。

　　晚宴襯衫在傳統上是白色純綿或絲質襯衫，而且胸前總是會打褶（規則是：男人愈胖，褶子愈寬），加上雙袖口或法式袖（用袖扣固定），可以是翼形領（wing collar）[14] 或翻領（turndown collar）。如果挑選的是翼形領，領子的角總是會放到領結**後方**。經典宴會襯衫在襯衫前面中間有三

個鈕扣孔，以飾釘代替扣子，這真的是唯一要求或需要的裝飾。顏色、褶邊、蕾絲、花紋及滾邊，根本就是墨西哥街頭樂隊的翻版。

這裡又要提到另一點，也是我在第3章提過的一點：在所謂的休閒服革命前，晚宴領帶指的都是領結，不論是方形或尖頭末端，都是和短外套的翻領鑲邊相襯的絲質布料。在我們之中的紈褲子弟可能偶爾會選擇波卡圓點，或是其他花樣和顏色的領結，但要選擇不用黑色或深藍色的服裝來搭配，則需要極度的自信。然而，有些男士近來發展出一個概念，認為配戴緞製的駟馬車結（而非領結），來搭配男士晚禮服是恰當的。如同大多數的時尚風潮，當初被認為非常時髦，但是現在卻讓人感到困惑，成為一種古老、可悲而高級的廢話；這也同樣適用於那種很酷的「無領帶」模樣，那些沒概念的人總是會做出這種刻意的區分——我說的那些過分講究時尚，把熱情用錯地方的人。要說這種漠不關心是時髦，實在太刻意了，簡直就是此地無銀三百兩。

領結可以是晚禮服的主體，但是並非所有配件都有這種性質，至少不是所有用品都如此明顯。例如，源自印度打褶腰帶的寬腰帶並沒有留下來。事實上，在半個世紀之前，每個男人在衣櫃的正式服裝中都有一條寬腰帶，而現在只是某些人的聖物。

幸好，背心仍然存在，從低胸設計，有馬蹄狀的前片（有三或四個扣子與鈕扣孔），以便更凸顯襯衫飾釘的那一天起，就有了特色，也出現了變化。這些背心也可能沒有後片；這種風格細節的許多發明，都是為了減輕服裝的重量。畢竟在穿著男士晚禮服時，主要的娛樂就是跳舞，這也解釋了為何搭配晚禮服的鞋子總是很輕巧。

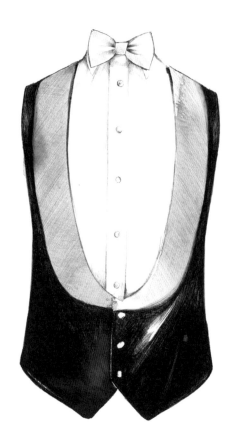

　　當我談到鞋子時，通常都是黑色，幾乎沒有裝飾，通常是低筒，而且搭配的是純黑色長襪（材質為萊爾棉、美麗諾細羊毛或絲）。至於正式的鞋子，令人驚訝的是有些大家都接受的變化：純黑小牛皮或漆皮牛津鞋、天鵝絨亞伯特有跟便鞋，或是有蝴蝶結的漆皮有跟便鞋。

　　另一項細節則已經被遺忘了，左邊翻領上的花、胸花，則像是雙輪馬車和洗指碗一樣，早已消失得不復記憶。愛德華年代的傳統詭異地規定了，只有三種花：藍色矢車菊、紅色康乃馨，以及白色梔子花，能裝

飾在男士晚禮服上，在今天看來，就像是規定只能搭配鼻煙壺、鞋罩或儀式用劍一樣。不過，一條簡單的白色亞麻手帕放在胸前口袋裡，仍然被認為是必要的。

最後，還有一個東西是過往的年代中留存下來的。如果邀請函上寫著「晚禮服－飾品」，這一項依然是被默許的。我指的是配戴獎章、勳章、裝飾性物品與小型飾品。白色領帶和燕尾服能夠自然而然地搭配整體的飾品，但最恰當的是在特定儀式場合中搭配男士晚禮服，由宴會主人決定的飾品。（請注意：絕不要配戴飾品又戴胸花。）

想穿晚禮服時，就穿上吧！

以上應該涵蓋了所有面向，如果還不完整，你可以找到十幾本有最新資訊、建議明確的自助手冊與禮儀指南。到處都充斥了**應該穿什麼**的建議，但在那些厚重的書籍中，我卻發現有一點從未被提到，那就是：**應該怎麼穿**。為了說明這一點，讓我說一個關於諾維·考沃的精彩故事，是由他的伴侶與自傳作家寇勒·雷斯理（Cole Lesley）說的。

身為一名24歲的年經人，首次擔任劇作家與演員的考沃，正享受著《漩渦》（The Vortex）演出所帶來的功成名就，並受邀加入有聲望的明日俱樂部〔Tomorrow Club，後來成為作家參與的知名「筆會俱樂部」（PEN Club）〕，會員包括當時文學界的社交名人：約翰·高爾斯華綏（John Galsworthy）[15]、薩默塞特·毛姆（Somerset Maugham）[16]、蕾貝卡·韋斯特（Rebecca West）[17]、赫伯特·喬治·威爾斯（Herbert George Wells）[18]、班森及阿諾德·貝內特（Arnold Bennett）[19]等。雷斯理講述的故事是：「不知

道他們作風的考沃穿著晚禮服，來到明日俱樂部參加他的首次聚會，卻發現所有人都穿著白天的服裝。當所有出眾人物都轉過頭看著他時，他只在門口停留一下子，然後說：『現在，請大家不要覺得尷尬。』」

著裝最重要的訣竅，尤其是穿著晚禮服，就是：在真的想這麼穿時，穿上它。如此一來，就會給人一種自然優雅的印象，不會穿得像站在閱兵台上的普魯士將軍，而是像佛雷・亞斯坦那樣。優雅自在又充滿天生的自信，才是穿著晚禮服的風度。

1　屬於天主教托缽修會主要派別之一的道明會，會士都披黑色斗篷，因此得名，藉此區別方濟會的灰衣修士與聖衣會的白衣修士。

2　1599～1660 年，西班牙黃金時代的重要肖像畫家，不僅為西班牙王室和其他知名歐洲人物繪製肖像，也繪製具歷史與文化意義的景象，知名畫作為《侍女圖》（*Las Meninas*）。

3　1617～1681 年，荷蘭黃金年代風俗畫畫家。然而，其作品並不常見，現有編目的約 80 件，分別收藏於歐美的美術館與藝廊。

4　成立於 17 世紀的英國，因一名早期領袖「聽到上帝的話而發抖（Quaker）」而得名，也有一說是源於初期宗教聚會中常有教徒全身顫抖。主張任何人之間要像兄弟一樣，倡導和平主義與宗教自由。

5　1914 年第一次世界大戰爆發後，英語中常用來指稱戰場的詞就是法蘭德斯，因為其位在比利時與法國，通稱為法國法蘭德斯地區；而索姆河戰役是第一次世界大戰中規模最大的一次會戰，發生在 1916 年，英、法為了突破德軍防禦，將其擊退到法、德邊境，在位於法國北方的索姆河區域作戰。

6　enclave，一種人文地理概念，指國家中某塊主權屬於其他國家的土地。

7　美國菸草公司的同名創辦人之子嗣，以不同的商標販售香菸。

8　19 世紀紐約的咖啡掮客，十分富有。

9　用絲、人造絲、棉或毛密織的一種布料。

10　倫敦著名的購物街，在時尚、服裝領域有重要的地位，沿街販賣大量的時裝。

11　博柏利（Burberry）研發的一種防水布料，用來製作風衣。

12 有繡花和皮革鞋底的奢華鞋款。在維多利亞時代,由於街道多為砂石,這種鞋款原本只是為了代替外出鞋穿進室內,以免讓地毯或地磚受損。由於亞伯特王子為它加上了天鵝絨鞋面與襯裡,於是自1840年起該款鞋子便和他的名字連結在一起。

13 西裝領又稱為方角領,與上領片的夾角形成三角形缺口的方角,是最適合一般商務西裝的設計。劍領又稱為尖領,是指西裝翻領的邊緣尖角往肩膀的方向上揚。而絲瓜領又稱為披肩領,領緣平滑,沒有任何角度與切口。

14 又稱為燕子領,即領尖往外摺,像是展開的翅膀一樣的立領。

15 1867～1933年,英國小說家、劇作家,1932年獲得諾貝爾文學獎。

16 1874～1965年,英國現代小說家、劇作家。代表作是《人性枷鎖》(*Of Human Bondage*),帶有自傳色彩。

17 1892～1983年,英國記者、文學批評家與旅遊文學作家。

18 1866～1946年,英國著名小說家,新聞記者、政治家、社會學家和歷史學家。他的科幻小說影響深遠,如時間旅行、外星人入侵、反烏托邦等,都是20世紀科幻小說中的主要議題。

19 1867～1931年,英國小說家,曾在媒體與電影界工作。代表作是《老婦人的故事》(*The Old Wives' Tale*)。

第 10 章

眼鏡

Eyewear

電影明星開始戴眼鏡

　　讓我用清楚而恰當的話來說：1965 年時，眼鏡成為受歡迎的物品。我這樣說並不須冒著重大風險，因為這是事實。

　　或許我應該解釋一下，用一個簡單的問題加以說明：電影明星從什麼時候開始戴上眼鏡的？我指的是，不論是男性英雄或美豔的女性。畢竟我們所有人都斷定，在一個文化裡，名人就是我們進行評斷的指標，那麼，這樣的觀點就是接觸任何趨勢的歷史一種極為公平的方式。所以，讓我喚醒你的記憶。1965 年，電影《伊普克雷斯檔案》（*The Ipcress File*）上映，米高・肯恩（Michael Caine）擔綱演出連・戴登（Len Deighton）[1] 筆下的間諜：哈利・帕默（Harry Palmer）。肯恩把這個角色演得十分成功，戴著「徒步旅行者風格」（Wayfarer-style）的黑色厚重塑膠

框眼鏡，他在隔年的《柏林葬禮》（*Funeral in Berlin*）一片中再度戴上同樣的眼鏡。影評家大衛・湯姆森（David Thomson）說到肯恩的表現時，表示：「就和他的眼鏡一樣冰冷有距離。」不過，大家似乎很喜愛他的演出，於是肯恩繼續演出《風流奇男子》（*Alfie*）、《錯誤的盒子》（*The Wrong Box*）、《大淘金》（*The Italian Job*）、《找到卡特》（*Get Carter*）、《大戰巴墟卡》（*The Man Who Would Be King*）、《漢娜姐妹》（*Hannah and Her Sisters*）、《蒙娜麗莎的微笑》（*Mona Lisa Smile*）、《大人別出聲》（*Noises Off*）、《啞巴歌手》（*Little Voice*），以及《沉靜的美國人》（*The Quiet American*），在這裡只列出我喜歡的影片。肯恩成了電影界中職業生涯最長的演員之一。事實上，在肯恩之前戴眼鏡的唯一一位明星（我們鐵定不會稱呼他為浪漫英雄），是默片的喜劇演員哈洛德・羅依德（Harold Lloyd）[2]，他的重要影片甚至在肯恩出生前就已經製作上映了。

因為肯恩的成名，他的英國工人階級倫敦腔調，以及向裁縫名人道格・海沃德（Doug Hayward）[3]訂製的俐落毛海西裝，讓年輕男性認為戴眼鏡是很酷的一件事，還有許多男女跟隨肯恩的腳步，成為戴眼鏡的名人。更遑論那些用眼鏡做為個人風格標誌的名人：伍迪・艾倫（Woody Allen）、伊夫・聖羅蘭（Yves St. Laurent）、大衛・霍克尼（David Hockney）[4]、安娜・溫圖（Anna Wintour）[5]、安迪・沃荷（Andy Warhol）、強尼・戴普（Jonny Depp），以及勒・柯比意（Le Corbusier），布萊德・彼特（Brad Pitt）甚至也在拍照時戴著大大的黑色方框眼鏡！（想想看，這些人之間還有什麼共通的特質。）

復古和新潮的眼鏡同時並存

另一方面，許多超級時尚的人則偏好小圓框眼鏡，這個配件最適合各式各樣樸實又飽經風霜的造型：書呆子風（nerd chic）、復古風、草原風、正統風格、國營事業工人風格，當然還有學院風。有趣的是，這種在眼鏡上更善變且重新流行的方法，似乎和完全相反的風格同時並行，這是眼鏡經常會碰到的情況，無框、鈦金屬、超音速、高科技、鏡框延展到頭部兩側，如同保時捷（Porsche）的流線造型。事實上，如果我沒搞錯，確實有副保時捷品牌的眼鏡符合這樣的描述。

光是這一切就足以讓人揣測，在時尚中，像這樣背道而馳的方式如何並存？我認為向後看與向前看的類型，在這個情況下有著共通點，就是對這一切有著十分嚴肅又志同道合的態度。就像尋求意義的思考者，相對於有決心的行動者，或許是這樣沒錯，但要真正了解這個現象，讓我們回到比1965年更早的時間。在一開始就搞清楚我們要的時間與事實，是件好事。

大家似乎都同意，第一份關於光學的論文，是由海什木（Abu Ali al-Hasan ibn al-Haitham）這名阿拉伯天文學家與數學家所撰寫的，他在英語世界中被稱為海桑（Alhazen）。他的七卷《光學寶藏》（*Treasury on Optics*）在1021年於埃及完成，直到1240年翻譯成拉丁文後，西方世界才得知這份著作。海桑的實驗都是關於利用玻璃的特性讓物體看起來更大，終於讓玻璃與水晶球在中世紀時被當作「閱讀石」（reading stone），後來被稱為「放大鏡」。

13世紀末，威尼斯的玻璃吹製工已經可以將這些石頭磨成鏡片，並

用木框將它們放到臉上，當時稱為「橋框」，就像今天的眼鏡，可是並沒有把鏡框固定在耳朵的柄腳。在當時，閱讀書籍並不是什麼重要的事，因為大多數的人都不識字。不過，在1455年後，當約翰尼斯·古騰堡（Johannes Gutenberg）首度製造出可攜帶的書籍後，增加了可獲得讀物的數量，閱讀就變得極為重要。從那個時候起到16世紀之間，從英國到中國，眼鏡發展成為日常用品。最初的鏡框只是用絲帶綁在臉上，之後柄腳取代了絲帶。帶柄眼鏡（事實上就是一副框上有個握把），是名叫喬治·亞當斯（George Adams）的英國人在1780年左右設計的，在攝政時期變得很受歡迎，那也是紈褲子弟的全盛時期。很快地，出現單片眼鏡，以及小型望遠鏡（spy glasses）與觀劇鏡（opera glasses）（這兩種眼鏡從名稱上就能了解其作用）。

眼鏡材質與形狀有各種變化

和這些眼鏡風格同時發生的事，就是有「鏡架」的眼鏡逐漸受到人們歡迎，到了1800年，製造的材質包括玳瑁、牛角、銀、金、銅及鎳。而夾鼻眼鏡大約也在這個時期出現，但是到了20世紀，我們目前認同的現代化風格，都是有鏡架的眼鏡。

1900年代的大多數時間，人們都用來讓這種設計趨近完美與複雜。1930年，人們首度製造出熱塑性的塑膠——賽璐珞（celluloid），將它用在鏡框的製作上。在德國，蔡司公司（Carl Zeiss Company）發展出「培利維斯特」（perivist）眼鏡，是我們現在最熟悉的鏡框形狀，鏡腳與前面部分的頂端接合，而不是像之前那樣是和中間的部分接合。1937年，美國

博士倫（Bausch & Lomb）公司推出了現在頗受歡迎的飛行員式眼鏡，是當初專門為機師這種新興行業所設計的眼鏡。

從那時開始，每隔十年似乎就會製造出一種形狀特殊的眼鏡，或者應該說是兩種對立的形狀。玳瑁眼鏡，有時會被認為是牛角鏡框（雖然這兩種名稱都是用詞不當，因為塑膠已經被使用多年），1940 年代就開始在大學校園中風行，熱潮繼續延燒到 1950 年代的常春藤名校（參見第 14 章），都是沒有變化的圓形或橢圓鏡框。然而，與這些背道而馳的是，麥迪遜大道上那些廣告界人士（今天我們會想到伍迪·艾倫）所戴的厚重黑色塑膠鏡框，都是長方形的。

等到披頭四（Beatles）在 1964 年風靡美國時，隨著「英國熱」（Anglomania）與尖叫少女的風潮，孔雀革命如火如荼地進行：倫敦的卡納比街、歐普藝術（OP Art）[6] 運動、嬉皮及花的力量都將各自發展。強烈的建築表現、未來主義的歐普藝術學院〔像是早期的艾爾頓·強（Elton John）〕，與法國設計師安德烈·庫荷傑（André Courrèges）[7] 大力推廣的「太空裝眼鏡」。然而，追求都會時尚的人與嬉皮，都會像約翰·藍儂（John Lennon）和珍妮絲·賈普林（Janis Joplin）[8] 一樣，戴上復古的老奶奶眼鏡，有著細框及小型的橢圓有色鏡片。最大尺寸與最小尺寸同時存在，也很快加入其他變化。1970 年代早期，設計師將眼鏡放入他們設計的配件中，包括有趣的鏡框和運動型眼鏡。

最近的發展主要都是在技術上。寶麗萊（Polaroid）開發的太陽眼鏡，以偏光鏡來減少紫外線、強光及色彩失真；還研發了耐衝擊的塑膠；可塑性高的鈦金屬鏡框，則以輕巧舒適與持久性而受到歡迎。

眼鏡可強化想傳達的臉部訊息

我對眼鏡並沒有太多想法,直到 40 幾歲,一切很快就發生了,似乎在一夜之間,我看近物的視力就出了狀況。我決定配戴有框眼鏡、不戴隱形眼鏡,唯一的原因就是要用正面的態度來面對惡化的視力。因此,我決定配戴眼鏡,讓它成為服裝的另一種配件:既然要戴,就要戴得引人注目。我發現,眼鏡在各方面都有很棒的姿態,可以真正強化你想對全世界傳達的臉部訊息:俏皮、聰明、認真、有創意、有教養,如果你想要的話,甚至能表現叛徒的模樣。有需要的話,你可以瀟灑地摘下眼鏡,在手中把玩,假裝擺出沉思的模樣。這是給自己一點額外的時間,搞清楚發生什麼鳥事時,一種有用的方法。

無論如何,當時我是《城市與鄉村》(*Town & Country*)雜誌的編輯,對於眼鏡的品味,就是細邊玳瑁鏡框配上圓形鏡片,一種老派知識份子、學院派的外型,與那些商務人士戴的較厚重的黑色玳瑁鏡框背道而馳。當時的總編輯一直穿著海軍西裝外套,扣上所有的鈕扣,還搭配領結;有一種生活優渥、無憂無慮的形象。因為我的背景是大學講師,

所以那種風格對我來說很自然，而且我也深陷其中，因為我一向都這樣穿。我喜歡把這種風格當成一種老派、全身沾滿粉筆灰的教授姿態，與我對於厚花呢、舊法蘭絨，以及皺皺的亞麻的喜好，輕易地調和在一起。一種細微的自在和傳統魅力的低調宣言、一種老套與別緻的絕妙混合。有時我會隨身帶著幾本舊書（當然是精裝本，沒有沾滿灰塵的書衣），帶著一種有點骯髒又深奧的樣子，為了強化我正在研究的事物不僅令人費解而且重要的印象。我還找到了一種讓人滿意又能顯現出高人一等的模式，就是只要有人拿出最新的高科技裝置時，我就會開始翻閱書上的索引。

把眼鏡做為識別性配件的有兩派，其中一派認為一個人應該堅守一種風格，並將它當作個性化的商標，如果你想，就把它當成一種標誌（例如大衛・霍克尼）。這種方式最明顯的作用，就是能傳遞一種訊息，表示一個人很穩定、可靠，不會被那些瘋狂的風潮與怪念頭所吸引：如同18世紀時人們所說的，「底盤很堅固」的人，也就是你可能會透過他做一些投資的人。

當然，只戴上單一風格眼鏡的缺點，就是無趣又很容易讓人猜透。許多人因而選擇一種類似穿衣服的手段，針對不同心情與場合使用不同風格，就如同許多人有著香水味衣櫥一般，白天用一種古龍水，晚上則用另一種；天氣好時用一種，天氣冷時又用另一種之類的方式。有時要釋放一種嚴肅的訊息，有時則是某種較大膽、暢快而無憂無慮的訊息。就像用不同文法來詮釋一樣，為你想要釋放的訊息決定適合的眼鏡，有助於根據不同的場合、目的及觀眾，來調整你的選擇。

選擇眼鏡時，許多人也會將臉型當作一個決定性因素。我認為，這樣做其實並沒有人們想的那麼重要，當然，用眼鏡來彌補一個人臉部的特色會造成麻煩，像是過大或過小的眼鏡看起來會太過明顯，因而經常被別人視為有點做作，因為那並不是一個人的日常習慣與文化中自然形成的。

不管你想強調或是削弱臉部的自然形狀，你最基本的目標就是去找那種不會引起注意的鏡框。畢竟，穿著的主要目的就是要讓人們注意你，而不是注意你穿的衣服。為了做到這一點，要遵守某些一般的規則：不管鏡框的形狀如何，都要比你的眉毛頂端低一點，而且底部要剛好落在臉頰的上方。眼鏡不應該比你的臉還寬（我認為每個人都應該知道這一點，可惜事實上並不然）。鼻樑架應該大小適中，而且要夠緊，眼鏡才不會滑落到鼻尖。這些適度的參考標準，依然能讓你選擇有美感而適合的形狀。

至於那些仍然考慮戴隱形眼鏡而不戴眼鏡的人，我們應該拿桃樂絲・派克（Dorothy Parker）[9]知名詩作的末段，當作一個好建議。

女人對著那些戴了眼鏡的男人調情。

1　1929 年～，英國作家、劇作家。1960～1970 年代的間諜小說最為人知，《伊普克雷斯檔案》是系列中最先出版的著作。

2　1893～1971 年，美國電影演員與製片人，以演出喜劇默片聞名，與查理・卓別林（Charlie Chaplin）和巴斯特・基頓（Buster Keaton）齊名。

3　1934～2008 年，英國裁縫師，在 1960 年代為許多名人製裝。

4 1937 年～，英國畫家、版畫家、舞台設計師與攝影師。1960 年代普普藝術的重要人物，被譽為 20 世紀最有影響力的英國藝術家之一。

5 1949 年～，1988 年起擔任美國版 Vogue 雜誌的總編輯，招牌造型是鮑伯頭和大墨鏡。

6 又被稱為視覺藝術或網膜藝術，是西方 20 世紀興起的藝術思潮，使用光學技術營造出奇異的藝術效果。利用線條、形狀、色彩的組合，引起觀賞者的視覺錯覺。

7 1923～2016 年，法國服裝設計師，推廣迷你裙與女褲；在 1960 年代初期創造一種具功能性且有建築特色的風格，他的幾何形態也啟發許多後繼的設計師，被稱為「未來主義之父」。

8 1943～1970 年，美國歌手、音樂家、畫家和舞者。

9 1893～1967 年，美國幽默作家。

第 11 章

香氣

Fragrances

香氣是古希臘羅馬男性生活的一部分

當我還是個小男孩時，就像任何在20世紀中期長大的男性一般，男人使用的香氣基本上就是理髮廳裡面的東西。理髮師（而且他在的地方顯然不是會做髮型設計的美髮院）會在男性耳後與頸項上塗抹唯一非藥用的軟膏，就是一抹金縷梅香膏；真正的花花公子則會要求灑上幾滴貝蘭香水（Bay rum）[1]。這兩種具有香氣的物品，外加一種紫丁香的香水（Lilac Vegetal）、一些髮膠及爽身粉，這些就是在各地藥房都買得到，讓男士散發香味的產品。此外，還有少數普及的鬍後水，如歐仕派（Old Spice）與維拉水（Aqua Velva）。

當然，在1960年代中期，有了設計師、年輕人、講究性感及孔雀革命，一切都改變了。男人開始使用古龍水與體香劑，有香味的洗髮精和

肥皂、芳香的刮鬍膏、髮膠、乳液、身體磨砂膏，以及十幾種其他產品。在這份仍在增加的清單上，許多產品的目的是針對男性的皮膚與頭髮，做調理、清潔、保養、去除體味、增色、使其變光滑，並使其不受環境和年齡增長的影響；同時也讓我們看起來更有魅力，況且大多數的產品都含有某種香氣，用來改善我們的氣味。不過，我們經常只是將這些東西用在身上，並沒考慮到塗抹在身上的香味。

這些男性裝扮時使用且持續增加的商品清單，在零售商店中占據了更多的空間，除了一些化妝品以外，現在已經與女性商品不相上下了；這些都是製造商刻意傳達的心理意識，也就是我們看起來、聞起來和感覺起來，並不如我們應該有的樣子。於是，我們瞬間買了各式各樣的產品。根據不久之前的統計顯示，正如同健身房不再是過去的男性俱樂部，使用化妝品或外科手術來改善外表也不再局限於女性，現在的文化是：不論男女都能讓自己的外表愈變愈好。

我無意讓人以為，在此之前，香氣專屬於女性，因為這並不是真的。在古希臘與羅馬時代，香氣是男性社會生活的一部分，卻不屬於女性；古老的亞述戰士會用香油塗抹他們捲曲的鬍子；《雅歌》（*Song of Solomon*）[2]是一首關於充滿香氣的男性情人之詩，充滿了最能喚起人們感受、最情色的字句，最乏味的幾句或許是：「他的臉頰是一床的香料，像花般甜美；他的唇如同百合，留下了味道甜美的沒藥。」〔《雅歌》第5章第13節，欽定版[3]〕。這是一個古老香氣的早期典範。

路易十四是聞起來最香的皇帝

在中世紀的歐洲，男女不僅將香氣用在身上，也會用在衣服與家具上。在文藝復興時期，貴族家中的床罩上都會灑上香水和花瓣，而裝著床單的五斗櫃中會灑滿香草與香料，男人也會將襯衫浸泡在有香味的水和油裡。有香味的手帕很受歡迎，較簡單的方法是在口袋裡塞入花瓣。不過，有時候之所以這麼做，原因聽起來令人惆悵，例如這首簡單的童謠四行詩，說的就是黑死病：

一圈又一圈的粉紅，

一口袋的花束，

哈啾！哈啾！

我們全都倒下了。

這段內容的意思是，受到黑死病感染的第一個徵兆，就是皮膚會出現一圈又一圈的粉紅色疹子。花束就是用來抑制那些嚇人的惡臭，希望能避免疾病跟著那些味道進入體內。然而，這一切都毫無助益：最後，打噴嚏與咳嗽就表示在出血，而受害者就會死亡。事實上，並沒有足夠的證據來支持這種解釋，這一切仍是迷思。不過，我們都知道19世紀的細菌理論受到矚目之前，人們一直認為疾病存在於空氣中，並相信氣味能避免這些「瘴氣」。

早期喜愛香氣的人使用香氣，似乎和我們有同樣的理由：聞起來很香。以香水聞名的，先是義大利，然後是法國。法王路易十四被稱為

「有史以來最好聞的皇帝」，他真的很喜歡香水；而且當他的調香師根據要求調製香氣時，他堅持自己一定要在現場。皇室的禮儀要求一週當中，不同日子要使用不同的香氣，而在路易十四統治的期間，大家都知道凡爾賽宮是個**充滿香氣的宮廷**。

拿破崙洗完澡要灑上一整瓶古龍水

18世紀，紳士開始擦古龍水。這種受人喜愛的香水原本稱為「絕妙之水」（aqua admirabilis），出現在1700年代早期，當時約翰・馬利亞・法利納（Johann Maria Farina）與約翰・巴蒂斯特・法利納（Johann Baptiste Farina）兩兄弟，決定將香水工廠從義大利的聖塔瑪麗亞馬傑奧爾（Santa Maria Maggiore）搬到德國的科隆（Cologne）⁴。他們在酒精中加入一些水，以達到所需的濃度，藉此蒸餾精油（柑橘類如檸檬、香橙，香草類則如薰衣草、迷迭香及百里香），如此製成的香氣十分成功，尤其是七年戰

爭（1754～1763 年）[5]間，駐紮在這個城市裡的軍隊購買了大量這種有香味的水，寄回家鄉。於是這種水開始為眾人所知，一直以來都被稱作古龍水（eau de cologne）。現今，香水品牌羅傑與加列（Roger & Gallett）和4711[6]還在製造有最初那些香氣的古龍水。

　　最有名的古龍水推崇者或許是拿破崙（Napoleon），他每個月會持續向香水師訂製 50 瓶古龍水。他有點放縱，只是，皇帝不就應該如此嗎？他規律而充分地縱容自己，在沐浴後將一整瓶古龍水倒在身上，在一天之中覺得要提振精神時，又會再灑上一到兩瓶。但是，那些紈褲子弟，以及不久之後他們那些重視穿著的後代，也就是攝政時期後期的「花花公子」與「浪蕩子」，有了進一步把香氣做為提振精神的手法：他們在城裡過了一個耗費精神的夜晚後，就會把古龍水當成興奮劑來飲用。讀了當時不同的歷史和日記，人們可能很容易就會做出這樣的結論，認為攝政王身邊這些熱中賭博與開快車的友人，甚至會暢飲添加貓尿的輪軸潤滑油。話說回來，攝政王的香水帳單通常一年高達 500 英鎊，而當時一個中產階級的商人一年像樣的收入也不過 50 英鎊。那時候，肝硬化應該和拿破崙戰爭[7]一樣殺死了許多貴族。

　　就是因為這種放蕩的生活才會導致激烈的反應，當維多利亞女王在1837 年即位時，這種「潔淨離信仰不遠」〔約翰‧衛斯理（John Wesley）[8]在 1750 年代佈道時第一次說了這些話〕的主題似乎跟隨著她，淑女與紳士都將熱水和大量的肥皂視為美德。1865 年，這位英國女王最鍾愛的首相班傑明‧迪斯雷利（Benjamin Disraeli）[9]在艾爾斯伯里（Aylesbury）[10]的演說中，總結了人們應有的態度：「清潔與秩序不是人的本性，而是受

過教育後的結果；如同大部分重要的事物——數學與古典文學，你必須培養對這些事物的愛好。」

這都是維多利亞時代偉大的學科主題，緊接著有極度讓人不安的哲學理論，以及查爾斯‧達爾文（Charles Darwin）這樣的演化論生物學家，與查爾斯‧萊爾（Charles Lyell）這樣的地質學家提出的自然發現，兩者對宗教信仰造成極大的不安；更別說是那些世俗的社會哲學家：馬克思和佛瑞德里希‧恩格斯（Friedrich Engels）、邊沁、約翰‧史都華‧彌爾（John Stuart Mill）[11]、赫伯特‧史賓賽（Herbert Spencer）[12]與湯瑪斯‧亨利‧赫胥黎（Thomas Henry Huxley）[13]。（從這麼多方面攻擊信仰，難怪維多利亞時代的人會這麼講究規矩。）

香氣成為男人商務形象的指標

攝政時期的執褲子弟都從龐德街（Bond Street）[14]消失了，而新一代的紳士，例如：維多利亞女王的夫婿——亞伯特親王則巧妙地持續忽略那些有著鳶尾草與廣藿香的瓶子。事實上，他只是遠離這些味道較重的香氣，使用比較細緻、也較符合乾淨概念的氣味。薰衣草和馬鞭草、橙花與玫瑰露這些較淡的香氣，以及柑橘類的香氣，則比較適合沐浴時使用。那些喜歡味道強烈的香水、捲髮和化妝品的男士（攝政時期那些花花公子使用這些東西時，可是毫不手軟），則被認為不配當一名紳士。

在那之後，我們對香水不再抱持排斥態度。在這裡只說一個大家都知道的案例，1920年代的螢幕偶像魯道夫‧范倫鐵諾（Rudolph Valentino）[15]，是20世紀早期電影裡陽剛男性的榜樣，卻被芝加哥的一名

Vince Camuto 蔚藍海岸男性淡香水

記者在報紙上宣稱他是不良示範,只因為范倫鐵諾擦古龍水。結果,范倫鐵諾前往芝加哥時,還對那位新聞記者下了拳擊賽的戰帖,只是那位記者並沒有現身。

對於男性身上的氣味,我們現在已經不再有那種清教徒式的厭惡。人們不再視香氣為女性的特權,許多香水都由一些健美的運動員、陽剛的男演員公開代言。男性也會把頭髮弄捲、噴髮膠,將頭髮染色,也使用脫毛劑、乳液、體香劑、沐浴油、有香味的刮鬍膏、護手霜、身體去角質霜、古銅仿曬凝膠、收斂水、爽膚水、保溼水及生殖器噴霧**16**,清單上還不止於此。花在男性香氣上的金額高達上千萬元,更別說是其他的產品了。有些特定的氣味會吸引最粗線條的男性,包裝上還有非常可笑的名稱,諸如「彈藥」(Ammo)、「尖鋒」(Nose Tackle,編註:美式足球的球員位置)、「鞍瘡」(Saddle Sore),以及「帆布背包」(Rucksack)等。其他則有較高檔的手法,有著像「愛神」(Eros)、「納西斯之水」(Eau de Narcisse)與「傳奇」(Legend)等品名。我最喜愛的兩種古龍水,現在稱為「激情炸彈」(Spicebomb)(瓶身的設計確實就像第二次世界大戰中手榴彈的樣子),以及「自負」(Arrogant),這樣你就無法不表現出肆無忌憚的樣子了。〔市面上不是已經有一些產品叫作「祖產」(Old Money)、「神權」(Divine Right)與「殿下」(Your Royalness)?應該有吧!〕

暫且不管包裝如何,香氣現在是男性外表的一個重要面向,不僅反映了個人喜好,也是商務形象的另一個指標。大家都預期現今商務人士的衣櫃中有著各種選擇,能讓他們隨著生活中不同的場合與心情加以變

化。畢竟，我們開始享受生活中逐漸增加的多元性，然而，我們之中有許多人還沒有將這種多元性運用在嗅覺這方面，仍有為數不少的男性頑強地執著於理髮廳的基本款，或是他們青少年第一次收到的生日禮物，那罐稚氣未脫的古龍水。

先了解香水的基本用語和香氣類型

關於香味，現在又增加了細緻性與複雜性，這是我們應該注意的地方。有些香氣適合會議室，卻不適合舞廳或臥室；有的古龍水在白天比在晚上更讓人喜愛，或是在冬天塗抹會比夏天來得恰當；還有，那些在親密時刻使用的香氣並不適合公司。在大多數的情況下，如果我們注意一些簡單的規則，使用某些特定的產品，就能處理每天需要的香氣了。

就如同衣服一樣，男性應該也要有一個「香氣衣櫥」，有助於選擇適合的味道。大多數的男人挑選香水時，都是從店家的化妝用品架上挑選一種古龍水，從看起來吸引人或是有知名設計師名字商標的瓶子裡，滴一兩滴不同的香水在手背上。然後，在接下來的半小時裡來來回回地聞，直到完全混淆這些味道，只好沮喪地放棄，回頭使用原來用的古龍水，或是上一個節日裡，他們生命中重要的女人贈送的一瓶古龍水，如果兩者交替使用，或許就能撐到下一個節日到來。這真的很可惜，他們的選擇方式是對的，現在也有許多不錯的選擇，卻不是節慶時推出的各種花俏瓶裝。關於送禮這點，我們應該仁慈地說心意比較重要，至於是否合適就另當別論了。

比較好的選擇方法是先了解基本用語，但不必糾結在那些華麗的化

學名詞，事實上是香味之間的差異。目前化妝品產業或政府並未針對這些香味進行管制，標籤上也沒有豐富實用的訊息可供參考。在一般的情況下，香味從最弱到最強的標示是：鬍後水、古龍水、花露水（toilet water）及香水。這意味著形成香味的精油在香水中比在花露水中的濃度還高，這些精油的分量愈高，香水的價格也愈高。此外，鬍後水可能含有不同的潤膚成分，讓刮鬍刀刮過後的皮膚得到潤澤。

接著，要知道給男士的不同香氣類型：(1) 柑橘類，來自檸檬、萊姆、葡萄柚、香橙及佛手柑，這些香味被認為輕盈、有活力，帶著清爽與夏天的特質；(2) 香料類，一般來說包括肉豆蔻、肉桂、丁香、月桂與羅勒，氣味都比柑橘類來得重，不過仍被歸在清新的類型；(3) 皮革，通常是由杜松與樺木精油調製而成，是一種煙燻而非清新的氣味；(4) 薰衣草及其他不同的花香，被認為有溫暖而細緻的氣息；(5) 薰苔調（fougere，法文中指的是蕨類植物），有某種青草與戶外的氣息；(6) 木質類，包括岩蘭草、檀香和雪松，全都是乾淨的香氣，但是比蕨類更濃厚；(7) 東方氣味，例如麝香、菸草與某些月桂，這些都是最重且最辛辣的味道。

很可惜這些分類並不完整，也不夠精確。已經有一段時間，科學界嘗試想出更能讓大眾普遍接受的描述，提供一個讓氣味分類更準確的方式。那些獨特的成分大體上仍然在製造商的手中，因此有時需要一些專門的聞香師，他們是這個產業中的「鼻子」。

知道氣味的強度和類型很重要，因為在一個商業環境中，一個男人應該只會聞到乾淨與清新的氣味，而不是馬拉喀什（Marrakesh）妓院的

氣味。成功的男性都會意識到乾淨給人的印象，最好的方法就是再加上些微的繁複，這就是要讓別人注意到自己存在的手段了，而好的香氣並不會讓人無法忍受。由於熱度會強化香氣，所以氣候溫暖時要用清爽的氣味，而較強的氣味則留到秋冬再使用。

經典的夏日氣味，就是柑橘類及不同的薰苔調，帶著一種有活力、清新又讓人心曠神怡的特質。在氣候溫暖而潮溼的時候，在辦公桌的抽屜裡放一瓶當作提神用品，是個好主意。秋冬則會讓人想到較芳香的氣味，例如薰衣草、皮革或木質類香味。不工作時，較明確的香氣有助於讓情緒變得更放鬆，較溫暖的香料氣味是個好選擇，較豐富的東方氣味也不錯。這兩種氣味都被認為有點浪漫，味道持續的時間也較長。社交場合讓我們稍微有些自由，能擺脫商務制服，穿上較輕鬆的服裝，所以，是否也該放任一下、變換你的香味呢？

如何選擇適合自己的香味？

就如同所有衣櫥中的衣服，你的香水收藏也會過時。不像一些酒或某些人，香水並不會隨著時間而變得更好，因此不需要保留或儲存，若是不用，就要丟掉。即使是最好的古龍水，味道也會隨著時間變淡，甚至變質，尤其是曝曬在直射的陽光下；也可能瓶蓋沒有蓋緊，或受到極端的溫度變化所影響。那些在節日收到的禮物香水，都會隨著時間而變得刺鼻，應該替換一批新的。這就歸納出一個經濟的觀念，買小瓶香水，而且要常常買，比買大瓶香水來得划算。這樣一來，你就可以確定手上用的都是新品。

專家告訴我們，香氣在不同的皮膚上會產生不同的反應。因此，在你購買之前，一定要測試你有興趣的香氣。別人推薦給你的香水，不足以做為參考。你可以滴一到兩滴在手腕內側，將手腕相互摩擦，然後嗅聞，幾分鐘後再聞一下。如果第二次嗅聞時，你還是喜歡那個氣味，或者那個氣味這時還留在你的皮膚上，就可以買了。而且，不要立刻嘗試另一種香味，要徹底清洗你的手與手腕，等半個鐘頭過後再找另一種古龍水，重複這樣的測試。千萬不要同時試好幾種香味，因為嗅覺的記憶不僅強烈，而且會完全把不同的味道混在一起。藉由一次嘗試不同的氣味，你會調配出某種全新的氣味，這將變得無法預期。就像是混合使用不同的藥物，有誰知道會發生什麼事呢？

話說回來，在擦古龍水時，不要只在耳後輕抹幾滴。當然，認為古龍水只能擦在身上某些部位的極端想法似乎很荒謬。有人說在手腕內側塗抹幾滴也不錯，因為這裡的溫度最接近皮膚表面，對香氣會有較明顯的影響。我的想法是，如果你灑在身體四周，一定會灑到那些地方。雖然我們不必像拿破崙一樣闊氣，不過他的做法是正確的。

1　一種古龍水、鬍後水的名稱，也可以做為腋下體香劑，通常含有月桂葉的成分。

2　舊約聖經詩歌智慧書的第五卷，「雅歌」這個名字取自書中的首句：「所羅門的歌，是歌中的雅歌。」

3　欽定版聖經，又稱英王欽定本或詹姆斯王聖經，由英王詹姆斯一世下令翻譯的英文版本聖經，於1611年出版，一直都是英語世界極受推崇的聖經譯本。

4　這個城市的名稱與古龍水的英文相同，德文寫法則是Köln。

5　當時世界主要強國都參與了這場戰爭，影響涵蓋歐洲、北美、中美洲、西非海岸、印度及菲律賓。

6 傳統的德國古龍水品牌，從1799年就開始生產製造，使用的仍是和200多年前一樣的配方。

7 拿破崙統治法國期間（1803～1815年）爆發的戰爭，拿破崙建立的帝國最終戰敗，讓波旁王朝得以在1814和1815年兩度復辟。

8 1703～1791年，18世紀的英國國教（聖公會）神職人員和基督教神學家，衛理宗（Methodism）的創辦人。

9 1804～1881年，英國保守黨政治家、作家和貴族，曾兩度擔任首相。

10 英國中南部白金漢郡的首府。

11 1806～1873年，英國著名哲學家和經濟學家，也是19世紀極具影響力的古典自由主義思想家。

12 1820～1903年，英國哲學家、社會達爾文主義之父。

13 1825～1895年，英國生物學家。

14 倫敦市中心著名的購物街，從18世紀起成為時尚購物中心。

15 1895～1926年，義大利演員、性感象徵與明星，是默片時代最知名的演員。

16 作用是避免男性在親密關係中出現早洩現象。

第 12 章

修容

Grooming

修容問題，應請教專業人士

　　肩膀以上的部位：脖子、臉與頭，需要最細心的修飾。要處理這些地方，就像選擇香水（參見第11章）一樣，可以從理髮師、髮型設計師、皮膚科醫生，以及其他受過「美的科學教育」的專業人士身上學習。

　　修容較為技術的面向確實涉及醫療層面，像是正確的刮鬍子方式，最適合自己髮質的洗髮精，適合自己臉部的乳液，如何處理曬傷後的斑點、皺紋、掉髮、痤瘡、紅疹、過敏、油性或乾性皮膚、疤痕，以及各式各樣的問題，最好還是留給醫生處理，才能得到正確的答案、建議與訊息。所以，我們（有很多人都這樣）為什麼要依賴廣告提供的修容建議呢？廣告業者總是說，他們的主要功用之一就是提供訊息和教育，而

且是認真地這麼說，真是一群貪婪的人。我們為什麼要依賴電視上30秒的廣告，或是標籤上的產品推薦，來做為終極的教育工具呢？

我們能夠選擇的科學家是皮膚科醫生，他們的專業是皮膚的生理學與病理學。當人們認為自己有健康的問題時，自然就會想去看醫生。不過，醫生也應該有另一項功用，對於直接影響健康的日常養生法，他們可以擔任我們的顧問。有何不可？他們有知識又有研究，針對良好的修容程序與安全的產品，能給我們建議，讓我們從今而後避免許多健康的問題。

你應該詢問醫師關於修容的問題，也應該與那些技術人士交流，畢竟修容也包括一些工具。用在手上的工具，如指甲刀、指甲剪與指甲銼刀；用在臉部的最佳工具，包括鑷子、剃刀及梳子，顯然是一套基本又有用的修容用具。根據羅馬的博物學家及作家老普林尼（Pliny the Elder）[1]的說法，小西庇阿（Scipio Africanus Minor，約在西元前185～129年間）[2]應該是第一個使用修容用具的男人，老普林尼記載，小西庇阿是他所知第一個每天刮鬍子的男人，而且他經常旅行，尤其常去北非與西班牙。

在家裡放一套修容用具其實沒有必要，因為屋子裡有許多地方，像是醫藥箱、抽屜或是置物架，甚至是窗台上的小籃子裡，都存放了這些必需品。但是，當我們提到一套旅行用的修容用具時，自然就符合了這些基本要求。事實上，我會用的詞是複數──幾套。一般的旅行包裡，會有一套指甲修剪組、醫療用品包，還有急救包，這些就是我所說的「幾套」。乍看之下似乎有點大驚小怪，不過在與那些經常旅行的商務人士聊過後，我發現這些修容用具的包裝很輕巧，提供了某種安全感和內

在的安定。一般的修容工具包有不同的形狀與大小，有長形、中間有拉鍊的杜普（Dopp）風格，也有捲狀與袋狀。有些用高級皮革製作，有些則是純棉帆布、尼龍布或其他合成材質。有人偏好奢華風格，有人則選擇輕巧方便的，不管你選擇哪一種風格，最重要的是，工具包應該要有防水內裡，並且有足夠的隔層能將物品分開收納。

吉列發明的安全刮鬍刀大受歡迎

　　一般的修容工具包除了古龍水、體香劑及洗髮精以外，你也需要刮鬍子與保養口腔的用具。刮鬍刀有不同形式：電動的（插電或是裝電池）、用安全刀片的（有一片或多片），或是直式剃刀。即使直式剃刀（有一片長刀片和手把）是兩千多年來男人唯一使用的刮鬍刀，在一世紀的羅馬，銅製或鐵製的刮鬍刀很普及，但現在很少有人用。少數使用直式剃刀的男人，能享受愛德華年代那種懷舊的遐想；當時的紳士穿著賽璐璐衣領，用檀木油當髮油，在瓷碗裡把刮鬍子的肥皂打到發泡，用一把有象牙手把的海狸刷把肥皂泡塗抹在臉上，堅稱沒有比這更好的刮鬍子方式了。不過，直式剃刀使用起來既困難且危險，否則怎麼會有人稱之為「割喉刀」呢？唯有練習得來的精準手部動作，才能避免危險的割傷。這些刮鬍刀也得不斷磨利，磨利這個動作在英文中叫作stropping，沿用了磨剃刀皮帶的名稱。這是現代人不需要做的事，除非你想在日常的例行活動中加上另一件吃力不討好的苦差事。

　　現代人偏好的是電動或單刃的安全刮鬍刀，這兩者都不會造成嚴重割傷，因為刀片暴露的部分不多，只能割下毛髮，偶爾會劃傷皮膚，不

過發生這種事時，通常是因為我們趕時間，或是有重要的會議。安全刮鬍刀在 1880 年代首次申請專利，不過，直到 1901 年，一個名叫金‧坎布‧吉列（King Camp Gillette）的男人，才為第一支受大眾歡迎的安全刮鬍刀申請專利，這種小型雙刃的形式在接下來的半世紀持續風行。那些年紀夠大、曾用過直式剃刀的男人都記得吉列的名字，從此以後對他感到敬佩。現在，有多片刀片可替換的拋棄式塑膠安全刮鬍刀，一包只要幾塊美元就買得到；較奇特的材質（銀或金、鉻、白蠟、鹿角、稀有木頭、骨質、陶瓷，或是你想得到的任何材質），價格當然也較高。不論你喜歡哪一種刀柄，這樣的刮鬍刀，每一把用的刀片都一樣，提供相同的刮鬍子品質；因此，價格的不同只是美感的區別，而非實用的考量。

　　電動刮鬍刀有各式各樣的風格，無論是插電或裝電池（或是兩者都可，電池不是充電式，就是拋棄式），都由刀頭的設計來決定。大多數的是往復式刀頭，裡面的刀片會在一個薄金屬片下前後移動；不然就是旋轉式刀頭，旋轉刀片藏在彈簧保護片裡。令人難以置信的是，這些各式各樣的刮鬍刀，能配合不同的臉型與需求，有些又大又重又有力，有的則是輕薄短小。建議你最好到所謂的美容用品專賣店中搜尋這些工具，這也是髮型設計師及其他專業人員購買產品的地方。

　　刮鬍皂有罐裝、條狀或瓶裝。罐裝的刮鬍皂（通常是能夠替換刮鬍皂的陶瓷罐或木碗）都要配合刮鬍刷來使用，刮鬍皂的價格平易近人，一把好的刮鬍刷卻是一項昂貴的投資。便宜的刷子很快就壞了，而且剛開始用在皮膚上時也不夠柔軟。最好的刷子是用獾毛製成，舒適度與持久度是其他刷子難以超越的。小管的刮鬍膏在旅行時很好用，但是大多數

的男性在家時都會使用罐裝的凝膠，既經濟又實惠。所有刮鬍皂都有許多不同的香味可以選擇（也有無香味的），但只有罐裝刮鬍皂有最多變化：「粗硬鬍子專用」、「敏感性肌膚」、「藥用」等，然而標籤上條列出來的成分都大同小異。

在刮鬍子基本用品清單上的最後一項，就是止血棒或明礬塊，每家西藥房都有在賣。除了用火燒以外，明礬塊這個便利的工具，是長久以來被證明最能止血的方法。這種用明礬製成的收斂劑，有迅速止血的功效，並且能收縮皮膚組織和血管。至少從 15 世紀開始，明礬就被當成止血用品——在這個精巧的工具發明前，男士襯衫衣領是什麼樣子，還真的難以想像[3]。明礬使用起來極為簡單：將頂端弄溼，在傷口上反覆塗抹，讓皮膚上形成一片白色粉末，然後擦掉多餘的粉末。剛開始時會有點痛，不過我寧願相信這樣做是故意的，能讓自己堅強一些。

還有許多產品是在刮鬍子前後使用，像是潤膚霜、收斂水及乳液都號稱有助於刮鬍子，還能讓皮膚更健康。我們應該留意這些產品，但要記得詢問專家：是否真的有需要，如果需要的話，針對我們特定的膚質與生活型態，哪些品牌的產品最適合。

修容組和藥品包，讓你隨時上得了檯面

其他修容工具應該存放在一個獨立的指甲修剪組裡，通常也是這樣販售的。基本的工具包括指甲刀、指甲剪、指甲銼刀和鑷子；還可以加入指甲銼板（這真的是一種很好的磨指甲工具），以及橙木棒（這是一種傳統上用橙木製成的棍子，用來將指甲的表皮推回原位，很有趣），若有需

要，還能再添購不同大小的指甲刀或指甲剪，或是一面小鏡子、一把小的瑞士刀、一把梳子。有些公司專門製造這種工具，並提供十幾種不同形狀與大小的器具，滿足不同的修容需求，像是絲瓜布、浮石塊、去角質用品、裝電池的修剪器，以及更多專門又令人無法理解的品項。

盛裝藥品的用具包在藥房裡也找得到，通常都有防水材質的內裡，並且有小袋子放置藥丸與維他命、盛裝液體的瓶子、可摺疊的湯匙、溫度計，偶爾還有其他健康相關用品，例如隱形眼鏡盒、藥用海綿和繃帶，以及基本的急救用品。這樣很好，是個讓藥品隨手可得的簡單方法。裝盒時，請注意以下事項：(1)保留藥品清單和處方箋，一旦你外出時必須添購藥品時可以參考；(2)所有的小袋子與瓶子都要貼上標籤；

(3) 一定要將藥品包放在隨身行李中，不要放在托運的行李裡；以及(4)要知道所有藥品的有效期限，有需要的話就購買新品。

這些藥品包只對某些情況有用，如果地震高達芮氏規模7.5級，或者當你待在一個海嘯肆虐的地方，就派不上用場了。但是，如果你在機場滯留或必須等待另一班飛機，或是每個旅遊的人偶爾會碰上的那些讓人抓狂的小意外時，這些藥品包是很有用的。帶著這些藥品包和一般的修容組，最重要的就是：不管你何時抵達目的地，你都要在抵達時上得了檯面。

固定修剪鬍子很重要

講到上得了檯面，值得一提的是，鬍鬚的數量和需要的修剪，曾經是被嚴格規定與檢驗的主題，現今則是一種個人選擇和專業禮儀的考量。多年來，鬍子這個主題在大家的認知中是：不需要任何討論。從第一次世界大戰後到1960年代，人們對「商務形象」的預期，就是一張刮過鬍子、乾淨的臉。偶爾，男人可能會嘗試留著八字鬍〔例如電影明星克拉克・蓋博（Clark Gable）〕，不過任何形態的落腮鬍都被認為具有波西米亞風，那是你只能在紐約的格林威治村，以及1950年代垮世代的人身上才看得到的（例如詩人金斯堡）。

從那些充滿限制的日子以來，我們如今已經鬆綁了不少，刮過鬍子、乾淨的臉以外，落腮鬍與八字鬍也成了受歡迎的選擇。從有些短鬍渣，到像「伐木工人」般有著一大片鬍子，都能讓人接受。大多數的男人在一生中至少會嘗試一次在臉上留鬍子。八字鬍或落腮鬍則完全依照

個人喜好，關係到個人的本領，以及想傳達關於自己的哪些訊息。幾乎刮得一乾二淨的臉龐，表達的是一種漠不關心的都會風雅，而完整又很長的鬍子，則會讓人聯想到農村荒野且質樸的生活型態。這只和過去的經驗、看過的例子有關，沒有任何必然的規則，也不是概括的美感或是道德規範。不過，就如同襯衫衣領的大小有個通則，就是比例應該符合臉的大小，留鬍子也有一個基本原則：八字鬍或落腮鬍應該要與臉的大小成正比。一張細長的臉上，若留著又寬又厚的八字鬍或是大把的落腮鬍，會讓人覺得那些鬍子有自己的生命，也就是人們不會注意到你，反而會注意到這個細節。

唯一值得提出的忠告就是，沒梳理且不整潔的八字鬍或落腮鬍，不論風格如何，在別人的眼中看起來並不有趣。不論一個男人選擇什麼風格，都應該固定修剪鬍子的長度，並保持清潔（吃東西經常會是個問題），因為外在的懶散通常代表了內在的懶散。為這部分的工作購買合適的修容工具：有一整箱的工具，從鬍子造型蠟到鬍子保養油和鬍子剪；而一把好的八字鬍剪刀、鬍子梳與鬍子修剪器都是必要的，而且應該每天使用。

1　西元前23～前79年，古羅馬作家、博物學者、軍人、政治家，以《自然史》（*Natural History*）一書聞名。

2　羅馬共和國將領，率軍攻陷迦太基城，結束羅馬與迦太基的百年戰爭。

3　明礬加入水中，能將白襯衫領子上的黃漬洗乾淨。

第 13 章

義大利風格

Italian Style

義大利就是風格的代名詞

在今天，任何一本談男性時尚的書，都不能不提到義大利的服裝，不僅是因為義大利人控制市場上游的製造與布料，也因為他們的訂製服在國際間享有盛名。「細緻的義大利之手」，人們經常如此稱道，指的就是那些真正的工藝師與手工藝製造出來的卓越作品。那些屈指可數的小公司致力於讓紳士穿出裁縫工藝中的傑作，難以比擬的技巧所產生的個人創作、品味及得體，在這個逐漸由劣等做工和卑劣的相似性統治的世界中，真的愈來愈難看到了。當我們淹沒在線上串流、微波食品，以及令人眼花撩亂的觸控式面板時，真正的工藝即將成為最後的奢侈。

義大利的風格感是毋庸置疑的，不論是家具、跑車、建築、餐具或服裝，義大利人都自成一格，而人們也說義大利就是風格的代名詞。義

大利人培養並磨鍊風格，沉迷其中並把這種風格外銷到海外。

　　為什麼時尚與風格在義大利會如此容易理解呢？或許是因為義大利人都想穿得好看。畢竟，這是一種個人主義，一個男人想被當成獨一無二的男人，了解服裝扮演的角色，讓他可以達到目的。而這種經常出現的觀點，來自 20 世紀出身於義大利卡拉布里亞（Calabrian）的作家柯拉多・雅瓦羅（Corrado Alvaro）[1]所寫的：「一旦義大利失去人性，就會失去一切。」這句話也可以用來梳理義大利對風格的影響。

　　義大利人總想達到風格上的優勢。即使是最會冷嘲熱諷的旅行者馬克吐溫（Mark Twain），在 1867 年前往歐洲與聖地旅行時，也說過：造物主把義大利的一切都變成米開朗基羅（Michelangelo）的作品。現在，儘管有政治或經濟上的混亂，義大利的藝術依然欣欣向榮，影響也隨處可見。從維多里歐・狄西嘉（Vittorio De Sica）[2]與費德里柯・費里尼（Federico Fellini），到法蘭柯・齊費里尼（Franco Zeffirelli）[3]和莉娜・維黛美拉（Lina Wertmüller）[4]，這些電影導演持續在電影界刻劃出新方向；建築師則有皮耶・雷吉・奈爾維（Pier Luigi Nervi）[5]與他具有「大膽嘗試」（bravura）風格的鋼筋混凝土，全面改造了現代建築和城市景觀。在時尚家具與室內設計方面，義大利人比北歐人更優越，而在高級訂製服的領域，他們也超越了法國人。是誰創造了更多的美麗汽車、印花絲綢或雕塑呢？答案應該很明顯了。

義大利文化影響了全世界

　　當其他經濟實力堅強的偉大科技王國，尋求更大規模統治世界、測

量銀河系，以及攸關全世界的命運時，義大利則以歷史悠久的方式，提供個人而私密的愉悅，為那些尋求一雙高雅鞋子或一個高貴酒杯的人專門訂做，而不是為那些人尋找最新的微電腦、最快的粒子加速器，或是最具破壞力的洲際飛彈，更別提那些超導體、希格斯玻色子（Higgs boson）⁶ 與發射飛彈的無人駕駛飛機了，那些東西一點都不重要，甚至比一件手工製亞麻襯衫還不重要，與我們親密接觸的並不是那些東西。

並不是我們刻意變得如此狹隘，只關心那些我們直接接觸到的事物，而是因為我們本來就應該關心這些事物的命運。義大利似乎是這些人類關懷的避風港和庇護所，那些細微、日常又直接的愉悅在其他地方則減少得非常迅速。這種對個人的關懷，對工藝賦予的更個人的成就，確實是更廣義的美感的一部分。工藝與對美的欣賞，兩者的關係就是義大利文化的產物。文化上，大家都說我們全是義大利人的後代。確實，義大利的人與文化對其他歐洲國家，以及對全世界的影響，是數十個大學課程的主題，也是上千堂藝術演講的主題，更是無數書籍（有些是學術性，有些則是趣味性，或者兩種性質同時存在）的主題。在藝術和科學，以及商業、探索、政治、哲學以及許多並不有趣的面向上，義大利一直有著舉足輕重的地位，其中一個趣味就是時尚。

歷史上，義大利曾是重要的橋梁，維持著歐洲北部與中東間微妙的平衡，輕易地就能感受到法國、德國、斯堪地那維亞半島、英國、希臘、土耳其及較遠的亞洲帶來的壓力。早在 13 世紀，人們就能在繁榮的港都威尼斯，看到來自世界上每個已知貿易國的商船。當時倫敦只是一個有城牆、巷弄狹窄的中世紀古城，而威尼斯卻已達到高度繁榮，城市

裡有華麗的宮殿、金色的馬賽克教堂，以及充滿雕像的寬闊廣場。歐洲
北部的建築用的是磚塊和石頭，義大利用的卻是大理石。

　　在中世紀，由於義大利絕佳的地理位置、政治影響力和財富，使義
大利人成為歐洲重要的商人、銀行家及貿易商，而他們的時尚業也隨之
興起。15 世紀後，像是絲綢這種在歐洲貴族家庭有大量需求的奢華布
料，從西元 1148 年開始，巴勒摩（Palermo）[7] 就在編織這種布料了。到
了 15 世紀，在絲綢與毛料上，義大利已經發展出豐富的生產技術。此
外，義大利也有國際貿易網絡和現代化的銀行體系，這一切都反映在熱
那亞、威尼斯、佛羅倫斯及米蘭巨大的商業財富上。到了 17 世紀中期，
由巴貝里‧卡諾尼可（Barberis Canonico）家族〔現在的名稱是維塔勒‧
巴貝里‧卡諾尼可（Vitale Barberis Canonico）〕經營、義大利最大的毛料
紡織廠，就已經投入紡織品製造了。

文藝復興時期就有裁縫

　　我們所知的裁縫，幾乎就像我們所知的其他事物，都開始於文藝復
興時期，這部分的歷史與義大利密不可分。事實上，剪裁和縫紉這兩個
從打版開始製作衣服的基本工藝，在 11 世紀已經開始逐漸發展。根據學
者卡洛‧克里耶‧費里克（Carole Collier Frick）在著作《裝扮文藝復興時
代的佛羅倫斯：家庭、財富與精緻服飾》（*Dressing Renaissance Florence:
Families, Fortunes, and Fine Clothing*）中指出：「最早確切提到佛羅倫斯的
裁縫師是在 1032 年，確實存在的店鋪是『佛羅倫帝薩爾蒂之家』（Casa
Florentii Sarti）。」在米蘭，最早有編織工、裁縫與染布工製造衣服的**公**

司，是1102年。《牛津英文字典》（*Oxford English Dictionary*）中對「裁縫」（tailor）這個字提供的參考資料，提到的具體日期是1297年。直到1560年才出版的日內瓦聖經，有趣的是其中的創世紀第3章第7節：「他們把無花果樹的葉子縫在一起，做成裙子。」那個年代，裁縫的概念顯然在全歐洲變得十分明確。

裁縫的形成，來自於大家都知道的人道主義（Humanism），這是一種對人類寬廣且深層的關懷，相較於關係到下輩子的靈性生活，更關心現世的個人與社交生活。中世紀時對於超脫塵世的重視，以及文藝復興時期對世間的關注，兩者的差異很容易就能從兩個時期的服裝加以區隔。例如以哥德式微型畫來與 15 世紀的肖像相比，或是比較喬托（Giotto di Bondone）**8**的《哀歌》（*Lamentation*，約於1305年繪製）與揚・范・艾克（Jan Van Eyck）**9**的《阿諾非尼夫婦》（*Giovanni Arnolfini and His Bride*，約於1434年繪製）。這兩幅畫的年代相差約100多年，卻有天壤之別。更甚者，《哀歌》畫中的中世紀人像，像是穿著覆蓋全身、僵硬的長版金屬薄片，看不出服裝下的身形。另一方面，文藝復興時期的《阿諾非尼夫婦》似乎歡欣鼓舞地展現個人特徵和體態。

街道就是展現自我的舞台

在中世紀，服裝被視為遮掩身體的一種手段，一直到後期出現同業公會（guild）體系，神職人員與非神職人員的服裝才有所區隔。然而，人道主義的興起，也加強了對人類身形的關注和讚賞，這就是時尚的根基。

我們可以把這樣的時尚革命定義為：透過服裝展現身形的穩定過程。寬鬆長袍這種中世紀時期的標準制服，被剪短並收緊，最後被剪開又重新縫製在一起，為的就是接近人類身體理想的外型。這些嘗試開始需要專業技巧與不同的分工。

這就是裁剪師和裁縫師加入其他工藝家的行列，並成為手工藝團體重要成員的時刻。在那之前，幾乎只有歐洲貴族會製作自己的服裝，將簡單編織的布料縫在一起，然後套在身上。紡織工製造布料，而布料就是這種服裝的典型特色。但是，西元 1300 年之後，裁縫師和紡織工一樣愈來愈重要。當時的同業公會專精於不同的工藝，而有些公會之所以興起，就是要確保文藝復興時代紳士的穿著，有製作緊身上衣的人、製作皮帶和飾帶的人、毛皮加工者、紡織工及染布工，還有繡花工等，每種技巧都被公會成員小心翼翼地控管著。

裁縫師和歐洲城市在同一時間興起，裁縫師負責為歐洲大陸成長中的鄉鎮居民製作衣服，裁縫的藝術和科學，因此成了高度專業、複雜，必須小心翼翼控管的工藝。這種情況首先出現在義大利。

文藝復興時代的義大利，其時尚的特色是錯綜複雜的裝飾、細緻而豪華的布料。由於義大利城市成為現代世界各種生活場景發生的世界舞台，人們開始對外表表現出高度的關注。路易吉・巴茲尼（Luigi Barzini）**10** 在經典著作《義大利人》（*The Italians*）中指出，對於象徵與壯觀場面的依賴，是這個國家民族性的基本特徵：

順帶一提，這是義大利人對於凸顯外表的所有活動一向表現絕佳的

原因之一：建築、裝飾、景觀設計、具象藝術、盛會、煙火、儀式、歌劇，以及現在的工業設計、珠寶、時尚與電影。在歐洲，義大利的中世紀盔甲是最漂亮的：裝飾性強、形態高雅且設計精美，但是在戰鬥中使用的話，則顯得太輕薄。義大利人本身偏愛德國的盔甲，不好看卻很實用，這樣比較安全。

　　我們可以推斷，當文化本身變得更公眾時，外表在這個文化中就會變得更重要。例如，城市建築比較像是表現日常生活中喜怒哀樂的公共舞台，而公共舞台在氣候溫暖的地方似乎較能發揮作用。英國人說自己的家就是他的城堡，有私人俱樂部可以進行社交生活。但是，義大利人生活在咖啡館與披薩店裡，會花較多的時間在公共場合，這也說明了義大利為什麼會有漂亮的市鎮廣場。我想應該是史湯達爾（Stendhal）[11]，這位知名的法國小說家（人生最後的28年在米蘭度過）曾說過：「只有在完全失去體面的情況下，一個人才不會加入日常的**巡禮**。」即使是陰鬱的新英格蘭人納撒尼爾·霍桑（Nathaniel Hawthorne），也表現出對義大利街頭生活的喜愛，他寫道：「我從沒有從人類口中聽過這樣的喧鬧與喋喋不休，在擁擠的公共廣場裡，你會聽到四周有上千人說話，與英國那種沉悶的群眾相較之下，真有天壤之別……英國上千人的口中最多只會發出十幾個單音。」這種「**人民沙龍**」的街頭概念，就像是人與人的會客室，每條道路都成了舞台，一個看與被看的地方，每個人都站在最好的燈光下，確認自己在社群中的地位。

結合天然與人工之美

可以確定的是，氣候也在其他方面造成差異。地中海帶給義大利人陽光、溫暖及充滿活力的色彩。這一切也製造出強化的視覺感受，對物理環境中複雜和微妙的美，具有更銳利的感受，而這種美感無疑反映在義大利人的創作中。想當然爾，義大利有豐富的天然與人工的美。拜倫（Byron）勛爵[12]這個極度熱愛生命的人，將人生最後一段時間花在義大利漫遊，並寫下一個十分恰當的稱頌：「義大利啊！義大利！你有著美，這份致命的禮物。」

在 20 世紀，義大利手工製作之美的這項悠久傳統，甚至比在文藝復興時代有更重大的表現。義大利男性時尚的現代歷史，開始於 1952 年 1 月在佛羅倫斯的大飯店（Grand Hotel）舉行的服裝秀。義大利偉大的時尚掌門人喬凡尼‧巴提斯塔‧喬奇尼（Giovanni Battista Giorgini），在碧提宮（Palazzo Pitti）[13]的白廳（Sala Bianca）舉行女性時裝秀。不過，1952 年 1 月的服裝秀中，他在伸展台上加入男性模特兒以搭配女性模特兒。納薩雷諾‧馮帝克里（Nazareno Fonticoli）與加耶塔諾‧薩維尼（Gaetano Savini）在羅馬創立的訂製服公司——貝里歐尼（Brioni），從 1945 年該城市解放後，便提供色彩豐富的山東綢男士晚禮服，讓那些搭配女性模特兒的男性模特兒穿。

在時尚伸展台上呈現男性服裝，這是第一次。知名的曼哈頓百貨公司——奧特曼（B. Altman）決定購買貝里歐尼的服裝系列與女性服裝。到了 1954 年，貝里歐尼橫跨大西洋來到美國，並在紐約舉辦第一次服裝

秀，接下來發生的事就眾所皆知了，男性服飾從此進入了時尚圈。

　　無論是過去或現在，貝里歐尼都位於羅馬的中心，不過，讓義大利獨一無二的是，這個國家的不同區域各自宣稱有不同的裁縫學派，各有各的特色。想想看，從北到南的剪裁：米蘭式、佛羅倫斯式、羅馬式，以及那不勒斯式。最初較有影響力的是羅馬的裁縫，但是在戰後，製造業的發展都集中在工業、技術較先進的北部城市及其重鎮——米蘭。畢竟，在傳統上，北部是絲綢和羊毛紡織品的生產地。

　　可以確定的是，義大利南部也有重要的男性服裝設計師，不過，金錢與有品質的製造商似乎都流向了北部。從1950年代後期一直到1970年代，卡洛・帕拉契（Carlo Palazzi）[14]與布魯諾・皮耶泰利（Bruno Piattelli）以羅馬製造的繁複服裝系列登上新聞頭條；而位於那不勒斯的吉納諾・魯比納奇（Gennaro Rubinacci）[15]與文森佐・安托里尼（Vincenzo Attolini）[16]的裁縫之家也一樣有名。然而，從1960年代起，有個名字開始廣為人知，那就是來自皮亞琴查（Piacenza）的亞曼尼。

亞曼尼帶動了男裝的革新

　　我一向認為，在歷史上，亞曼尼的男裝設計比女裝系列還有名。1954年，亞曼尼決定放棄醫學、從事設計後，接受了米蘭的百貨公司——拉瑞納仙德（La Rinascente）的男性服飾採購一職。這也引領他最終另闢蹊徑，成為另一個義大利品牌的設計師，1960年代時主要在謝魯提（Cerruti）集團，之後在1974年開創自己的品牌。亞曼尼實際的名氣奠定在1970年代及之後的十年，因為他成功嘗試了讓男性更柔和的訂製服。

時尚媒體用了許多詞彙來描述這樣的嘗試:「去形式化」、「情色化」、「去結構化」,甚至是「女性化」,而這些用語都很真實。不論我們如何稱呼它,重點是:它改變了我們認為的現代西裝剪裁。

亞曼尼在設計自己的系列服裝時,心中應該已經醞釀好一陣子「解構」的想法,因為他立刻就去除了訂製大衣,包括西裝與休閒外套的主要部分。透過這個方式,亞曼尼改變了男性穿著的方式。

亞曼尼刻意改變商務服裝,藉由拿掉那些僵硬的襯墊與內襯,使用更柔軟、質感更好的布料,讓英式休閒外套變得更舒適。同時他也稍微加寬版型,讓肩膀下墜、拉寬,降低翻領和扣子的位置,稍微加長外套的長度。這樣的外套變得柔順,而且刻意下垂,看起來更合身,彷彿已經穿了許多年,基本上看起來就很**性感**。

亞曼尼的設計眼光在 1980 年代開始受到重視,讓他成為男性服飾界中最重要的人物,也是一名創新的設計師:沒有其他設計師能像他一樣,改變男性訂製服的版型和布料。他的訂製系列服裝,到現在都充滿了以傳統的女性服飾材質製作的柔軟西裝與短外套。他使用的材質,包括混紡羊毛與雪紡紗、強撚紗、極細斜紋織品、天鵝絨、輕量羔羊毛和喀什米爾,而且全都是柔和的色彩:淺灰棕色、暗橄欖綠、霧灰色、淺紫紅色、銀灰色及淺褐色。他嘗試用打摺剪裁(如同英國人在 1930 年代初期的做法),讓少數多餘的布料出現在胸前、肩膀與背上,因而在外套前面的上方和後方都製造出些微的波浪狀。袖子也稍微變寬,側邊的口袋則稍微放低。

對現代男性來說,這是種針對商務服飾的大膽創作,是訂製服中一

種更寬鬆、更柔軟又浪漫的模樣。亞曼尼持續堅持這種創作，直到1994年夏天，當他推出新形態系列（Nuova Forma Collection）時，又回去製作一種較貼身且較有結構的外套。不過，他的名聲在當時已經無可動搖了。他所縫製服裝的舒適度，複雜細緻的色彩調和，以及對於結構與布料柔軟度的強調，都為一種新的跨國界男性創造出新的跨國界風格，而這一切都要歸功於亞曼尼。那種僵硬、厚重、深色及高度結構性的維多利亞式商務西裝，終於走入了歷史。由於這種解放革命，在今天，設計男性服飾的設計師，一想到亞曼尼都會心存感激，更遑論他們的客戶了。愈來愈強調舒適的革新運動，在現代服飾中是股重要的力量，亞曼尼也在這個趨勢中扮演重要的角色。由於亞曼尼的投入，才讓我們有了現在穿的輕盈衣物。

這種對柔軟與舒適的全新強調，難免會讓人注意到那不勒斯的裁縫師，他們從1930年代就開始嘗試解構。奇怪的是，一直要等到1960年代，亞曼尼這位米蘭設計師才將這種手法呈現給全世界，然而30年前，那不勒斯的設計師魯比納奇和安托里尼早就做到了。亞曼尼在戰前就知道這些在義大利南部的早期試驗了嗎？不管怎樣，1980年代，魯比納奇、安托里尼及奇頓（Kiton）[17]在美國較高檔的男裝店中，也開始受到矚目。

剛開始，美國男性不太清楚該如何看待這種短外套，有自然且下垂的肩線，還有高領口，有長度較短卻有完整袖頭的袖子，前身縫合褶從胸口中間延伸到下擺褶邊，而且沒有內裡。亞曼尼藉由加寬版型，使用更柔軟的布料，製造一種更舒服的短外套。像那不勒斯人那樣專門的裁

縫師,更有興趣的是將服飾解構,來達到舒適度。他們去除了厚重的基本架構,製造出外套的「外殼」。一旦美國的男士穿上這些衣服,就會注意到那種輕盈與輕易可得的優美,因為這些那不勒斯裁縫師讓衣服各方面都達到理想狀態:一件輕盈又舒適的外套,並且依然有型。

義大利人喜歡領導潮流,而非追隨潮流

在這當中,傳承扮演了重要的角色。那不勒斯人絲毫沒有忽略傳統英國人對版型的注重〔幾個世紀以來,那不勒斯都是英國人壯遊(Grand Tour)[18]的一站〕,也很欣賞英式外套的那種微妙形態。畢竟這個城市中最知名的裁縫製衣公司經營者魯比納奇,將自己的店鋪命名為倫敦之家,不就是對英式風格的尊崇嗎?不過,英國的布料及厚重的襯墊,在溼熱的地中海地區,當然毫無用處。因此,那不勒斯的工藝家決定「改善」結構。他們把袖子打開,讓它變得更靈活,而胸口與外套的下襬以更長的腰線連結,因此襯墊就顯得多餘;再將肩膀部分縫到蓋過袖頭,於是也不需要墊肩了,整件外套用的是半內裡,而非全內裡。從外面看起來,短外套顯得更纖細,實際穿在身上時卻覺得裡面很寬鬆。

不像30年後的亞曼尼使用高科技並加寬版型來達到舒適感,這些裁縫師使用的都是絲、亞麻、細棉布,以及適合熱帶地區的精紡毛紗(worsted)這類輕盈的布料;而且在結構上使用相當多的手工,以特殊技術製作每個接縫,讓外套變得更輕、更柔軟、更像空氣。最終,對於義大利北部高科技的回應,就是南部的低科技。北義的工廠是機器不停作響的完美天地,而在南部,工廠裡都是坐在桌子旁安靜用手縫製衣服的

男男女女，這種工藝的製作被稱為「島嶼」製造。

　　不出所料，大家都說在那不勒斯附近的裁縫師，比世界上任何地方都還要多。現在，這些裁縫的技術都已經爐火純青了，而且的確如此。透過想出「裁縫工廠」這種製作手法，他們找到能將舊世界的工藝帶入21世紀的方法，我們應該對此心懷感激。

　　如今的義大利形象，由一種精緻成熟的風格來定義。義大利人喜歡領導潮流，而非追隨潮流。所謂「美麗的形象」（bella figura）傾向穿著結構較簡單、質料較輕盈的服裝──義大利裁縫都是亞麻、絲及棉的專家。義大利北部的氣候較為涼爽，穿著也較為保守，商務制服是海軍藍

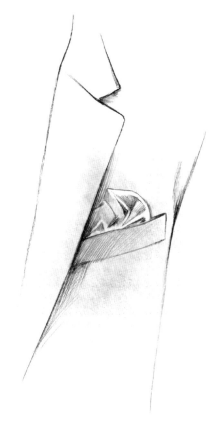

西裝，搭配深褐色絲質領帶（藍色與褐色這種吸睛的色彩搭配，是米蘭人發明的嗎？），再加上白襯衫和褐色鞋子，因為義大利人認為黑色鞋子是參加葬禮時穿的，而且很無趣。

在義大利南部，那不勒斯人則發展出他們專注於細節的特質。口袋是一種獨特的樂趣，不管是西裝外套與休閒西裝外套，貼袋（patch pocket）**19** 都有可能出現獨一無二的「白蘭地杯」形狀，也就是口袋的底端比頂端寬，而且呈現圓形。此外，還有知名的**船型**（barchetta）胸前口袋，角度沿著外套的胸口彎曲，就像一艘小船，因此而得名。

外套的袖頭並不平滑，而是有皺褶的，因為那不勒斯的裁縫師喜歡將大片的外袖（top sleeve）放進較小的肩孔中。為了達到這樣的效果，他們會使用一種名為「緊閉」的做法，也就是將袖子與肩膀的布料重疊，不再需要厚重的襯墊，因此製造出一種較輕且較有彈性的外套。而外套正面的接縫與縫合褶，通常都直接從胸部中間直接延伸到衣服的下襬。他們認為這是控制側邊口袋以下的服裝形狀（裁縫師稱為「下擺」）較好的方式。

在今天，如同過去一樣，愈深入義大利南部，服裝的色彩愈豐富，想必是因為那裡的天氣較溫暖，而且有更多陽光。這也和一種較悠閒的生活型態有關，伴隨檸檬樹、橘子樹，地中海耀眼的藍色，紅色屋瓦，以及摩托車不停排放的煙霧；舒適、色彩和規則，就在這裡形成了。整個20世紀，男性服飾都朝著這個方向前進，未來似乎也不會有太大改變。

如同英國人長久以來的傳統，是將鄉村服飾穿進都會中，義大利男

人在搭配服裝時，也有同時混合趣味與嚴謹的傾向。一件深色的西裝，經常會搭配有圖案的襯衫和五彩繽紛的領帶；在低調的長褲中，不時會露出鮮豔的襪子；或是有充滿活力的口袋，而非那種穩重的大衣胸前的方形口袋。尤其明顯的是，義大利男人似乎對黑色鞋子有明顯的厭惡，他們寧願穿褐色鞋子搭配所有衣服。有一次，一位義大利朋友向我解釋這個情況，他指出黑色鞋子只能是黑色，但是褐色幾乎有無限的色調差異，從最淡的奶褐色、餅褐色，到灰褐色、淺黃褐色、赤褐色、栗色、巧克力色、深褐色與黑褐色。「你不覺得這樣有趣多了嗎？」他若有所思地詢問我。我不得不同意，況且任何一件黑色衣物，本來就會讓我裹足不前。

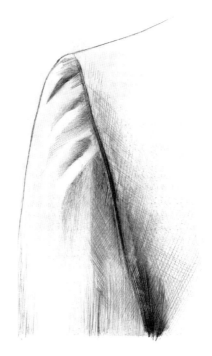

1　1895～1956 年，義大利記者與小說家，也是電影編劇和舞台劇作家。

2　1902～1974 年，義大利導演，知名電影為《擦鞋童》（ *Sciuscia* ）、《單車失竊記》
（ *The Bicycle Thief* ）等。

3　1923 年～，義大利電影及歌劇導演。成名作是《殉情記》（ *Romeo and Juliet* ）。

4　1928 年～，義大利劇作家與電影導演。

5　1891～1979 年，義大利工程師與建築師，1940 年代率先在西歐許多重建的建築中使用
鋼筋混凝土。

6　又稱為「上帝粒子」，其發現對物理學有重大影響。

7　位於義大利西西里島西北部，是西西里島的首府。

8　約 1267～1337 年，義大利畫家與建築師，被譽為「西方繪畫之父」。

9　早期活躍於比利時布魯日（ Bruges ）的佛蘭德斯畫派畫家，也是 15 世紀名聲顯赫的北
方文藝復興的藝術家之一。

10　1908～1984 年，義大利記者、作家與政治家。

11　1783～1842 年，知名的著作有《紅與黑》（ *Le Rouge et le Noir* ）。

12　1788～1824 年，英國詩人、革命家，也是浪漫主義文學作家。

13　位於佛羅倫斯，是一座規模宏大的文藝復興時期義大利宮殿。原本是銀行家與貴族的住
所，現為佛羅倫斯最大的美術館。

14　義大利時尚設計師，其服裝品牌從 1960 年起開始在美國、日本、瑞士與巴西等國行銷。

15　於 1930 年代創辦倫敦之家（ London House ）男性服飾店。

16　於 1930 年代已製作出輕如襯衫的西裝外套。

17　高級成衣與訂製服裝公司，1956 年於那不勒斯成立。

18　文藝復興時期以後，歐洲貴族子弟進行的一種旅行，尤其盛行於 18 世紀的英國，並留
下豐富的文字紀錄。

19　又稱為明袋，像是把口袋從外側貼上一樣，車線明顯可見。

第 14 章

常春藤學院風

Ivy Style

20世紀美國的三種男士服飾店

我成長的年代是1950年代後期,當時年輕的中產階級男士服裝相當簡單。當一個男孩進入青少年時期,就要把孩童時期的服裝放到一邊,不論什麼衣服都一樣。如果他想上大學,就要開始整理基本的服裝,這些衣服將會陪他度過接下來的日子。那個年代還沒發生男裝的設計師革命,雷夫‧羅倫、亞曼尼、湯姆‧布朗(Thom Browne)[1]和杜嘉班納(Dolce & Gabbanas)[2],以及其他行動派的設計師也還沒出現。那是個大家只知道固定商店以及知名製造商的年代,傳統仍然是信仰的基礎,而不是只將衣服當作被利用的商品。

20世紀中期的美國,基本上有三種男士服飾店,一種是打造美式商務形象的男士服飾店,有剪裁保守的西裝,使用素面或條紋的精紡毛

紗，不會出錯的襯衫（主要是白色，有中等大小的尖領），以及低調的領巾。穿這種服裝的男士都會搭配素面黑色牛津鞋與素面黑襪子，深灰色的毛氈軟呢帽更是隨處可見。

有種比較時髦的店，是傳統商務人士領域較有格調的「飛地」，較高檔、較嬉皮、更符合那些在乎風格的男士的一種服飾。1950 年代末期，這種商店開始有了一些歐洲風味，賣起「歐洲大陸」剪裁（也就是義大利式剪裁）或英式風格的西裝。材質也較為不同，有更多華達呢、毛海、法蘭絨及絲，而不只是精紡毛紗，也有更多樣式可以選擇。在這些商店裡，客人能夠找到絲質領帶、條紋間隔較寬的襯衫、喀什米爾毛衣背心，以及博柏利（Burberry）風衣。

接著，出現了常春藤盟校（Ivy League）商店。

二次大戰後，常春藤學院風興起

1945～1965 年，是古典的「校園商店」的黃金年代。這些商店建立了專門為東部菁英學校（Eastern Establishment Elite, EEE）製作服飾的名聲，都是一時之選，例如：J. Press、安多瓦店（Andover Shop）、藍若克（Langrock）、奇普（Chipp）及布克兄弟。這些了不起的服飾店，剛開始都位於重要大學所在的城鎮，像是哈佛（Harvard）、普林斯頓（Princeton）、耶魯（Yale）和其他常春藤盟校。到了 1950 年代早期，這些服飾店開始向外拓展，幾乎每個城市與大學城中都有一家專門製作學生風格服裝的校園服飾店，都由美國製造商提供，也有英國進口的產品。

常春藤的黃金年代，可說是從第二次世界大戰結束後，到胡士托

（Woodstock）音樂節[3]的這段期間，剛開始，是因為1944年通過了《軍人復員法案》（Servicemen's Readjustment Act），也就是眾所周知的《退伍軍人權利法》（G.I. Bill）。議會通過的這項法案，允許很多當過兵的年輕男女貸款購屋、創業，最重要的是進入學院與大學就讀。該計畫於1956年結束時，預估約有220萬的男女透過這個法案接受高等教育；根據統計資料顯示，1945～1955年這十年間，高等教育的註冊人數增加了十倍。

又過了十年，常春藤學院風開始衰退，因為徵兵制興起，許多學生（大多數都不是東部菁英學校的學生，也不想成為他們的一份子），採納了新左派（New Left）[4]的嬉皮風格，常春藤學院風愈來愈偏向政治右派。畢竟，連尼克森（Richard Nixon）總統都穿著布克兄弟的西裝，難怪在胡士托音樂節的影片中，我們看到的主要服裝是裸體。

常春藤學院風的基本配備

然而，在全盛時期，進入高等教育機構的人數愈來愈多。對這些年輕男性（經常擁有逐漸壯大的中產階級的那種財富和抱負）來說，常春藤盟校的造型是一種祝福。他們發現自己創造出一種基本的校園服飾，卻不必花費大量的金錢或精力，當時的大學服飾極具實用性，而且不太需要保養。

常春藤學院風的基本服飾是牛津鈕扣領襯衫[5]和卡其棉褲。在第二次世界大戰期間與韓戰期間，卡其棉布被用來製作上萬件制服；戰後，軍用品店出現在各地，販售剩餘的軍用品。天氣較冷時，就加上一件雪

特蘭毛料（Shetland）[6] 圓領毛衣（哪個顏色都可以）。一雙褐色樂福鞋（Loafer）與白色網球鞋（或者是白色或棕褐色休閒鞋，也可以是帆船鞋），都是適合的系列鞋款。外衣的話，只需要寬鬆的棉質長大衣（一定是棕褐色），以及粗呢厚大衣（若不是棕褐色，就是海軍藍），只不過有許多年輕男性也會穿著棉質的 Baracuta 短高爾夫外套（一定也是棕褐色）。斜紋軟呢休閒西裝外套（哈里斯斜紋軟呢[7] 或雪特蘭毛料），或是海軍藍的單排扣西裝外套，在非正式場合很受歡迎；正式場合則穿灰色的法蘭絨西裝。夏季的半正式服裝則是材質為泡泡紗（seersucker）[8] 或棕褐色府綢的西裝；有些較有自信的學生，則會穿著馬德拉斯棉布製成的休閒短外套。針對較正式的場合，一套素面、深灰色的輕質梳毛呢西裝絕對沒錯（長褲也要搭配休閒外套）。再加上半打領帶（交錯條紋的軍用領帶、領巾，或是俱樂部的領帶），以及必要的內衣、襪子、睡衣與手帕，基本配備就齊全了。

　　如果服裝合身，有合適的剪裁與風格，並且製作精良，那麼一個年輕人不管去哪裡、在哪種場合，無論是和導師碰面、和教授喝茶，或是傳統的校園舞會或工作面談，這些衣服都能讓他抬頭挺胸。服裝說起來似乎很簡單，不過，這些基本物件錯綜複雜的剪裁與品質，並不如表面看來那麼單純。例如，真正的常春藤學院風休閒外套，其特色與顯著的細節，就是翻領邊緣有四分之一吋的縫線（這樣的縫線偶爾會出現在衣領邊緣、口袋蓋上及縫合處）。這種引人注目的休閒感，諸如此類的小細節、這種隱微的差異，新手很容易就忽略掉了，但是對那些狂熱的愛好者來說，卻是如此明確和重要。此外，這樣的知識足以區分：誰是俱樂

部中的一員，誰只是剛好穿了這些衣服。出身於東部菁英學校的小說家
——路易斯・奧金克洛斯（Louis Auchincloss）[9]在他的一部小說〔應該是
《曼哈頓獨白》（*Manhattan Monologues*），因為這是我最後讀的一本他的
著作〕中指出，「對於那些沒訓練過的眼睛，站在那裡的所有馬匹看起
來沒什麼兩樣，有時候，連受過訓練的人也這麼覺得。」

　　好的短外套一向都有三顆扣子，而且肩線很自然，柔和地連到胸
前，而且背面的剪裁沒有縫合褶。一般來說，這種外套稱為「麻袋」外
套，因為沒有腰身，從肩膀直線垂到下擺，翻領延展到胸前的三分之
一。真正喜愛這種樣式的人很快就能指出，外套背後一定會有一個「彎
曲」的開口，也就是外套下擺中間有個約一吋、重疊的開衩。

　　長褲的剪裁也很簡單、修長卻很寬鬆，仍然有點像布袋。這些長褲
既沒有褲邊，也沒有褲褶，自然樸素，可以搭配不同的皮帶。（吊帶或褲
帶是1950年代那些老骨頭、沒安全感的人，或是極端做作的人在用的）。不
用懷疑，所有東西都不應該看起來很新、閃亮或僵硬。品質等於持久：
雨衣、卡其服、花呢大衣、鞋子及毛衣，都要有些許磨損與皺褶。最好
能稍微有點歲月的痕跡，整體上看起來就是漠不關心、出身有錢人家的
模樣。

　　當然，上述提到的十幾種基本款服飾，只是這種風格的一部分。校
園中的那些常春藤商店裡，還有各式各樣吸引紈褲子弟的新鮮事物。草
履蟲圖案的領帶、用真正的「古茜草印花」染色、已經褪色的方形口
袋、橄欖綠馬褲呢（whipcord），或是深褐色騎兵斜紋褲；絨面呢繫帶領
或是圓領襯衫；哥多華馬臀皮（cordovan）皮鞋，或有結實鞋跟的蘇格蘭

翼紋皮鞋；夏天穿的白色帆布長褲或馬德拉斯棉布襯衫，還有冬天穿的高領羔羊毛毛衣，不落俗套的年輕男士可能願意花錢買一件駱駝毛長大衣。配件則包括多彩多姿的毛織腰帶，尖端是皮革，加上銅製的馬蹄形扣環；彩色的菱格紋（Argyle）襪子、蘇格蘭紋（tartan）喀什米爾圍巾、草履蟲圖案的絲質口袋巾、淺底彩色的細條格紋（Tattersall）背心、明亮的條紋飾帶錶帶，以及花呢鴨舌帽。

然而，以上選擇到此告一段落。當時大多數的學生，對於雙排扣西裝外套與格蘭納迪（grenadine，編註：一種領帶的樣式）領帶、麂皮皮鞋、狩獵夾克、琺瑯袖扣或細紋薄呢的查斯特（chesterfield）長大衣，以及不同款式的愛爾蘭亞麻長褲，是無法想像的。不過，他們也想不到會有縫在衣服外側的商標、超細纖維，或是設計師品牌的牛仔褲，當然也沒有**什麼時候要穿什麼衣服**這樣的疑問。我們似乎都知道要在什麼樣的場合穿西裝、打領帶，也很清楚運動服就是去健身房時穿的。就如同當

時的人所說的，那是一個比較純真的年代。

校園商店有多樣選擇

當我還是高一新生時，我在賓夕法尼亞州、阿倫敦（Allentown）當地的百貨公司，買了生平第一套常春藤學院風服裝，是哈里斯斜紋軟呢休閒外套、有極美的柔和灰棕色與人字細織紋布，還有鈕扣領藍色襯衫和便士樂福鞋[10]。就如同這個國家中大多數稍具知名度的百貨公司，這家百貨公司在傳統男士服飾部，布置了一個常春藤學院風角落（之後被稱為「精品」櫃位）。通常這些區域都有木頭隔間，還有皮製的高背椅與蘇格蘭紋地毯，創造出一種舊式大學俱樂部的氛圍。不過，真正的轉變（我的人生似乎以一種少見的明確方式產生了轉變），就是我第一次走進一家真正的校園服飾店。

1956年，賓夕法尼亞州的伯利恆（Bethlehem），有一間湯姆巴斯商店（Tom Bass Shop），提供服裝給賓夕法尼亞州理海谷（Lehigh Valley）[11]的許多高等教育機構，包括摩拉維恩學院（Moravian College）、穆倫堡學院（Muhlenberg College）、拉法葉學院（Lafayette College），以及理海大學（Lehigh University）。我那時是高中新生，卻認為自己會加入那個名校聯盟。實際上，我確實進入了那個聯盟；幾年後，《瀟灑》（GQ）雜誌也把湯姆巴斯商店列入全美國最好的校園商店之一。

湯姆巴斯商店中的蘇格蘭毛衣與英式雨衣堆疊到天花板上，秋天時有紫紅色的哈里斯斜紋軟呢短外套，春天則有灰白相間的條紋泡泡紗。一疊疊結實的牛津布條紋鈕扣領襯衫，花色應有盡有；牆邊的銅製衣架

上，則像瀑布般垂掛著讓年輕男子驚奇不已的斜紋絲質領帶。

　　過了這麼多年，那些多樣化的選擇依然讓我覺得驚奇。如同我曾經提到的，有種偏好棉製品的趨勢：不只是休閒外套與長褲，還包括短褲、領結、帽帶、泳褲、運動服，甚至有用來自印度，名為「滴血」的彩色棉布所做的錶帶，這是一種洗滌後更好看的布料，不過在清洗時會互相染色。卡其褲和法蘭絨長褲都搭配了可調整的皮帶，穿過後口袋的上方，是真正「腰帶在後方」的知名標誌。古老的茜草染色領帶也是真實可信的標誌，就如同羊毛的恰理斯（challis）[12]草履蟲圖案，都是斜紋軟呢外套的絕佳配件。許多年輕男女也真的會花錢購買維珍（Weejun，「挪威人」如此稱呼他們製造的樂福鞋）便士樂福鞋。你可以從鞍形肩（saddle shoulder）辨認出一件真正的圓領毛衣，而任何穿著乾淨漿洗過的白色襯衫，一定是無趣又討人厭的新生；同樣的，倫敦之霧（London Fog）[13]或是雅格獅丹（Aquascutum）[14]的寬鬆雨衣，從來就不會真的乾乾淨淨。

常春藤風格前後的不同年代

　　市面上有十幾家二流常春藤服飾製造商，之所以稱為二流，是因為大品牌的商店都有訂製服務，而且通常都有自己的商標。提供優質服飾的知名品牌，例如製作襯衫的甘特（Gant）、特洛依古依德（Troy Guild）、賽蘿（Sero）；製作雨衣的倫敦之霧、博柏利、雅格獅丹；製作長褲的克賓（Corbin）；訂做服飾的賽斯維克（Southwick）、諾曼希登（Norman Hilton）；製作鞋子的艾登、巴斯（Bass）；製作毛衣的平哥

（Pringle）、雅倫潘恩（Alan Paine）、柯奇（Corgi）；製作粗呢大衣的格羅菲爾，還有許多不復記憶卻受人喜愛的高品質品牌。

這些品牌（有許多仍然是人們熟悉的）在在證明了常春藤學院風有悠久的歷史，在那之前的歷史也很長遠。我的朋友克利斯汀・詹斯佛（Christian Chensvold）有個備受崇拜的**常春藤學院風**部落格，他確切地將1950年代前後的典型風格分成不同年代：

- 獨領風騷年代（Exclusive Years）：1918～1945年。史考特・費茲傑羅（F. Scott Fitzgerald）、爵士年代（Jazz Age）、鄉村俱樂部（Country Clubs）與東部菁英學校。

- 黃金年代（Golden Age）：1945～1968年。艾森豪（Eisenhower）將軍與甘迺迪（Kennedy）總統的年代、前進越南及「愛之夏」（Summer of Love）[15]、胡士托音樂節。

- 黑暗年代（Dark Years）：1968～1980年。嬉皮變成學院派風格與雷夫羅倫。

- 大回歸（Great Resurgence）：1980年～21世紀。從學院風和日本的常春藤叛逆風[16]到正統風格。

雷夫羅倫是學院風教父

如同詹斯佛所寫的，從1960年代中期開始，常春藤學院風逐漸消失，直到約1980年，常春藤學院風成功地由雷夫・羅倫製造與販售（即使其他設計師也試過這麼做）。羅倫的第一套設計，是一組模仿英國設計師麥可・費雪（Michael Fish）推出的「雄鮭魚式」（kipper）領帶[17]，那些

寬版領帶與胡士托音樂節在同一年出現。你可能會認為，那個時機再糟糕不過了，但羅倫與布克兄弟曾是校友，而且他對絕佳的外表有著銳利的眼光和品味。他將自己對布克兄弟、奇普與J. Press的了解，修改後融入設計中，形成充滿明亮色彩、斜紋軟呢、灰色法蘭絨及老學究領帶的英美系列男士服飾。我自己的感覺是，在那些黑暗年代裡，羅倫比服飾業中的所有人，更努力地讓哈里斯斜紋軟呢繼續活躍，人們應該在赫布里底群島（Hebrides）[18]為他立一座雕像才對。

　　羅倫是學院風（Preppy）的正統教父。他堅持並拓展這種風格，而其他的美國設計師早就放棄，轉而偏好歐洲風情，例如亞曼尼在1970年代推廣有墊肩的寬肩樣式，或是卡納比街上的流行樣式，用「毫無品味」都難以形容那種潰敗。然而，遵循自己的想法也可能成功，羅倫成了荒涼年代中的一盞明燈。紮染、花的力量、骯髒的革命模樣，以及義大利超人模樣都消失了，常春藤學院風卻依然屹立不搖。

　　羅倫依然在其中，美國的常春藤學院風詮釋者湯姆・布朗與麥可・巴斯蒂安（Michael Bastian）隨後加入行列，一些較小的設計品牌、部落格及網路商店也是。此外，還有非常多的日本品牌與製造商，每個品牌都以特有的方式詮釋這種獨一無二的美式風格。由義大利企業經營的布克兄弟或許已經是國際品牌了，但是起源於20世紀早期，不斷演變至今的常春藤學院風，依然是最持久的美國服飾風格。

1　美籍時裝設計師，紐約同名品牌的創辦人與設計總監。

2　義大利服裝設計師多明尼克・杜嘉（Domenico Dolce）和史蒂法諾・嘉班納（Stefano Gabbana）。兩人的姓氏合併，即為品牌名稱。

3　於1969年8月15日在紐約州小鎮伯特利（Bethel）舉辦。為期三天的陰雨裡，吸引了四十多萬樂迷到場，是音樂史上最大規模的嬉皮音樂會。

4　1960～1970年代的政治運動，爭取同志、墮胎、兩性與使用毒品的權利等。

5　一種白色與其他顏色混紡的襯衫款式，領子上有扣子的設計。

6　雪特蘭毛料來自雪特蘭群島（Shetland Island），島上有溫暖卻不炎熱的短暫夏季，以及不會太過寒冷的漫長冬季，生產的羊毛因此較軟且豐盈。

7　源於蘇格蘭西部一帶的赫布里底群島，使用未經加工的羊毛，由哈里斯島與路易斯島等島嶼的居民紡紗及染色，最後以手工編織而成。

8　一種輕薄的全棉紡織布料，外觀呈現條狀的皺褶效果，既通風又涼爽。

9 1917～2010 年，美國律師、歷史學家、小說家及散文家，以成功將個人在上流社會的經驗放入小說中而聞名。

10 penny loafer，1930 年發明的一種樂福鞋，有一條從鞋面跨過的菱形切口皮帶。1950 年起，美國校園的學生都會在鞋帶處塞上一便士的硬幣，成為流行。

11 包括賓夕法尼亞州東部的幾個郡及紐澤西州西邊的瓦倫郡，阿倫敦是該地最大的城市。

12 一種混紡輕質布料，基本上是用絲與毛混合；但是也能夠以單一布料，就如同棉、絲或毛，甚至是人造絲來製造。

13 創立於 1923 年，位於美國馬里蘭州的外套與服裝製造商，於第二次世界大戰期間為美國海軍製作防水衣物而聞名。

14 創立於 1851 年，是總部位於英國倫敦的精品服裝公司。

15 1967 年夏天的「嬉皮革命」，有多達十萬人聚集在舊金山。

16 1964 年夏天有一群日本年輕人突然掀起常春藤學院風。由於一本針對富有的都會年輕人發行的新雜誌*Heibon Punch*，編輯推崇常春藤盟校的風格，也帶動年輕人掀起這股風潮。

17 1960 年中葉至 1970 年末英國流行的一種領帶，特色是非常寬，約有 4.5～5 吋，通常有花俏的色彩與花樣。

18 位於蘇格蘭西部的大西洋，由內赫布里底群島和外赫布里底群島組成，哈里斯斜紋軟呢的編織工人即為外赫布里底群島上的居民。

第 15 章

保養

Maintenance

好衣服值得細心保養

　　過去，大家都很感激有人負責室內清潔的繁重工作。而現在，進步的衛生環境、化學溶劑、不褪色的染劑、合成纖維，以及布料製造機械的大幅進步，給了我們更多自由。這一切讓現今的人們提到服裝保養或相關用語時，幾乎以為那是古代的語言，因為我們的生活愈來愈傾向「用完即丟」，不再保養任何物品，而是用新的取代舊的。

　　然而，這種用完即丟的趨勢可能很快就要徹底改變了（請相信我，我並不喜歡扮演預言家的角色），我認為優質原料的短缺，以及高品質勞工工資提高，將會使優質商品的價格持續上揚。對於那些不喜歡隨手拋棄、用完即丟的廉價劣質品的人來說，在未來，保養將會變得十分重要。請將這一點銘記在心，我會針對這個主題提供一些建議。並沒有什

麼了不起的技術或麻煩，這些訣竅可說是一般知識與經驗的混合，而且通過了時代的考驗。

我想先談一個哲學觀點：奢侈品是最划算的，這就是「金錢能買到最好的東西」的意涵。我並不是在鼓吹男人應該購買許多衣服，或是購買最昂貴的衣服；事實上，這兩種方式都太過武斷。我真的認為一個男人應該購買自己所能負擔最好的東西，而不要太擔心是否划算，因為最划算的交易就是品質的定義。我們都習慣考慮一開始的金錢花費，這是一種代價慘重的錯誤，應該要想得長遠一些。

好的衣服假如保養得當，可以保存幾十年，也能維持好看的模樣，穿起來既舒適、更好看；至於便宜的服飾常常不合身，往往一兩季後就過時了（如果能保存那麼久的話）。所以，如果你有好的衣服，就會想要留住它們，多穿幾年。簡單地說，你會從較好的衣服上獲得更多好處。當然，如果你是那種在每一季結束時就丟掉所有衣服，購買最新流行服飾的人，任何合理的建議都是白費唇舌，建議你不要**繼續**往下看了。我比較有興趣的是，一種合理的**保存**與持久，而非短期的**消費**。

保養衣物，靠自己也要靠專家

持久與保養要相互配合。人們常說衣服就像朋友一樣愈陳愈香，但是衣服和友誼都需要維繫、照料，以尊重、溫柔及愛的態度來對待，一有小狀況就要立刻處理，否則就會變成難以彌補的裂痕。

衣物保養有兩種類型：日常保養與專業保養。我們每天都應該注意自己的衣服和鞋子，而且要知道何時應該尋求專業協助。日常保養的理

想方式是：(1)衣服和鞋子要**輪流穿**，讓它們在兩次穿著中間有休息的時間；(2)衣服和鞋子穿過後要加以清潔、放在通風處，也就是用軟毛刷輕刷布料去除灰塵、用布擦拭鞋面以去掉塵土，然後放在空氣流通的地方（揮發汗水）至少24小時；以及(3)將衣服和鞋子妥善放在衣櫥或密閉鞋櫃這類存放的地方。針對最後一點，大家應該花一些錢購買品質不錯的木質衣架來吊掛訂製的服裝（針織衣物永遠都不該吊掛，而應該摺疊平放），並且用木質鞋撐來維持鞋形。

　　專業的協助又是另一回事。修改衣服的裁縫師、洗衣店、乾洗店及修鞋店都是好衣物的基本保養廠。裁縫師、製鞋匠與襯衫製造商都會樂於維護自己製造的衣物，並讓它們恢復原本的樣貌。不過，有些專業人士對於修補他人的作品會有些猶豫，在這種情況下，你就需要能夠修補、修改或清潔你衣物的專家。

　　提到洗衣服這件事，老實說，我並不贊成清潔過度。因為廣告的關係，大家都以為美國人對於洗衣服具有讓人無法理解的絕對狂熱。一般來說，過度處理對布料造成的傷害，遠比汙點、油漬、摺痕及一點點灰塵還要大。除非情況特殊，否則訂製服，甚至是毛衣，並不需要每次穿過都要清洗。用化學清潔劑清洗與用熨斗燙衣服都會破壞纖維（也就是造成斷裂或乾枯），會讓衣物發亮，變得平整又了無生氣。局部性處理汙漬是最好的方法，對於些微的摺痕也無須太在意。好的法蘭絨、斜紋軟呢、亞麻及棉布，在變得更合身之後，其實會更好看。

　　說了這麼多以後，當你有了在家無法自行處理的問題時，好的乾洗店、洗衣店與修鞋店將會很重要。然而，要找到這些專家通常得靠機緣。對於這個問題，我希望能夠提出比較簡單的答案，因為每星期幾乎都有人請我推薦專業人選，但是在大多數的情況下，我都讓他們大失所望。

保養衣服的六大原則

　　我發現，好的保養就如同好的工藝師，一開始就不便宜。俗話說：一分錢，一分貨，記住這句話後，我們來看看一般原則。

1. 閱讀衣物上的纖維成分標籤。這種標示是法律規定的，會告訴你衣服之中的纖維成分。對你和任何專業清潔人員來說，這個資訊非常重要，就像你必須知道是什麼造成衣物上的汙漬，而標籤也會提供清潔訊息（例如「只能乾洗」），在處理合成與混紡纖維時尤其重要，請遵循製造商的指示。

2. 輕刷和通風仍然是保持衣物清潔時最好的方法。在穿過之後，輕刷你的衣服去除灰塵（灰塵附著在纖維時會造成磨損），使用專門用來刷衣物的軟豬鬃刷，然後把衣服掛在通風的地方，任何附著在纖維上的氣味都會自然揮發。把衣服吊掛在乾淨的衣櫥中，留一些空間，也就是在衣服與衣服之間留下約一吋寬的距離，讓空氣得以流通。請不要隨意丟在椅子上，這樣一來，摺痕與氣味都會殘留在衣物上。將衣物留在地板上讓別人撿的那種人，則不在我們考量的範圍內。

   唯一不適用以上原則的是針織品，絕對不要吊掛（會撐大針織衣服），而要摺疊平放在架子上或抽屜裡。昂貴的織物，像是喀什米爾羊毛製品最好能夠包覆在一張不帶酸性（acid-free）的保護紙中，以免產生摺痕或是起毛球。

3. 出現汙漬或汙點時要盡快去除。先試著用最沒有傷害性的方法，並且在較不重要的部分試驗去汙劑的效果（例如在衣領或縫線的內側），確定不會對衣物造成傷害後，再用在其他部分。如果要立即處理，只要用冷水完整沖洗布料，再用一塊乾淨的布輕輕吸乾，你會很驚訝地發現，這樣居然就輕易去除了汙漬。

4. 由於專業熨燙實際上會破壞布料的纖維，因此有種替代方法是使用家用蒸氣清潔工具，例如煮水的水壺，或是洗澡時將衣物掛在浴室裡，許多摺痕都能藉由這種方法輕易去除。一般而言，就是盡可能不要燙衣服，因為這樣會造成耗損，讓布料發亮，還會破壞纖維，衣服的摺縫處更是如此。如果你必須熨燙衣服，最好不要直接整燙毛料或絲質的衣物。將一塊有點溼的乾淨棉布或亞麻布（一條手帕或茶巾也可以）

放在熨斗與衣物中間，通常都是從最低溫開始慢慢熨燙，而後慢慢增加溫度（太燙的熨斗很快就會對衣服造成永久性的真實傷害），就像你正在撫摸一隻貓。

5. 你沒有任何理由學不會縫扣子。這確實是每個男人都應該知道的技巧，現在到處充斥著劣質的工匠，扣子很容易掉落，而且通常會在非常不恰當的時候〔如果扣子掉下來（而不是鬆掉）有所謂恰當的時候〕。如今，即使是好的衣物，在製造過程中似乎也不太重視正確固定扣子。自己縫釦子，既快速又便宜，還比將衣服交到他人手上少了許多煩惱。縫扣子是很容易學會的技巧，用好的線（線軸上會標示是「扣子縫線」）；確定正確的扣子正面朝上，四孔洞的扣子就用X交叉縫法，將針用力穿過每一層布（經過練習，就會做得很好），在扣子與衣服表面之間用縫線纏繞幾圈形成小柄，接著打結，剪掉多餘的縫線。

6. 修改可能有其價值，一個誠實的專業裁縫師會告訴你，哪些修改是合理、能夠完成的。一個好的裁縫師能改造衣領，或是重做袖口（換句話說，襯衫的這些部分都耗損得很快），讓你的襯衫使用壽命更長。不要只是因為內裡磨損就丟掉一件外套；內裡是可以更換的。然而，說了這麼多，如果要修改的話，還是要交給有能力的裁縫師。一名好的裁縫師能夠縮放到四分之一吋的寬度，如果有裁縫師告訴你，他可以接手修改短外套，然後縮短或放長兩吋，還能讓短外套保持原來的樣子，他就不是一個有能力的裁縫師。一個好的裁縫師會拒絕這麼做，因為他知道這樣的修改尺度會完全改變衣服的線條與版型。

除了縮短或放長袖子與褲子之外，以下是一些可以進行的修改：

- 收窄或放寬褲子的腰身
- 放寬或收窄褲管
- 移除褲腳摺邊
- 收窄大衣的腰身
- 放鬆或收緊褲檔

以下則是較困難的修改，最好讓裁縫大師來處理：

- 修改背面或衣領
- 收窄肩膀
- 縮小翻領
- 放長或縮短大衣
- 放寬或收窄胸口

保養鞋子的簡單方法

當然，以上這些建議都與衣服有關，那麼，衣物用品中較大的投資——鞋子呢？我們說的不是那些由不同合成布料做成、機能性很高的運動鞋，那些鞋子讓你的腳像是有某個搗蛋鬼在作怪。我說的是有各種古典設計的皮鞋：雕花鞋、德比鞋（derby）**1**、懶人鞋及都會牛津鞋。無論任何風格，一雙好的皮鞋，通常從裡到外、從上到下，都是用精美、費心處理過的整張牛皮製成。皮革有不同的重量、毛孔粗細與顏色，有些甚至是將內裡往外翻而製造出來的「麂皮」。典型的上等皮鞋都是用精美的小牛皮製作鞋面與內裡，至於鞋底和鞋跟則是選用較堅硬又耐用的

皮革。（更多關於鞋子的內容，參見第20章。）

　　對於擦鞋子，人們都有一些令人難以想像的深奧規則，偏好混合產品或是私密技巧，簡直讓人以為他們說的是性關係，而不是鞋子。所以，我們還是簡單一點吧！

　　保養皮鞋的第一點，就是要輪流穿，每穿一天，隔天就要讓鞋子休息。鞋子應該放入鞋撐，才能讓它延展，並且吸收汗水。最好使用雪松木製成的鞋撐，因為雪松木具有良好的吸水能力與香氣。如果鞋子因為下雨或下雪而弄溼，脫下鞋子後就要放在室溫下乾燥。等到鞋子完全乾燥後，再用微溼的毛巾擦去塵土。

　　擦鞋時，千萬不要用液體或含有矽利康的現成產品，而要採用細緻、高品質的鞋油或鞋蠟，才能達到效果。使用鞋油時，通常要先倒在一塊布上再擦拭；若是鞋蠟則要使用軟刷來擦。擦鞋時要讓大量鞋油或鞋蠟進入皮革中，用布或刷子擦亮。鞋底與鞋跟的邊緣可以用同樣的鞋

油或鞋蠟來保養，也可以使用另外買的液體鞋緣修補劑，不妨試試看。

麂皮皮鞋是翻了面（或是有毛髮的那一面）的皮革，因此需要完全不同的保養方式，絕對不要擦拭麂皮鞋或使用合成噴霧劑。用來保養麂皮的工具選項是軟刷與橡皮擦，我發現用來清潔菇類的好刷子就很不錯，硬鋼絲刷對麂皮來說太過粗糙，會撕開或刷掉表面的短絨毛。用刷子去除塵土或灰塵時，一定要往同一個方向刷，因為絨毛會順著刷動的方向移動。如果用刷子無法去除某些汙漬，可以試試橡皮擦，在那些汙點上輕柔地以畫圓的方式擦拭。

如果你對於特殊皮革製成的鞋子有興趣，例如鱷魚皮與短吻鱷鱷魚皮、蜥蜴皮、鴕鳥皮之類的，就要詢問零售商或製造商應該如何保養。但是，無論你擁有哪些鞋子，一定要買一根好鞋拔。你不會想要穿著後腳鬆脫的鞋子四處行走，就像你不會想要穿著脫線的襯衫，或是帶有汙漬的領帶一樣。就如同《紅男綠女》（*Guys and Dolls*）[2]中阿德萊德小姐（Miss Adelaide）所說的：「我們是文明人，不必讓自己不修邊幅、舉止粗魯。」

1　一種男鞋，特色是四分之一的鞋帶孔都縫在鞋面上，與牛津鞋相反。這種鞋款在1850年代是受人喜愛的運動與狩獵靴，但是到了20世紀也成為適合都會的鞋款。

2　根據美國作家戴蒙・魯尼恩（Damon Runyon）的兩部短篇小說《莎拉・布朗小姐的牧歌》（*The Idyll of Miss Sarah Brown*）與《血壓》（*Blood Pressure*）的故事改編，1950年首度在百老匯上演的音樂劇。

第 16 章

箴言

Maxims

與服裝、風格有關的箴言

　　法國貴族法蘭索瓦・德・拉羅希福可（François de La Rochefoucauld，1613～1680年）並沒有發明這種最短的文學——箴言。當他在1665年出版《偽善是邪惡向美德的致敬：人性箴言》（*Reflexions ou sentences et maximes morales*）時，箴言已是17世紀巴黎沙龍中十分受歡迎的一種宴會遊戲。李歐納・譚柯克（Leonard Tancock）在企鵝出版社（Penguin）出版的該本著作簡介中提及，他認為箴言就是「對現代世界中傳達抽象概念最清晰、最優雅的媒介」。無論這句話是對是錯，這種文學形態的特色確實是以一種最容易記憶的方式，也是以最少的文字寫成，同時強調細膩度與精確度。拉羅希福可本人曾寫過一些關於風格和服裝的箴言，還有其他人也是（我立刻想到王爾德），顯然箴言在許多方面似乎是針對

這個主題反思時的最佳媒介。

這些想法中，有許多都曾由其他人思考過，並且以更長的說明形態呈現。不過，既然我經常能將開場白寫得很好（困擾我的通常會是其他部分），我就來試試這種形態的寫作吧！

1. 風格就是讓時尚趨近個性的藝術。

2. 時尚表現得明確張揚，風格則需要詮釋。

3. 經常只要一些不受拘束的想法與努力，就能把事情做得簡潔，還要有一種高度發展的美感。

4. 現代主義的美學理論：愈高度發展的美感、愈多細緻簡單的風格，以及愈多神祕的規範。

5. 風格與品味是特定形式的智慧。

6. 刻意的漠不關心，這種風格是優雅勝過秩序的心理上的勝利。

7. 在品味上，如果你能清楚看到不同的細節，就不需要看到整體了。

8. 風格並沒有對錯，如同一首詩就是一首詩。

9. 有意識地迴避時尚本身，就是一種堅定的時尚。

10. 有許多人經常穿著運動服，看起來卻比穿其他衣服時更不像運動選手。

11. 在充滿各種選擇的世界裡，品味的特徵就是限制其選擇。

12. 衣服會說話。事實上衣服從未停止說話，如果你聽不到它們說的話，你就不是它們的聽眾。

13. 奢華可能就像巴爾札克所說的，比優雅還便宜。不過，兩者都比時尚還便宜。

14. 制服讓你有所屬,同時也讓你被排除在外。

15. 只要穿對了衣服,就很容易得到你想要的東西。

16. 穿著不當比說錯話更讓人尷尬。

17. 衣著上的精準,是一種持續的不安全感產生的神經質的慰藉。

18. 美感上的評斷,難以超越批判的文化。

19. 漠不關心的偽裝,是為了暗示潛在的力量。

20. 大多數的人都認為他們買的是風格,事實上他們買的只是衣服。

21. 設計師為所有人創造時尚,但是只有個人能為自己創造風格。

22. 穿衣得體應該是一種禮貌。

23. 時尚半吊子是最會操弄他人的人。

24. 衣服是社交工具,就像語言、禮貌及幽默感。

25. 真正的風格無論對錯,與刻意地做自己有關。

第 17 章

混搭

Mixing Patterns

混搭可能是災難，也可能獨樹一格

帶有鑑賞力與個人特色來穿衣服，主要涉及的就是樣式，應該說是「各種」樣式，多元樣式是這裡要說的重點。

混搭本身可能是潛藏的災難，但也是讓你有別於瘋狂大眾的最佳方法，還能達到不落俗套的「花花公子」（boulevardier）最高境界，也就是成為有品味又講究品質的男人。就讓我們從這個領域的專家那裡獲得一些訣竅吧！

如果我們客觀看待完美男人的風格，在他們有著訂製服的衣櫥中，有些原則是有用的。他們的衣服總是很合身，而且會避免大量的明亮色彩。大多數人會根據對尺度與比例的感受，巧妙地進行混搭。他們知道衝突的樣式〔給自己的筆記：試著把「衝突的樣式」（Clashing Patterns）

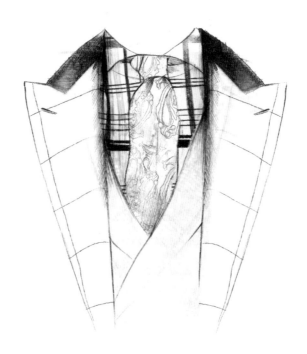

當作搖滾樂團的名稱來販售〕，就是從來不管尺度，因而造成一成不變的結果。

如果你要把粗條紋、厚重的格紋，以及色彩明亮的方格穿搭在一起，小孩看了會很開心，大人的視覺神經卻會覺得有點刺眼。改變不同樣式的比例，眼睛才能分別專注在每種樣式上，否則你出門時看起來就會像是受數學啟發的艾雪（Escher）[1]鑲嵌（tessellation）。

向溫莎公爵學習混搭的藝術

這裡最應該注意的是胸口這個區塊，也就是大衣、襯衫、領帶與口袋巾，因為那是大多數的人在看過臉之後，眼光會停留的地方。在這個

區塊最明顯又簡單的搭配方法，就是專注在一種樣式上。例如，一條色彩鮮明的領帶，讓其他東西都像是簡單的背景。這樣的想法並沒有錯，然而最大的危險就是大家都會注意到那條領帶，而不是注意**你**。強調服裝中特定的物品並不能解決這種問題，反而製造了另一個問題：讓服飾成為最鮮明的主角。在你離開宴會之後，大家都會說：「那條領帶真好看。」可是他們會記得打領帶的人是誰嗎？你並未跨越那個障礙，反而無意間製造了另一個障礙。

所以，我們可以考量那些對衣服有基本了解的人經常提倡的一項原則：不要同時穿著兩種以上樣式的衣服。再說一次，這個原則本身並沒有錯，很容易做到，而且的確符合事實。這似乎是個不會出差錯的方法，如果這是你想要的，很好也沒有問題。這裡說的是兩種樣式，而不是四種樣式，是完全合理的。這是個絕對安全的選擇，只是如此一來，人們就會暴露出對服裝有限的想像力。

在這一點上，就讓年輕男孩站到旁邊，與了解混搭藝術的專家一起冒險吧！這裡說的專家，就是在過去是位大師，至今依然被當成第一流人物看待的溫莎公爵（1894～1972年），他可能是20世紀上半留下最多照片的人。他與布魯梅爾（較多關於他的說明，請參見「序言」）完全是南轅北轍。當布魯梅爾尋求簡約做為自己的標誌時，溫莎公爵則追求巴洛克的精緻，雖然他仍舊受到薩佛街傳統中簡潔剪裁的局限，但就跟他的父親與祖父一樣，他也熱愛色彩亮麗的斜紋軟呢。地區格紋、窗格紋、粗條紋和蘇格蘭紋都是他經常穿著的樣式，他也喜歡用條紋襯衫、圖案突出的領帶、菱格紋的及膝長襪，還有草履蟲圖案的口袋巾來做搭

配。在他那個時代感覺較不敏銳的許多紳士和貴族，都認為溫莎公爵的穿著相當花俏，而且很低俗。然而，這只是歷史重演，大家都知道溫莎公爵的祖父愛德華七世喜歡穿戴明亮的斜紋軟呢、花俏的領飾、綠色的提洛爾（Tyrolean）斗篷[2]與漢堡帽（Homburg hat），因此被許多上流社會成員認為「比較像是外國來的男高音」，不像英國人〔這是利頓・史特雷奇（Lytton Strachey）[3]的句子。〕許多上流社會的英國人認為，身為年輕男性、國王，以及皇室浪子的溫莎公爵「和我們不同」。溫莎公爵並不介意，反正他的確比較喜歡夜總會，對鄉間別墅裡悶熱的會客室不怎麼感興趣。

不過，溫莎公爵確實知道自己的行頭。身為真正先鋒者的他夠聰明，了解到維多利亞時代那種黑色絨面服裝的年代已經結束了，各種色彩與花樣進到放著西裝的衣櫥裡。他也知道，穿著樣式大膽的西裝唯一的方法，如同他真心喜愛的格倫厄克特（Glen Urquhart）格子呢，就是要用其他花樣**減弱**其視覺效果。如果穿了用同樣花色的大片布料製作而成的西裝，搭配同一種色調或花樣，看起來可能會讓人難以忍受。想想看，穿著一件深色、粉筆條紋的精紡毛衣和純白襯衫，搭配同樣花色的深色領帶，雖然看起來很優雅，但在某些場合或許就顯得太過頭了？若改搭間距較窄的條紋襯衫或領帶，就能減少這種刺眼、令人無法忍受的效果。

別讓單一衣服占據所有目光

基本的目的，就是避免讓任何一件衣服占據所有的注意力。讓每種

樣式之間的比例保持平衡，就是讓每件服飾各自表述的方法。如果襯衫與大衣花樣有著同樣的比例，別人要從何分辨哪裡是襯衫，哪裡又是大衣呢？單一色調通常會讓花樣變得太過明顯，讓交界處太過明顯且不連貫，彷彿是剪影。讓一種花樣和另一種花樣產生衝突，就能降低這樣的明確性，讓一切顯得模糊，增加協調性，也讓我們不會只專注在單一物品上，反而會產生錯視法（trompe l'oeil）的效果。尤其是整套服裝中的色彩相互呼應，巧妙運用不同的花樣，將會發揮很好的效果。

　　1964年知名的攝影師霍斯特（Horst）為溫莎公爵在法國磨坊拍攝的照片，就是絕佳的範例。當時公爵穿著一套白色大窗格紋的海軍藍雪特蘭斜紋軟呢西裝、一件格紋較小的藍白格子花呢襯衫，以及一條迷你格紋的絲質領帶，配件則是鱷魚皮皮帶與不同花樣的口袋巾。我不確定這樣的描述會讓你產生什麼想法，但是看到照片就能了解，這是優雅穿著的最高境界。這幅影像讓人覺得，這套穿著不是刻意搭配後的表現。有趣的是，照片似乎也讓人注意到這個男人和他的特色。就如同普林斯頓大學教父級時尚教授柯尼爾·衛斯特（Cornel West）在一支訪問影片中所說的，「時尚是回聲，風格卻是聲音。」這就是重點，不是嗎？

1　1898～1972 年，荷蘭版畫藝術家，被稱為錯學藝術大師。

2　指來自奧地利提洛爾（Tyrol），以短的防水毛料製成的厚斗篷，傳統上為藍綠色。

3　1880～1932 年，英國傳記作家與評論家。

第 18 章

口袋巾

Pocket Squares

口袋巾如何變成完美配件？

在許多方面，口袋巾是最有趣、最鮮明的配件，因為佩戴一條口袋巾，就意味著做了各種不具實用性的選擇，無論是顏色、質料及花樣都要納入考量。然而，還要考慮到擺放的位置，以及和其他服飾之間的關係。口袋巾應該融入、形成對比，或是只襯托其他的服飾呢？最後，如果借用美食評論家的話，又該如何「表現」呢？

問題在於，一個男人覺得協調的想法，另一個人可能會認為過於矯揉做作。以心理的觀點來看，一個完美融入的配件不是讓人覺得不做作，就是完全相反，好比說這個男人的穿著是由太太或售貨員幫忙打點的。在第一種情況下，我們感覺到虛榮以及在鏡子前浪費大量時間；後者則是像孩子一樣無法應付現實的男人。當然，虛榮的結果最糟，因為

別人看到的是那種**刻意努力**。這種過分大驚小怪的關注，表現出社交上的焦慮，是一種缺乏自信，不知道自己是誰，或是自己要扮演什麼樣的角色。這些都是心理上的困境，華生，任何一個有理智的男人都要避免這種情況發生。（編註：華生是福爾摩斯的助手，作者在這裡刻意用福爾摩斯的口吻講話。）

就像許多其他事物可運用的實用規則，都與社會中的個人有關，在此要提的實用規則，是由偉大的禮儀與規範作家巴爾達薩雷・卡斯蒂利奧內（Baldassare Castiglione）於1528年在威尼斯出版的研究著作《廷臣論》（*Il Cortigiano*，英文翻成 *The Book of the Courtier*）中寫道：「真正的藝術不是一眼可以看穿，更重要的反而是隱藏。」（參見第22章關於瀟灑不羈風格的討論。）

領帶和口袋巾的組合成了常態

配件應該呈現出一種細緻（而非刻意）的宣告。合宜的商務服裝尤其應該以平易近人的高貴為目標，而不該過於華麗。在胸前口袋中有絲綢色彩的低調口袋巾，這種程度的特出是可接受的，更正式的就是白色亞麻或純棉口袋巾，絕對不會出錯。

是的，擺放也是一大問題，是方方正正、多角、蓬鬆、塞滿，還是鬆散的？涉及配戴口袋巾的正確方法時，前車之鑑或歷史一點都幫不上忙，因為任何擺放方式幾乎都可以。羅馬人會帶著有香味的手帕，而在歐洲，從中世紀開始，無論男女都會將手帕當作時尚配件。而蕾絲手帕真正開始流行是在17世紀，或許是巧合，當時有許多人也開始使用鼻煙

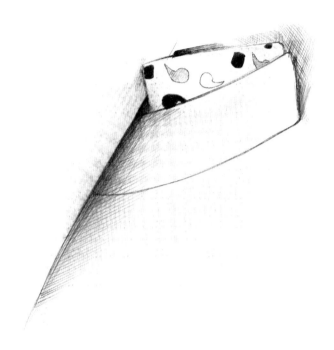

壺。之後,攝政時期的紈褲子弟,也會炫耀地帶著有古龍水香味的刺繡麻紗手帕。1820年代,當英國免除印度絲的關稅之後,印度絲質口袋巾在英國紳士之間蔚為風潮。從1830年代初開始,長禮服(frock coat)似乎是第一種有胸前口袋的外套,而在之後十年,男性開始在胸前口袋裡配戴別緻的手帕,做為荷葉邊裝飾。短命的亞伯特親王是這種打扮的狂熱愛好者,不過,你也會發現他真的很喜愛服裝。

1900年代初期以來,口袋巾不只放在外套的胸前口袋裡,也放在背心與大衣的口袋裡。1910年代的風尚,是在晚宴背心的胸前口袋中端莊地放一條紅色絲質手帕,露出口袋做為裝飾。到了1920年代,風尚轉變為口袋巾與領帶要協調,卻不需要有同樣的顏色或材質。結果到了1930

年代，就出現了反對這種刻意協調的態度，而一場傾向更從容、更漫不經心的新運動，是將白色手帕放在胸前口袋邊緣開口一半的位置。這種趨勢無疑受到了色彩鮮豔的運動服飾出現所驅使，也可能是經濟大蕭條（Great Depression）的陰暗造成的。

當時這種全國性的**瀟灑不羈**風格只維持了很短暫的時間。到了1940年代早期，民間開始出現追求協調的狂熱，與當時廣泛穿著制服的情形同時出現。襯衫、領帶、口袋巾、襪子，甚至是內衣褲都有一模一樣的顏色與花樣。成套的領帶和口袋巾被視為行銷和包裝傑作的時代於焉展開。許多人認為，這是極為世故的表現，其他人則認為這只不過是另一個短暫的風潮。〔不幸的是，當大多數流行都已過時，領帶與口袋巾的組合即使有限，卻仍頑強地延續至今。傳統上，這種組合是一個毫無概念的人送給另一個毫無概念的人的禮物，簡直就像是送別人一瓶名為「憤怒的葡萄」（Grapes of Wrath）的酒。〕

連007龐德也配戴口袋巾

1950年代迎接的霸權是，美國文化與極簡的商業消費主義形象。「一字型」（TV-fold）口袋巾，之所以這麼稱呼，是因為這種摺法最早在電視人物[1]身上大量出現，似乎完全符合簡潔、具同質性又低調的形象。這恰好也融入了艾森豪年代所投射的刻板印象，眾議院非美活動調查委員會（House Un-American Activities Committee）[2]甚至對於這種偏差行為保持警戒。口袋巾的概念就是，白色亞麻巾以超過半吋的高度，平整地呈現一字型放在口袋邊緣。這樣的象徵就如同平頭、除過草的草坪，以及堆疊

在一起的伊姆斯（Eames）鋁框椅一樣簡單俐落。即使許多人的外表看起來依然混亂不協調，極簡主義的高度簡潔還是大獲全勝。

1960年代，草履蟲圖案的絲質口袋巾經由倫敦（參見第9章關於孔雀革命的討論）回歸市場，美國男性開始擁抱一種更歐洲的風潮，包括口袋巾在內。當時的時尚雜誌提供短期課程，教導如何整理所謂的「蓬鬆物」，一種慎重地從胸前口袋裡露出來，不規則又隨意，卻經過計算的絲質皺褶泡泡狀方巾。那些十分了解時尚的人，就像法蘭克·辛納屈（Frank Sinatra），甚至用色彩鮮明的方巾搭配晚宴短外套。

這是遠離孤立主義風尚的一大步，邁向更具大西洋風味的外表，當時的重要發展之一，就是與北大西洋公約組織（North Atlantic Treaty Organization, NATO）之間的聯繫，都被認為需要不斷修復。儘管史恩·康納萊（Sean Connery）這個溫文儒雅的007幹員，對於一字型口袋巾抱持嘲弄態度，人們卻還是很快接受了後來的口袋巾樣式。

附帶一提，這些年代有了絲質的眼鏡盒，其中一邊設計成像是蓬鬆的手帕，這出色地解決了要同時將手帕與眼鏡放在胸前口袋裡這個棘手的問題。另一種替代方案是，有些裁縫師會運用胸前口袋內襯的技術，加上不同顏色的絲來製作口袋，只要稍微從口袋中把布往上拉，就是一條口袋巾了。難道我們也成為龐德電影中那些著迷於裝置與設計的人了嗎？

有趣的是，2006年上映的《007首部曲：皇家夜總會》（Casino Royale），丹尼爾·克雷格（Daniel Craig）飾演的007，又回到一字型的口袋巾，搭配筆挺的深色西裝與閃亮的白襯衫。這真的是龐德一絲不苟、

講求精確，是比專業間諜更像冷血的合法殺手的證據嗎？或者我們只是找回一種較細緻的優雅？在海軍藍雙排扣外出套裝上，上漿的白色口袋巾只是完美的畫龍點睛，還是雪白或條紋襯衫，以及馬格斯菲特（Macclesfield）[3]絲織領帶最恰當的搭配？或者這種對過去事物的記憶，讓我們在這個一切都不確定、不穩定的年代裡，有了讓人欣慰卻又傷感的形式？

不過，這些沉思都忽略了主要的現實，那就是一名紳士**應該**配戴口袋巾。以下是我遇過的一件趣事。我在年輕時很幸運地以服裝設計師的身分，與知名的時尚和社會紀實攝影師史里姆·艾倫斯（Slim Aarons）合作，進行好幾次時裝攝影。他非常專業，會為了細節爭論不已。他把我當成徒弟，解釋了許多時裝攝影中較細部的內容。他最嚴格的建議之一，就是「一定要確定男人的胸前口袋裡有一條手帕。聽起來很可笑，不過，若是沒有手帕，當大家看著照片時，他們會說少了什麼東西，即使他們並不確定到底少了什麼。」

1　中文將這種口袋巾稱為一字型，但英文原本的字義是「電視型」。

2　1938年成立，為美國國會眾議院設立的反共機構，負責監察美國納粹的地下活動，現為眾議院國內安全事務委員會（House Committee on Internal Security）。

3　英國的城市，18世紀時由於英國商人尋求價格較低的編織工人而往鄉村遷移，致使該地成為世界上最大的絲織品產地。

第 19 章

襯衫

Shirts

襯衫是最貼近上半身的衣物

　　在討論襯衫之前，一定要引述美國詩人珍・肯揚（Jane Keyon）寫的
一首同名詩作，否則實屬不智。

　　　　襯衫碰觸了他的脖子

　　　　平順地延展在他的背上。

　　　　滑下他的身側。

　　　　甚至往下越過腰帶──

　　　　進入他的長褲裡。

　　　　幸運的襯衫。

幸運的男人。

　　肯揚的詩讓人注意到有時會被忽略的一點，就是如今的襯衫（被分為「商務」和「休閒」兩種），人們看到的通常只是其功用的恰當性。然而，直到 20 世紀，襯衫通常是最貼近上半身的衣物，因此與皮膚有觸覺和象徵上的連結，如同詩人這種感官上的洞察力。

　　襯衫不只用來遮蔽身體，或是做為地位象徵。我們談的不只是布料、線和扣子，以及價標或是時尚設計師，而是在談歷史與藝術、工藝和傳統。男裝的名聲來自特別的襯衫衣領與領帶。你只要想想深具影響力的布魯梅爾，或是喬治四世、放棄王位的愛德華八世這兩個最會穿衣服的英國國王就好了。

拜倫讓現代樣式的襯衫衣領更普及

　　當然，在歷史上，襯衫之所以會有今天這種樣子，是受了外套的影響。外套是外殼，不論是雙排扣外套、長禮服、西裝外套、休閒西裝外套，或是開襟毛衣這類休閒的外衣，都強迫襯衫把重點放在衣領和袖口上，也就是看得到的部分。

　　華麗的衣領與袖口成為顯著的部分，起源於義大利的文藝復興時期，以及 16 世紀的英國宮廷。倫敦的國家肖像畫廊（National portrait Gallery）中，有一幅在那個時期十分真實的肖像，由安東尼斯‧莫爾（Antonis Mor）[1] 於 1568 年為朝臣亨利‧李（Henry Lee）爵士所畫。畫作中，李穿著不自然的便裝，也就是一件黑色無袖短上衣，內搭白色刺繡亞麻襯衫，襯衫有輪狀皺褶領，以及相襯的袖口，是那種現今的時裝設

計師拉克魯瓦（Christian Lacroix）或拉格斐（Karl Lagerfeld）會即興善用在女性服飾系列中的東西。不過，這種花俏的衣領與袖口在男性時尚中持續了兩個世紀，事實上是直到攝政時期。之後有種較簡單的風格興起，取而代之的是標準的外套和袖子。

從此以後，在男性的服飾發展中，在扣子與翻領形狀、領子剪裁，以及袖口大小等的細微之處，明顯出現了不可思議的規則。如果聽不到這些細微的聲音，你就不是它們說話的對象。美感的評斷，按照蘇珊・桑塔格（Susan Sontag）前瞻性的說法，真的是文化上的評價。現代世界裡，已經有大量財富來自這樣的事物，只要問問亞曼尼和雷夫羅倫就知道了。

到了 19 世紀後半，簡單、沒有裝飾的衣領與袖口成為標準範本。當時可拆卸的樸素衣領十分流行，這種情況一直持續到 1920 年代，講究時尚的年輕溫莎公爵和他的兄弟開創了一種風潮，也就是一種附在襯衫上可以往下翻的細窄衣領，這種簡單、乾淨而舒適的方式，至今仍然很流行。在歷史上，這是個具有民主特性的低調外觀，且在根本上強調了標準的比例。

襯衫衣領一向是男性服裝中的識別重點，因為它為臉孔提供了焦點，作用就如同倒三角形，兩端的點讓臉孔像是被放在一個框架上。布魯梅爾和他的門徒——喬治四世，很了解這一點（參見第 1 章，有助於了解他們在 19 世紀早期為何是如此重要的時尚人物）。還有第三個重要的喬治（編註：布魯梅爾的名字也是喬治），也知道襯衫衣領的重要性，甚至在這一點上比任何男人都有影響力，他就是拜倫勳爵。

說拜倫發明了現代化的襯衫衣領一點也不為過，或者至少應該說他在公開場合穿著這樣的衣領，有助於將它普及化。他襯衫衣領的領尖平貼在鎖骨上，而不是直立在脖子四周。他寧願讓衣領不受約束，偏好寬大、自然下垂的衣領，與當時的浪漫詩人產生密切連結。他被認為是那個世代（也是最墮落的一代）最英俊的男人，有許多他的肖像畫，畫中的他穿著黑色斗篷、披肩及短外套，不過總是搭配著柔軟下垂的質樸白色高領，襯托出他光滑的皮膚與深褐色的捲髮。只要看看1814年由湯瑪斯‧菲利浦（Thomas Phillips）繪製的動人肖像，就能看到浪漫時期最有影響力的圖像了。

從拜倫那個時代開始，服飾的衣領隨著一般男性的服裝退到微妙而拘謹的地步。男性有意識地集體在「大揚棄」期間（參見「序言」），反對輕佻和華麗，選擇了符合新興商人和專業資產工業階級的穩重感，那種簡約又持重的風格。襯衫衣領在這個過程中大幅萎縮，並失去了特色。正如同桑內特在極具煽動力的研究著作《再會吧！公共人》裡指出的：「1830年代，男性服飾開始從浪漫時期服飾的飄逸與誇張線條中消退。到了1840年，領飾不再華麗，而變得較貼近脖子。在這20年當中，男性服飾的線條變得較簡單，服裝的色彩也更加單調。」

襯衫衣領要怎樣才符合美感？

到了現在，襯衫的規則被認為世界通用。除了製作或是設計師的細微變化以外，大家幾乎異口同聲地認同「翻領」。各種不同的英式寬角領（English spread collar）被認為是最正式的，接著就是傳統的尖領，然

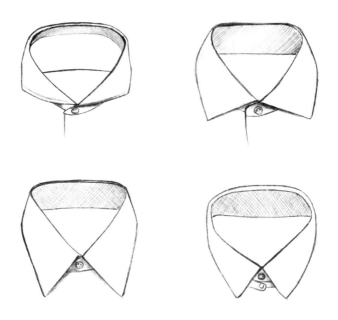

後是小而圓的圓領（club collar），最後才是休閒的鈕扣領。領針與繫帶領（tab collar）則多半被認為只有少數紈褲子弟才會用，而且超過半個世紀都不曾真正普及。

　　每種衣領的重要差異可分成三類：(1) 衣領的實際大小，也就是領尖的長度與寬度、在後頸及喉嚨的高度；(2) 衣領留給領帶的空間大小；(3) 結構的堅固性。每一類都有特定的規則，大多數都是（或應該是）無庸置疑的。

　　衣領大小要符合美感，規則十分簡單：不論最新的風潮為何，男性的身材愈瘦小（主要是身高和體重），衣領就要愈小；脖子愈長，衣領就要愈高。至於繫領帶的空間，則由個人偏好領帶打結的大小來決定：領

帶打的結愈大，需要的空間就愈大（若是寬版領帶，或是以更錯綜複雜的技巧編成的領帶，最好搭配寬角領襯衫）。第三個考量點純粹是出於品味：有些男性偏愛柔軟的衣服，不在意衣服有些奇怪的皺褶，以及根本無所謂的邊邊模樣；其他人則喜歡那種不管如何擠壓都不會變型的領子，這種選擇多半與個性有關。有個心理學家告訴過我，他能從一個人的襯衫衣領上看出許多端倪，我相信福爾摩斯也可以。

最休閒的鈕扣領

或許最休閒的襯衫衣領就是鈕扣領，表現出刻意的漫不經心，是很容易親近的休閒穿著打扮。或許這是對於其源頭——polo衫的反思，從字面上來看，polo衫就是馬球球員穿的衣服。故事是這樣的，1900年，約翰·布克（John Brooks）〔布克兄弟公司已退休的總裁，是創辦人亨利·布克（Henry Brooks）的孫子〕在英國度假，觀賞了一場馬球賽。因習慣使然，他開始觀察球員服裝的細節，驚訝地發現英國球員穿著polo衫時，長領尖居然用鈕扣扣在衣服上。其他人向他解釋，那些鈕扣是為了避免衣領在激烈的比賽中飛上來打到臉部。布克立刻走到外面買了幾件polo衫寄回家，附上製作細節的指示，將這種polo衫放進布克兄弟販售的衣服中。

布克兄弟製作的襯衫仍然以polo衫衣領為標準，其他品牌也大肆仿效，事實上幾乎每家襯衫公司都有polo衫衣領的襯衫。就像布克兄弟說的：沒什麼好擔心，布克兄弟的鈕扣領襯衫從未被人成功複製或是改良得更好。這種經典襯衫一般都是用牛津布製作，通常是藍色與白色，比

較活潑的人則偏愛黃色和粉紅色，而這些襯衫的領尖與單一袖口的長度，都是精準的3吋（約7.6公分）和3.8吋（約9.7公分）。

像鈕扣領襯衫這樣的東西能讓一個男人看起來很稱頭，如同機智的專欄作家喬治‧佛雷澤（George Frazier）提到，他被介紹給知名作家約翰‧奧哈拉（John O'Hara）[2]時所發生的事。為佛雷澤撰寫自傳的查爾斯‧方頓（Charles Fountain）講述了這個故事：

某天晚上，在紐約格林威治村的爵士音樂俱樂部——尼克斯（Nick's），這個奧哈拉喜愛出沒的地方，奧哈拉在波士頓認識的友人——小喇叭手鮑比‧海克特（Bobby Hackett），將佛雷澤帶到作家坐的那一桌，介紹他給大家認識。奧哈拉親切地說：「坐下來和我們喝一杯吧！你穿著布克兄弟的襯衫，歡迎你來我們這一桌。」

當然，從佛雷澤那個年代之後，鈕扣領就經歷了一些改變。例如，也許是由身為紈褲子弟的工業大亨阿涅利所引進的，有些男人有了一個新點子：解開鈕扣領的鈕扣，讓襯衫更像便服。

無論如何，鈕扣領襯衫的兩個永恆規則是：(1)衣領的兩個領尖到領圈之間，應該留半吋的空間給領帶；但是(2)絕對不要雙袖口。義大利設計的鈕扣領襯衫，領尖的距離比美式的襯衫寬一些，不過在1930與1940年代，義大利和美式的襯衫在美國都很流行，現在也是如此。有許多男人會告訴你，鈕扣領襯衫不可以搭配雙排扣西裝，但是在1930與1940年代時，佛雷‧亞斯坦和其他優雅的電影明星都這樣穿，顯得派頭十足。

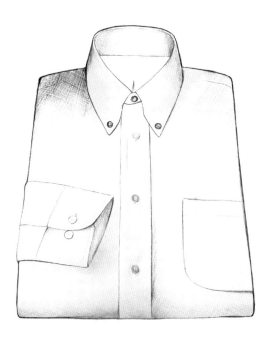

不同衣領的特色

傳統上，最不正式的是鈕扣領，接下來較不正式的則是圓領。一般來說，圓領普遍用在男孩的學校制服上，一向都有年輕的特質，或許這也是為什麼紈褲子弟總是偏好穿這類襯衫。你可以想像一下，湯姆·伍爾夫（Tom Wolfe）[3]穿著訂製的、衣領卡在脖子上、上漿的圓領襯衫，搭配波卡圓點領帶、米色西裝及軟呢帽的模樣。

從各方面來看，尖領落在中間。幾乎任何長度的領角〔例如，長尖領是老派好萊塢的風格，偶爾也被稱為巴利摩（Barrymore）衣領，名稱來自20世紀上半讓這種風格普及化的知名演員，這種風格會定期出現，

然後消失〕，都可以搭配標準單袖口或雙袖口。尖領則是最安全的商務襯衫衣領，可以配戴飾品：不是一根穿過衣領的別針，就是只能夾住衣領的領夾。事實上，繫帶領有種內建的「領夾」：繫帶被縫進領尖中，可以綁在領帶結下方，安全、舒適又得體。順帶一提，絕對不要購買有金屬片的繫帶領，因為洗衣機會弄壞金屬片，衣領也會因此報銷。

　　一旦領角延展的角度超過胸骨與鎖骨的中間時，尖領就會變成寬角領，通常也被稱為「英國」領，因為這種衣領是由溫莎公爵引進全世界的（他喜歡大的領帶結，寬角領比較有空間能容許這樣的怪癖），寬角領就是正式的商務襯衫衣領。有兩種截然不同的寬角領：適度的寬角，以及「劈開」（cutaway）的寬角，後者的領角水平、平行地經過脖子。劈開指的是雷射切割般的俐落與精準，幾乎適用於所有儀式和場合。唯一一種更正式的襯衫衣領，就是晚禮服的翼形立領（參見第9章）。

襯衫的袖口下緣要在腕骨下方

　　這些襯衫的袖子可以是標準單袖口（有時稱為「鈕扣式」袖口），或是雙袖口（有時稱為「法式」袖口）。不過，這兩種袖子都能被剪裁成不同的風格，標準單袖口可以加上任何數目的鈕扣，即使大家認為這麼做時一定要很小心。雙袖口則可以使用袖扣，這表示從最穩重的金色押花橢圓形袖扣到法拉利（Ferrari）輪圈蓋，任何形式都有可能。不過，最好要把桑塔格的警句銘記在心，亦即「美感的評斷，就是文化上的評價」。襯衫袖子的長度應該被測量，讓袖口下緣剛好落在腕骨下方；如果是大衣的袖子，長度則要落在腕骨上方，通常這麼做應該會看到大約

半吋的襯衫袖子露出來，這樣的長度才是正確的。

除此之外，男人還有許多選擇：在襯衫袖子從手腕到手肘之間的開口多出的這條布上（稱為「門襟」）配戴袖扣；也可以選擇素面的前身或前門襟（襯衫前身外緣往下延伸的一條布，也就是鈕扣孔所在之處）、可修飾身型的襯衫、後過肩（襯衫上背外加的一層布，最下端可能有皺褶），或是胸前口袋（可能有鈕扣或口袋蓋）。這一切都是可以選擇的，只是有些選擇會比其他選擇更重要。例如，口袋不論是否有蓋子或鈕扣，純粹都是個人喜好。大多數穿著吊帶的男性並不喜歡胸前口袋，這完全能理解，況且要是一件襯衫很合身，後過肩與皺褶就真的沒有必要。另一方面，對很多人來說，袖子門襟鈕扣似乎是個好主意，這樣能讓袖子完全密合，而洗衣店則比較喜愛前門襟。至於其他的好東西就真的是襯衫製作者工藝上的花樣了。

襯衫的三大布料：棉、亞麻、蠶絲

除了襯衫的細節與風格之外，我們也要關心布料。襯衫的布料可以是任何天然或合成紗線，但在傳統與歷史上十分強調三大材質：棉、亞麻以及蠶絲。亞麻可說是第一種穿在皮膚上的紡織布料，不久之後就是蠶絲與棉。直到19世紀，一個男人只要提到穿上「未經加工處理的亞麻」，指的就是乾淨的襯衫。然而，隨著英國北方的棉織大廠興起（全都透過英國的殖民地──美國與印度提供原物料），以及愈來愈重視清潔，棉布成為貼身衣物之王。棉布既長又堅韌的纖維很容易染色與清洗，被認為最適合用來製作襯衫和內衣。

棉是依照產地來分類，如埃及、匹馬〔美國亞利桑那州的匹馬（Pima）〕、海島（Sea Island，美國喬治亞州沿岸的海島）等，只不過這樣的分類卻很難維持。我追溯了關於這些名稱的商標訴訟案歷史，雖然我已經盡可能審慎檢視，但確實有數量驚人的相關法律案件。還是回到這些纖維的品質與織成的布料吧！

製作襯衫時，最好的棉布是強韌、精緻的長纖維，不太有光澤，整體都是白色或淺米色。換句話說，這種纖維觸感平滑清爽，能承受更飽和的染色，在重複清洗後也能保持良好狀態。海島棉、埃及棉及匹馬棉都屬於這種纖維，同時也是最貴的。較平價的棉通常不是以產地來區分，而是根據織法來分類。

寬幅布（broadcloth）是最古老又最簡單的棉織物，使用同樣顏色的單線進行簡單的上下交織。寬幅布與府綢，這兩種襯衫布料的編織都有些許不平衡，因為緯紗總是會比經紗多一些。製作府綢時的這種差異，是為了製造更多稜紋效果。府綢是一種基本的襯衫布料，既平滑又容易清洗，還能製造出各種圖案。

另一種受歡迎的棉布是學生布（chambray）[4]，名稱來自法國北部的康布雷（Cambrai），織法基本上與寬幅布一樣。然而，學生布的經紗有顏色，緯紗則是白色的。學生布通常是素面或單色，不過也能製作圖案，較輕的布則會用來製作夏季襯衫。

牛津布也是一種平紋織布，由於使用的經紗通常是緯紗的兩倍，產生竹籃式織法的效果，因而看起來較粗糙。相傳這種織物最早是在19世紀末由蘇格蘭棉織廠製造，這些工廠也製作耶魯、劍橋（Cambridge）及

哈佛大學的衣服；然而，與牛津布受歡迎的程度相比，這三所大學的衣服黯然失色，因此棉織廠就不再製造了。紐約的布克兄弟對牛津布的推廣可說是不遺餘力，因為它選擇這種布料製作知名的鈕扣領襯衫。在牛津布這種堅韌的襯衫布料中，「皇家牛津紡」是比較細緻的一種，通常和學生布的織法一樣，是用有顏色的經紗配上白色的緯紗。

另一種比牛津布更厚的襯衫布料是斜紋布（twill），用兩條線對一條線（或是類似的用線比例），上下交織的平織法，製造出有明顯斜紋稜線效果的棉布。這種斜紋為襯衫布料增添了更多紋路上的趣味，隨著編織過程中線紗的數量改變，就會形成隱約可見或明顯突出的紋路。

比這些棉織物還要輕的是華爾紗（voile），因為既輕盈又有彈性，通常被用來做夏天的棉質襯衫。華爾紗的特色是使用非常細的捻紗，以十分緊密的平紋織法編織，形成極輕卻極強韌、有光澤的織物。最細的華爾紗看起來幾乎像是透明的薄紗，在天氣炎熱時仍然保有清涼感。

製作襯衫時，雖然亞麻受歡迎的程度略遜棉布一籌，但在服飾業中，亞麻仍是十分常見的布料。18 世紀，歐洲各地開始能輕易獲得棉布後，棉布就取代亞麻，成為最主要的襯衫布料；不過，愛爾蘭亞麻與義大利亞麻仍舊被大量用在男性服裝上。這兩種亞麻布料都有多孔、涼爽的特質，較粗糙的布料用愈久會愈軟。愛爾蘭亞麻比較重，主要用來做西裝；而義大利亞麻較輕，多半用來做襯衫。有趣的是，在一個講求沒有皺褶、不需整燙、極度平整的年代，亞麻的波浪起伏卻被視為美感表現、一種老派的高雅。輕質亞麻則被用來製造休閒襯衫、商務襯衫及正式襯衫。

　　比亞麻和棉更少見、更細緻的則是蠶絲。蠶絲做為衣料的歷史不僅漫長，也充滿了神話與傳奇色彩。眾所周知，絲最早（至少是五千年前）是在中國製造，然後在西元元年到西元一千年間，絲織品傳到了歐洲。絲的製作（照料蠶這件事，目前已是科學化控管的工業，之前卻是非常費時又耗費人力的產業）開始於 6 世紀時的君士坦丁堡（Constantinople），到了15 世紀，義大利北部的城市以製作細緻的蠶絲聞名歐洲。

　　襯衫布料的特色必須強韌、吸水，還要平滑且外表有光澤。由於品質好的蠶絲十分昂貴，因此一直被視為奢侈品。費茲傑羅筆下的主人翁——傑・蓋茨比（Jay Gatsby）[5] 非常喜愛厚的米色絲質襯衫，一旦訂製就是一打，這是文學上一種前所未見的炫耀性消費指標。如今，蠶絲只偶爾被用來製作那些訂作的商務襯衫。此外，蠶絲已經被歸類為運動休閒衫布料（像是真絲蠟染、泡泡紗，以及其他休閒穿著），很少用在正式的晚宴襯衫上。

衣領／領帶／胸前口袋／口袋巾的微妙關係

　　棉、亞麻或蠶絲，這些你選擇穿的襯衫布料，只是這個重要關係網絡中的面向之一，其他像是衣領、領帶及口袋巾也要納入考慮：胸口到脖子這個區塊就在你的臉部下方，也是眾多目光集中之處。亞蘭・佛雷瑟（Alan Flusser）[6] 這個聰明的觀察家、編年史作家及穿著精緻訂製服的人，並不是唯一注意到「由單排扣西裝外套的 V 領，在下巴下方形成的三角區塊，成為一套男性訂製服受人注目的焦點」的人。

　　確實，衣領／領帶／胸前口袋／口袋巾的關係，是男性讓自己的穿

著一塌糊塗的兩個主要區塊之一，也是會讓男性風格跌入谷底的兩個危險區塊之一。（另一個區塊就是腳，包括鞋子、襪子及長褲，參見第20章）。只要想到這種關係充滿許多危險，就值得多花一些時間談這件事。請注意，我說的並不是應該如何打領帶或折口袋巾，至少在朋友之間，我們並不需要按部就班的細節指導。我猜，如果你真的不知道怎麼打領帶，應該不會對本書有興趣。我反而想花一些時間把這個區塊當成整體來看，因為這是男性服飾中很重要的部分。

20世紀中期以前，似乎沒有人注意到這個區塊的細節與規定，因為對大部分商務人士來說，他們上班時的穿著本來就有標準答案：白襯衫、低調的領帶，以及白色棉質手帕（參見第18章關於口袋巾的完整討論）。1950年代，有很多人推崇這種整潔、平淡而中性的外表。

從此之後，選項大幅增加，不只是襯衫花樣與顏色變得更有趣，在辦公室或會議室也愈來愈被大家接受，連領帶和口袋巾也有了更多選擇。領帶與口袋巾的布料，包括不同的蠶絲、毛料、喀什米爾羊毛、亞麻、合成布料及混紡。有些布料有季節性，像是亞麻與絲質山東綢比較適合夏天，而毛料斜紋軟呢和喀什米爾羊毛則適合冬天。現在，關於領帶與口袋巾的材質，季節性是唯一值得一提的規則。

毫無疑問地，由於有了各種不同的可能性，許多型男開始注意到，衣領／領帶／胸前口袋／口袋巾的關係可能十分微妙。最大的陷阱就是，在這個區塊中有太多引人注意的東西。就像有的男人全身上下都是濃烈的古龍水味道，還不如灑幾滴氣味清爽的古龍水就好了；同樣地，過多的花樣和色彩也會讓人眼花撩亂。有人曾爭論過，認為這個問題的

解決方案，就是在襯衫、領帶、口袋巾與外套四種東西中，不要有兩種以上的花樣。這並非無稽之談，而是可以遵守的簡單規則，只不過有點無聊罷了。簡單地說，就是改變比例。如果襯衫、領帶、口袋巾及外套的每個花樣的比例都一樣，服裝本身的焦點就不見了；去除了界線、所有東西混雜在一起，風格與剪裁的美好就被破壞了。（參見第17章關於混搭的完整討論。）

關於花樣太多，比較好的解決方法是，改變花樣的比例。只要能讓眼睛注意到個別的花樣，花樣就能發揮比較好的功用，這能讓服飾中不同的物品輪廓恰當地表現出來，否則我們會以為自己是坐在驗光師的檢查室，或是在馬戲團裡面。

所以，如果外套是粗的方格，像是窗格或大的格倫格子呢，領帶就要選較小的花樣，而襯衫的花樣應該更小，至於口袋巾花樣的大小則要介於領帶和襯衫之間。要了解，這只是平衡這些花樣的眾多方法之一，還有更多不同的方法，數學家應該算得出來。

顏色要有整體感

在這些因素中，色彩扮演了微妙的角色。例如，當領帶與口袋巾的色彩太類似，就會出現不好的效果，讓你看起來像個汽車租賃代理商。重點在於領帶和口袋巾的顏色不應該相同，而要互相「呼應」。關於這一點，沒有任何規則是新手可以輕易上手的，最安全的方式就是讓襯衫、領帶、口袋巾與外套在同樣的顏色上做一些變化。問題在於，這麼做的時候看起來有點無趣。因此，「反映」顏色的想法，就是領帶與手

帕能夠反映外套或襯衫上其中一種細微的顏色，看起來就會充滿整體感。換句話說，應該避免明顯對比的顏色，色彩之間要相互融合，而不是特別突出。一條亮綠色的領帶或口袋巾可能與斜紋軟呢短外套的橄欖綠相互呼應，但也可能過度活躍地引起注目。再問一次：當你離開一場宴會時，你希望別人記得你的領帶，還是記得你？

　布料材質的重要性似乎比不上色彩，不過，有個基本原則是：根據季節來選擇。毛料與喀什米爾領帶〔不論是梭織（woven）或針織（knitted）〕很適合冬天穿，不只是因為穿起來較保暖，而是因為較厚的材質，和較厚的西裝布料如法蘭絨與斜紋軟呢很類似。棉、亞麻及山東綢之類的彈性絲，則是較符合夏天的特定布料，比較輕盈、飄逸，和製作短外套、長褲與襯衫等較薄的布料比較搭配。布料之間就像朋友，要了解它們，只要看看和它們在一起的東西就知道了。

　除此之外，我們要同時思考布料與花樣，並且遵守先前提到的規則。例如，一條山東綢領帶不需要搭配山東綢口袋巾，看起來會過度講究，就像是維多利亞時代的人。過度講究的人傳達的訊息是一種炫耀的虛榮：他們似乎花了一整個早上來搭配所有衣服。我們都知道，除了聖人以外，每個人都有一點愛慕虛榮，但是我們不必把虛榮當成生命中要傳達的訊息。在這些衣物的關係或是其他關係中，刪去法不見得是件壞事。

1　1516～1577年，荷蘭肖像畫家。

2 1905~1970 年，美國作家，代表作是《相約薩馬拉》（*Appointment in Samarra*）。

3 1931 年～，美國記者與作家，被譽為「新新聞主義之父」。

4 以有顏色的經紗與白色的緯紗，用平紋織法交織而成的有條紋格子布料，有混色效果，且布料輕柔。

5 《大亨小傳》（*The Great Gatsby*）的主角。

6 1945 年～，美國作家與男性服裝設計師，曾為電影《女人香》（*Scent of a Woman*）設計服裝。

第 20 章

鞋子／襪子／長褲之間的關係

The Shoe-Hosiery Trouser Nexus

有褐色麂皮鞋就夠了

所有人都會經歷一段想簡化事情的時期。我第一次有這樣的想法時，就把所有的襯衫飾品（袖扣、領針及領帶夾）、絲質口袋巾全都丟了，決定只穿海軍外套、灰色西裝、斜紋軟呢短外套與燈心絨長褲，襯衫只穿藍色和白色，然後用褐色麂皮鞋搭配所有服裝。一條海軍藍針織絲質領帶，就能陪我度過這段時間。我似乎閉著眼睛都能著裝，看起來還頗為像樣。

我當時的想法是讓自己不要擔心搭配這件事，事實上，我為此高興了一陣子。但是之後我又逐漸開始增加其他物品，首先是絲質口袋巾，然後是一些條紋領帶與領帶夾，還有……你知道的，就是這麼一回事。不只之前丟掉的全部回來了，還多了別的東西。

　　我唯一沒有改變心意的一件物品，就是褐色麂皮鞋。我的鞋櫃裡除了搭配晚宴外套穿的黑色天鵝絨亞伯特有跟便鞋以外，沒有任何一雙黑色皮鞋。我從來不穿黑色西裝，有褐色麂皮鞋似乎就夠了。

　　這也是一種方式，不是嗎？不過，我並不會因為自己是個用褐色皮鞋百搭的傢伙，就特別建議這種方式。但是，我發現義大利北部的人會贊成這種做法：除了褐色皮鞋之外，他們似乎不穿別的鞋子。褐色皮鞋搭配深藍色西裝，是種十分整潔的外觀，起源於 1930 年代威爾斯親王穿著海軍藍粉筆條紋雙排扣西裝，並搭配褐色麂皮鞋的英式風格。

穿接近西裝顏色的襪子很合宜，但有點無趣

　　義大利北部的人也著迷於某件事：鞋子與長褲交接處，襪子要落在兩者之間，對男性外表來說非常重要。比鞋子／襪子／褲子這種關係更重要的區塊，或許就是衣領／領帶／胸前口袋／口袋巾這個區塊（參見第 19 章）。然而，任何外行人直覺上都會注意到上半身的區塊，同時看到對方的臉，習慣觀察他人服裝的人一定會很快地往下看第二個區塊，也就是這個男人接觸人行道或地面的部分。確實，人們經常會忽略同樣十分重要的鞋子／襪子／長褲之間的關係，因為這個區塊顯示出這個主題延伸的範圍確實很廣。

　　讓我們從鞋子開始。先假設這裡說的是真皮製成的良好鞋款，既沒有磨損，也沒有打蠟，更不是那種在健身房或健行時穿的鞋子。問題在於：在腿部往下延伸時，鞋子要占多大的比例？

　　有些人認為腳應該是腿的一部分，而且鞋子的顏色應該盡量接近長

褲的顏色，能在視覺上保持連貫性。有這種想法的人也堅持，襪子應該和這樣的單色區塊銜接得天衣無縫。對於那些認為腳是腿部延伸的人，以黑色皮鞋搭配海軍藍、炭灰色或黑色西裝是有必要的，才能盡量保持一致性；以這種方式搭配時，襪子的顏色應該跟西裝的顏色或色調相同。這裡強調的是持續性與一致性，並不是一件壞事。除非你是色盲，否則這樣穿會顯得乾淨又簡單，並且完全很恰當。缺點則是少了特色，穿的人和看的人都會覺得有點無趣。

顯然有些人仍堅定地認為腳踩黑色皮鞋才是體面的表現。不過，體面已經不再像過去那樣，美感也有了轉變。他們認為，沒有什麼比一雙品質絕佳、上了蠟的黑色皮鞋讓人看起來更瀟灑，但這就是重點，不是嗎？難道沒有其他可能性嗎？

其中一個問題在於，黑色鞋子整體上就是黑色，大部分的設計都很簡單，更增添了拘謹的特質。曾經有一段時間，大約是 1951～1975 年，古馳（Gucci）帶有金屬裝飾的黑色懶人鞋曾稱霸時尚界，但那只是一時失常。黑色皮鞋是質樸簡約的工藝品象徵，例如攝政時期那些美男子訂定黑色皮鞋的相關規則，他們在維多利亞時代的孫子輩則讓這些規則成為儀式：像是在城鎮中、晚上或星期天，還是在其他正式場合裡，只能穿著黑色皮鞋。在商業與正式場合，黑色皮鞋被認為是合乎禮儀的，傳道者也會對沒穿黑色皮鞋進教堂的人說教。對缺乏教養的人而言，這是一項安全守則。只是，維多利亞時代的人本來就很容易焦慮，對每件事都訂下了十幾項規則。他們對分門別類十分狂熱，最好讓他們繼續保持這種神經質。

請在合理的範圍穿自己想穿的

看待鞋子的另一種方式，是完全把它當成設計與表現的另一個領域，是真正的配件，而不是服裝的延伸。然而，這件事還是有爭議性；2002 年，被選為英國最佳穿著男士的時尚足球明星貝克漢（David Beckham），因為以褐色皮鞋搭配藍色西裝而遭受媒體批評。然而，對大多數的人來說，跟我最喜愛的褐色皮鞋相關的規則（在正式性中最接近黑色皮鞋）經歷過爭執與推崇。如今，在晚宴中穿著褐色皮鞋，不再被視為社會地位低下的表徵。事實上，我真的想不出還有什麼能彰顯出這樣的表徵。

可以確定的是，曾經有段時間，男人被認為不該穿著任何一種褐色皮鞋。讓我為你介紹，或者讓你恢復記憶，如果你讀過西奧多・德萊塞（Theodore Dreiser）[1] 寫的偉大美國小說《嘉莉妹妹》（Sister Carrie，1900 年出版），裡頭有個在文學上具有魅力的無賴：查爾斯・杜魯埃（Charles H. Drouet）先生，是個四處旅行的推銷員。時間是 1889 年 8 月，在前往芝加哥的火車上：「他穿著有條紋與十字圖樣的褐色毛料西裝，在當時很新潮，但之後就成為大家熟悉的商務西裝。背心下方分叉處露出筆挺的、白色與粉紅色條紋的襯衫……整套西裝相當合身，最後是一雙擦得發亮的棕褐色厚底皮鞋，還有一頂灰色軟呢帽。」清楚表現出杜魯埃是個無賴。德萊塞讓筆下的人物用服裝來表現自己，而杜魯埃穿著的不只是褐色皮鞋，還是棕褐色皮鞋，厚鞋底更如實增添了他在穿著上的粗野。光是他的褐色鞋子，就不知道含有多少細節上的差異！黑色一向是黑色，而褐色有時候可以是棕褐色，這個概念值得記下來。

　　不論是亮面皮或麂皮，從奶油色的陶坯黃到最深的赤褐色，褐色鞋子都有一系列的色調變化。這顯然會造成一些問題：哪種色調最適合你的心情和打扮？是灰褐色、菸草色、栗子色，還是深咖啡色？老規則就是鞋子應該比長褲的顏色深一些，除了熱帶地區的服裝以外（按照無所不在的貴族傳統，熱帶地區服飾都是搭配白色鞋子），這個原則依然適用。褐色鞋子會破壞整體性，不過這也是好事，因為這樣一來，不僅能有較多變化，也可以讓眼睛有另一個焦點。

　　褐色鞋子也為顏色較明亮的襪子開啟一扇門，而這就是這個區塊關係中的第三個元素。在過去，襪子講究端莊嚴肅，全都是黑色、藍色或灰色，而今大家都能接受有點花俏，甚至期待這樣的效果。菱格紋襪子在運動服飾中有悠久的歷史，只要有些色調上的連結，為什麼不能和都會西裝一起穿呢？像佛雷‧亞斯坦在《飛向里約》（*Flying Down to Rio*）中，就穿著條紋襪子，甚至是更有趣味的花樣，像是粉紅色的紅鶴、骷髏頭、獨角獸，或一些鮮豔的圓點？

　　今天，我們都是受到心情而不是禮節的影響，這讓事情變得有點棘手，一方面是因為我們不再有規則可循；另一方面，有許多穿著的原則是相當武斷、可笑又讓人窒息的。一個人穿著新奇衣物，雖然會讓人耳目一新，但也要在合理的範圍內，穿自己想要穿的。

穿西裝、皮鞋卻不穿襪子，一點也不時尚

　　這讓我想到不穿襪子這件事。在第一次與第二次世界大戰之間，有許多男人發現了熱帶氣候的樂趣〔參見保羅‧福塞爾（Paul Fussell）[2]在這

段期間精彩的旅遊紀錄《海外》（*Abroad*）〕，同時意味著發現了及膝短褲、平底涼鞋與莫卡辛鞋（moccasin）、貝雷帽、條紋針織上衣，以及絲質西裝這些服飾。不穿襪子成了結合陽光、健康和休閒的鮮明形象。

這個概念接著被美國常春藤盟校採用，那是休閒穿著的溫床。非常休閒的鞋類，像是知名的里昂比恩莫卡辛露營鞋、維珍懶人鞋以及網球鞋，都是校園中不需要穿襪子的主要鞋類。反正，宿舍生活並沒有讓學生養成一絲不苟的洗衣習慣。

當然，男性在家中穿著亞伯特有跟便鞋時，也從未穿襪子，不過，做為一種真正泰然自若的表徵，現在也有一些穿西裝與尖頭雕花皮鞋的人不穿襪子。然而，基於兩個原因，這是極端且錯誤的穿著方式。首先，一定要考量健康方面的因素，在皮膚外若有一層具吸水性的衣物，

就能經常替換清洗，這不就是穿內衣的原因嗎？其次，這種為了表現出無所謂的明顯企圖，相當外行又不具說服力，而表現漠不關心的方式也顯得太刻意、太明顯了。更不用說，當你達到這種顯而易見的程度時，你就把所有可以玩味的概念都變成了陳腔濫調。

　　我是個心胸寬大的人，但是當穿著商務西裝與皮鞋的男人，把不穿襪子當成某種時尚宣言（還不如只當一個鄉巴佬），很可能是一種誤解。對於身處時尚圈中的男人來說，這麼做是可接受的，畢竟他們身不由己。不過，親愛的讀者，這個樣子並不適合你。

1　1871～1945 年，以探索充滿磨難的現實生活聞名的美國自然主義作家，與海明威（Ernest Hemingway）、福克納（William Faulkner）並列為美國現代小說的三巨頭。

2　1924～2012 年，美國文化與文學史學家、作家及大學教授，以兩次世界大戰的相關著作聞名。

第 21 章

短褲

Shorts

百慕達男人讓短褲變成高級服飾

　　我們當然要感謝那些百慕達人,並不是因為他們發明了短褲,而是由於他們拓展了我們對服裝潛能的眼光,形成完全不同的類別,也就是讓短褲成了高級服飾,如果你願意接受的話。直到百慕達男人將驚人的範例展現在其他男人面前時,我們才知道原來短褲也可以穿得更正式。過去我們一向以為短褲(不是百慕達短褲)若不是軍人或運動員的服裝,就是非常休閒的假期服飾。

　　1950年代早期的百慕達實驗(Bermuda Experiment)(這個名字是我自己取的)讓我們知道,穿短褲確實有比我們認為更寬廣的範疇,因此有了全新的看法。即使那次實驗的重要性只是比較小規模的運用,從未在英屬島嶼以外的地方如此流行過,不過沒關係,那依然是非常有趣的風

格與具實用性的點子。說短褲是最早的休閒商務穿著，我認為並不為過。

　　因為某些原因，即使在溫度和溼度飆升的情況下，男人都不願展示自己的腿。恐怕我們相當固執，並且過度在意尊嚴。我們似乎需要一種藉口，好比在籃球場上、在沙漠中當兵，或是在海邊，才會露出完全沒必要掩蓋在長褲下、超過20吋（約51公分）的腿。你可能會對這點有意見，不過，我猜這件事跟維多利亞時代留下來的一些禮儀有關。我個人並不會穿短褲，因為我的年紀已經大到不適合露出太多皮膚。不過，在炎熱氣候地區工作的年輕男性（不論是否跟季節有關），穿短褲不僅合乎時尚，也很舒適，為什麼不能這麼做呢？

短褲起源於英國軍隊

　　歷史上，短褲和運動與軍裝有關，就像其他許多男性服飾一樣。根據卡曼（W. Y. Carman）的《軍裝字典》（*A Dictionary of Military Uniform*），最早於1873年，在迦納南部的英國軍隊中，當地的軍人便穿著改短的長褲。大家也知道在20世紀初，有些派駐印度的英國軍人也穿著卡其短褲；而當他們回到英國時，這些短褲就成為便裝（一般市民服飾）。事實上，這些短褲是仿照廓爾喀軍旅（Brigade of Ghurkas）這支當地知名戰士的服裝而來。廓爾喀軍旅是英國印度軍隊中由尼泊爾軍人組成的一個單位，他們從19世紀早期就開始與英國人並肩在印度征戰。這些勇猛的戰士以致命的大彎刀與寬大的短褲聞名，倫敦的國防部有座穿著傳統服裝的廓爾喀軍人紀念雕像，你可以清楚看到這樣的服裝。這些

短褲的特色是褲身很寬，要繫上腰帶，有時褲子的下襬甚至會反摺。這些短褲舒適耐用，持續受到大眾喜愛，在夏季時也成為好看的軍裝。即使離開軍隊多年，有些男人仍然喜歡這樣的穿著。

在軍中，由於要在炎熱的天氣下運動，短褲自然而然成了男性服裝的一部分。如同羅伯特‧格雷夫斯（Robert Graves）與亞蘭‧霍吉（Alan Hodge）這兩位作家指出的，英國1930年代最受歡迎的運動就是健行。休閒與業餘性的運動在第一次世界大戰後開始發展。1920年代，由地方報社贊助的健行俱樂部在歐洲廣受歡迎，因為健行不僅是便宜的假期活動，也被認為有益健康。鐵路也為前往鄉村提供價格低廉的交通費用，像是到阿爾卑斯山區（Alps）、德國黑森林區（Black Forest）、英國施洛普郡（Shropshire）山區、法國城堡區，或是義大利皮埃蒙特區（Piedmont）這些地區，標準的健行服裝是厚實的針織毛衣、卡其短褲、厚襪子、耐用的鄉村靴或鞋子，還有背包。這些健行者都被稱為「漫遊者」（Rambler），在任何小丘陵或草地，都可以見到他們的身影。

不久之後，從事其他運動的人也加入穿短褲的行列，首先是在高爾夫球場上。談到服裝，打高爾夫球的人總是比其他人少了一些禁忌，出現在果嶺上的短褲只不過是進化版的「及膝燈籠褲」，也就是寬鬆的長褲在膝蓋下方減去4吋，再用一條帶子與扣環固定在膝蓋下方，與燈籠褲極為類似，1920年代時已經可以在世界上各個比賽中看到。然後，在你還來不及說「看那些突出的膝蓋」之前，短褲也出現在網球場上。1932年，世界排名第一的英國選手邦尼‧奧斯汀（Bunny Austin）在長島森林小丘（Forest Hills）舉辦的美國全國冠軍賽（US National

Championships）男子組比賽中引起一陣騷動，因為他穿著白色法蘭絨短褲出現在球場上，而非規定的白色法蘭絨長褲。事實上，大家在網球場上穿短褲已有一段時間，只不過，奧斯汀完美擁抱了這種時尚，比較沒約束的涼爽服飾或許也推了他一把。〔可惜的是，還沒有人研究服裝對比賽成績的影響。不過，破紀錄確實與較輕又不累贅的運動服相輔相成。例如，一名網球選手如果不像那些 19 世紀的男女受到厚重衣物所拖累，應該能夠打出更有活力的比賽。當然，網球（更不用說是其他運動了）確實從男性打發時間的輕快活動，成了充滿活力的劇烈運動。〕

及膝短褲可以百搭

到了 1950 年代，「及膝短褲」進入每個美國男大生的衣櫥中，以至於有些服裝製造商開始專門製造外套、長褲與及膝短褲等三件式服裝，來因應這個客群。第二次世界大戰後，男性「似乎急於彌補戰爭在這幾年強加的一致性。這股新勢力下最直接的結果，就是及膝短褲突然盛行，1949 年，在校園與時髦的度假勝地都能看到這種短褲。」

即使戰爭結束，因為先前的影響，卡其短褲依然是男性時尚的一部分，美國男性終於開始穿及膝短褲，「有各種顏色和引人注目的方格、明顯的格紋與粗條紋。」無論如何，當及膝短褲橫掃美國時，無疑已經被大眾所接受，任何講究優雅休閒的場合都能穿，像是鄉村俱樂部中的舞會、船上的派對，以及其他的週末活動等。自從 1920 年代的卡其布之後，過了很長一段時間後，短褲的布料和顏色才有所變化，現在全都是大膽的色彩或淡彩，還有不同的花樣和布料：「滴血」的馬德拉斯棉布

格紋、條紋府綢、棉質蘇格蘭紋、糖果條紋泡泡紗，以及亮面斜紋棉布。

　　然而，經常會有的情況是，與這種男性服裝新成員相關的不成文卻嚴格的規則，很快就有了演變，而且全都圍繞著襪子打轉。在最休閒的風格中，短褲幾乎可以搭配任何襯衫（牛津鈕扣領襯衫、polo衫或是船型領毛衣），以及任何懶人鞋（帆船鞋、莫卡辛鞋與便士樂福鞋），可以搭配短襪，也可以不穿襪子。不過，一旦中筒的深色襪子出現，服裝立刻變得較為正式。比較講究的襪子就需要搭配較講究的襯衫，甚至是領帶和休閒外套。曾經有個傳聞，有男士穿著晚禮服搭配晚宴短褲，加上傳統的黑色絲質襪子和漆皮舞鞋。

　　之後，短褲及其配件經歷了走下坡的情況，例如在美國到處都有的

制服，現在似乎都是工裝短褲、T恤及過度設計的球鞋的組合。我猜想，如果你的目的是為了舒適，這種外觀還算體面。而且那些可以延展的口袋確實十分方便，可以放水壺、最新的iPad或iPhone、鑰匙、錢包，或是抗憂鬱藥物，因此現在有許多人似乎隨時都在身上裝滿了東西。

或許我不該如此挑剔，雖然短褲在某些地方走下坡，但在其他地方的人們仍然保有對百慕達短褲的熱情，例如新學院風（neo-preppy look）重新燃起了人們對馬德拉斯棉拼布、泡泡紗、色彩鮮豔的斜紋棉布，以及亞麻的興趣，這些都和短褲很搭。為什麼不穿色彩柔和的學生布襯衫與輕盈的西裝外套，打上帥氣的薄綢領結，再搭配馬德拉斯棉拼布短褲呢？或是穿有柔軟皺褶的菸褐色亞麻襯衫配上米色獵裝外套，外加亮麗的印花大領巾？當然還要配上擦亮的特製懶人鞋或是平底涼鞋，這才是真正的夏日服裝！

第 22 章

瀟灑不羈的風格

Sprezzatura

別人表現的樣子，不見得是真正的樣子

「不要過度打探他人外表下的真相。」知名顧問與書信體作家（letter writer）查斯特菲爾德勛爵如此告誡兒子。「如果接受別人表現出來的樣子，並不是他們真正的模樣，生活將會和諧許多。」

我知道前面已經引用過這樣的說法，但這是多麼讓人耳目一新的概念！又多麼讓人愉快！一點出於善意的虛偽。這是一個我們似乎已經忘記的重要教訓，概念就是，文明依靠的是小小的謊言、忽略細節的罪惡、無害的讚美、輕忽的細節、一點點做作，還有嫻熟的能力，來隱藏努力與不適當的熱情。這些過去被稱為禮貌的細節，就是社會中人們產生摩擦時的潤滑劑。

現今，人與人之間似乎有更多摩擦，但是潤滑劑卻很少。所有出現

在四周的火花，似乎讓我們過度興奮的情緒愈發失控。不知怎麼的，我們卻抱持相當天真與糟糕的信念，就是公共生活與私生活是不可分割的，或者應該說是人們不該擁有任何私生活。但是，我們既八卦又興奮地窺探著每個人的洗衣籃，真的會比較好嗎？若是我們想保留一些隱私，那麼最好有點虛偽，姑且把這叫作**有保護性質的一種反諷吧！**

　　難道我們不該重新熟悉一下文明風格的德行嗎？或是一切已經有如脫韁野馬，媒體對資訊透明的瘋狂已經完全篡奪我們保有隱私的權利？如同吉兒・萊波爾（Jill Lepore）在《紐約客》（New Yorker）針對監視所寫的文章裡所指出的：「公眾的自我早已不存在，即使在修辭上也是。許多人不停透過一種設計荒謬的稜鏡來折射，觀看自己與他人，來保護他們的隱私。」即使需要些許大家都同意的虛偽，難道我們不能回到那種在公共場合的談話中保有禮儀與得體舉止的社會哲學風格嗎？歷史上充滿了許多能接受人們缺點的文明作風這種良好的典範。例如，我想到的是像拉羅希福可這樣的作家，連伏爾泰（Voltaire）都讚揚他在路易十四年代的法國，對形塑品味與風格有極大的貢獻；或是查斯特菲爾德勛爵，他寫給兒子的信件裡彰顯出喬治王時期[1]時英國的社會風氣。不過，將文明作風的得體，以及將「姿態」和「裝腔作勢」的差異描述得最好的人，應該是卡斯蒂利奧內，他是在充滿重要法典的年代中，將偉大的義大利文藝復興時期行為加以匯整的人。他的《廷臣論》（1528年首次於威尼斯出版）像是寫給紳士的手冊，說明在義大利文藝復興的輝煌年代中，如何在公共場合表現出理想行為。

瀟灑不羈是一種隱藏努力的能力

本書的主題是人們該如何在他人面前展現自己，在公共場所中又該有什麼樣的舉止。卡斯蒂利奧內對於禮儀的文學貢獻，就是文明無法真的完美，除非伴隨著一種優雅（義大利文為 la grazia），而要達到這種高雅的完美，得透過一種被他定義為**瀟灑不羈**的風格。正如同他寫的：「我發現了一種普世的規則，似乎比任何規則更能運用在人類所有的行為與言語中：也就是不計任何代價地遠離矯揉造作，就好像那是一座危險的暗礁，並且在所有事物上都表現得漠不關心，隱藏所有的藝術才能，讓一個人的言行看起來既不刻意，也不做作。」

十分有趣的是，對於這種漠不關心的「普世規則」重要性，卡斯蒂利奧內說，大多數人都願意相信，一個毫不起眼的錯誤就會掩蓋偉大之處。「一個男人這麼輕易就有這種良好的表現，那麼他一定有更了不起的技巧。如果他願意更盡力、更努力，必然會有更好的表現。」因此，刻意表現出無所謂的樣子，確實已經存在很長一段時間了。

卡斯蒂利奧內用來定義他的「普世規則」：瀟灑不羈，義大利文是 Sprezzatura，翻成英文後，通常代表「漠不關心」，事實上卻不是如此。瀟灑不羈並不只是粗心大意的自發行為，或是隨意不經思考的反應，甚至不是嘗試欺騙或蒙蔽的意圖。簡而言之，瀟灑不羈並不是輕率，反而是有意表現得很自然，是看起來不經意的裝模作樣，是刻意的漫不經心、假裝不感興趣，試圖展現出比人們表面上看到的更重要的內涵。相對於裝模作樣，這是種隱藏努力的能力，而裝模作樣則是要展現那種努力。

瀟灑不羈的風格不只出現在服裝中

在更接近現在的時代，英國作家史提芬‧波特（Stephen Potter）針對這個主題寫了一本幽默的書，書名為《致勝花招的理論與實作或沒有欺騙就贏得遊戲的藝術》（*The Theory and Practice of Gamesmanship or The Art of Winning Games Without Actually Cheating*）。波特將刻意的漠不關心當作「致勝花招」，並且對於一個人可能想在各種場合中表現與生俱來的高人一等，列出一些因應的行動與計畫。在某種意義上，波特確實寫下了為了生活而競爭、掙扎的那些不成文規則。那也是卡斯蒂利奧內的見解，是絕佳的諷刺，卻值得一讀。

然而，瀟灑不羈卻有別於致勝花招，因為它原本就不具有敵對性或競爭性，而是基於禮貌使然；是那種自在、迷人與傳統的細微感受，隱藏了那股努力、混亂及困難。**在心理上造成的結果，是讓觀看者接受了漫不經心被掌控後的效果，得到一種讓我們感到滿足、出乎意料的精神鼓舞。**

現在你可以看見瀟灑不羈與服裝風格之間的關聯了。最優雅的保王黨詩人羅伯‧海瑞克（Robert Herrick，1591～1674年），在詩作《失序的樂趣》（*Delight in Disorder*）中，清楚說明了兩者的關係。

服裝中甜美的失序

在衣服中激起放肆的華麗

肩上披的細麻布

使人心醉神迷

錯置的蕾絲花邊

四處迷惑著緋紅的胸衣

隨意反摺的袖口

亂飄的絲帶

迷人的波動（吸引了目光）

盪漾在狂烈起伏的襯裙

隨意綁的鞋帶

上面的結是狂野的優雅

讓我更加迷戀

勝過每部分都過度精確的藝術

　　這種有計畫的優雅，那些刻意不扣上扣子的隨興，所引起的小小混亂，在許多時代中被視為美學上的完美，而且不僅僅在服裝上，在各種設計中都可以看到這樣的表現。例如18世紀的英國庭園中，其草地、小灌木林、平緩的草坪和涼亭，都完美地展現出隱藏努力的藝術性嘗試，讓設計看起來依循著自然法則。與英國庭園風相反的，是同一時代有錯綜複雜裝飾的正統法國庭園，透過人類的決心，讓大自然臣服在本身的野心與合理豐富的美感下，也讓觀賞者印象深刻。我認為，或許就像劇作家喬治・考夫曼（George S. Kaufman）[2]說過的：「如果上帝有錢的話，就可以展現祂的能耐。」

藝術要不著痕跡

不過，理所當然的，瀟灑不羈的美感與社會層面在時尚中有最親密的結盟。如同卡斯蒂利奧內的解釋，瀟灑不羈最重要的優點，就是有一種看不見的偉大，在相當的細微與缺陷之中有著潛在的含蓄，內含著一股力量。瀟灑不羈是英國保王黨員[3]與攝政時期的巴克（Regency Buck）[4]、美國傑克森年代[5]，以及法國督政府（Directoire France）[6]所看重的方式。瀟灑不羈是英國鄉間居家造型（參見第8章），是和英國同為兄弟之邦的美國，那種低調的常春藤學院風（參見第14章），穿著沒有墊肩的寬鬆西裝、鈕扣領襯衫，以及純粹休閒地穿著便士樂福鞋，穿菱格紋長襪搭配西裝；是那種寬鬆，似乎缺乏結構，穿起來卻很舒適的義大利風格西裝（第13章曾討論過），更不用說他們那種別人學不來，能混搭不同風格下各種差異的穿衣方式。在目前現代品味的領域中，所有的風格如同刻意被輕描淡寫的可敬宣言。

即使是最漠不關心的各國風格，近來也失去了一些瀟灑不羈。新學院風是常春藤學院風的分支，從日本東京到西班牙托雷多（Toledo），成為主導全球時尚的風格，只不過並非原封不動的瀟灑不羈。這段時間以來，似乎有某種對這種風格的狂熱，彷彿在一種幕後操控的方式下出現**明顯的**無憂無慮，反而造成了許多焦慮，同時與「酷」流派（School of Cool）混合在一起，或許可稱為「後現代學院酷風格」（postmodern preppy cool）。主題與手段都是刻意的漫不經心，結果卻顯得太露骨，完全沒有效果，因為還是看得到那種努力。如同我們所知的，藝術就是要不著痕跡，我阿姨葛萊蒂絲（Gladys）總是這麼說。

「酷」的概念

　　與瀟灑不羈密切相關的概念就是「酷」（但兩者還是很不同）。「酷」這個用語，剛開始是非裔美國人用來指稱某個人在面對壓力和磨難時仍能控制自己的情緒。接著，這個用語和嬉皮產生連結，是法國存在主義的美國型態，也就是蔑視墨守成規，具有在沒有把握時依然堅持下去的能力。在第二次世界大戰後，這是反對中產階級工作倫理與企業消費主義的反動文化，最後一次則普遍出現在 1970 年代的「花之子」（flower children）身上。酷的代表性服裝是詹姆斯·狄恩的穿著到紮染，其形態與目的是為了隱藏情緒，外表看不出努力和關心，掩飾了意圖；酷確實是美國人刻意漫不經心的一種態度。

　　然而，那些既不趕時髦、不是嬉皮、不參與反動文化或是公開裝腔作勢的人，又該如何在公共生活與私生活之間做緩衝，培養這種漫不經心呢？有些規則可循，事實上並不能算是規則，應該說是要注意的重點：(1) 偏好有些摺痕的衣服，而不是閃亮的全新服飾。對於這一點，人們經常引述南西·米佛（Nancy Mitford）對於室內設計的觀點：每個好看的房間都有點破舊。(2) 有種多愁善感的個人怪癖；(3) 衣服至少要有看起來很舒服的明顯傾向；以及(4) 建立在自信上而產生的對立想法。針對我們所說的「對立的禮節」，考沃提供了一個很好的例子：他發現自己穿著晚禮服，進入其他人穿著日間服裝的場合中。（完整故事請參見第 9 章。）

刻意展現不完美

簡單來說，對一個人來說很重要的事物，對另一個人來說可能並不重要，反之亦然。從幾條摺痕就可以分辨誰是男人、誰是男孩，因為新手總是不可避免地想表現完美無瑕、不會出錯，而這就是最大的錯誤，只不過人們還是很容易落入這樣的陷阱中。古老的做法是費盡心力讓自己看起來完美無瑕。「你怎麼可以永遠都這麼時髦？我從來都沒時間把所有東西搭配得這麼好。」然後不斷地重複類似的評語，直到大家都注意到這個人的虛榮和膚淺。

瀟灑不羈接近完美，同時給人一種似乎沒有深思過的印象。這是一種**自在感**，一種從不需要準備的態度，這樣一來就成功了。對於那個讓所有色彩都很協調的人，我們反而會覺得他太努力了，他的服裝傳遞出清楚的訊息：他沒有安全感。相反地，佛雷‧亞斯坦經常穿著鈕扣領襯衫搭配雙排扣西裝外套，這是許多時尚專家認為不該做的事，不過他卻毫不在意。在這種情況下，亞斯坦做了最認真的欺騙，就如同知名的品味裁判——布魯梅爾在一首自我解嘲的四行詩中坦承不諱的事：

我的領巾當然是最重要的焦點，

那是我們發誓變得優雅的準則；

每個早晨讓我混亂了好幾小時，

只為了讓它看起來像是在匆忙中打好的。

布魯梅爾清楚知道，那些外行人總是盡心盡力，試著讓自己看起來

很完美，而真正的專家則要表現算計好的失誤。因此，與其表現出那種刻意的完美（無論如何都會失敗），稍微表現模糊和混淆，反而比在胸前明顯誇示某個商標好得多。含糊意味著有安全感（「我在哪裡買這些鞋子？在布達佩斯的某條小街上，是一家小店裡的鞋匠製作的；那個地方臭得像是死了一頭水牛，整家店堆滿了原皮。」），表現出對那些明確事物的無知，像是不知道自己的尺碼，不知道自己的外套是用什麼材質做成的，這些都不錯。（「他們說索姆河邊的軍人都用這種東西清理砲管。」）這麼做的瘋狂之處就是，別人會認為你根本不在意，對許多事物一無所知，穿起衣服卻這麼好看。

「已經好多年沒有買衣服了。」是個無與倫比的絕佳說法，因為其他答案會像暴發戶或小氣鬼的說法。（當然，如果你的服裝確實不追求流行，這種說法才有用。）我記得第一次有人這麼對我說時，真的讓我印象深刻。我當時為了撰寫一篇關於正式服裝的文章，訪問費城第一家庭中的一位紳士（在此不具名），而我竟然可笑地詢問對方，他在哪裡購買晚禮服。「喔，波耶先生，」他用完美的費城腔緩慢地說道：「我不**買**晚禮服，而是**擁有**晚禮服。」讓我立刻覺得自己矮了一截。

看起來似乎沒刻意準備

然後就是混搭，這種刻意不一致的策略。我們要讚揚那些該被讚揚的人，如果沒有義大利人發明這一切，這種小花招就不可能趨於完美。恰到好處的巴伯夾克穿在西裝外，或是訂作完美的駱駝毛馬球外套，搭配褪色的牛仔褲與舊的喀什米爾高領毛衣，都是很好的障眼法。更別說

是一個沒扣好的袖扣，或是稍微弄亂的口袋巾，還是一雙臥室用拖鞋，都傳達出一個人以優雅的輕蔑來回應這個宇宙的混亂和黑暗。

就如同義大利人都知道的關鍵，就是讓觀看者猜測。你配戴的那條橘色絲質口袋巾，搭配海軍藍法蘭絨雙排扣西裝外套，看起來真是瀟灑；不過，那是刻意挑選的，還是運氣好隨手拿到的呢？或者是亮麗的羅素（Russell）花呢格子休閒外套，搭配同樣鮮明的波卡圓點領帶呢？到底是刺眼的錯誤，還是高人一等的精明？

要給別人一種你從未刻意準備的印象。某位我認識的設計師友人，每天早上都會花相當多時間嘗試不同的服裝組合後才出門，但他除了說「我只是抓了抽屜裡最上面那件襯衫」以外，從來沒有承認過自己付出哪些努力。以退為進也是一種方法：從一些二手商店買來的長褲吊帶、老爸的老舊釣魚背心、第一次世界大戰的法國軍官外套、一條二手商店購買的舊式軍用皮帶。較為先進的一種做法則是舊瓶裝新酒：把二手雪茄盒當成眼鏡盒、把被人忽略的魚簍當作皮包，或是用放飾品的舊盒子放幾顆安定文（Ativan，編註：治療焦慮和失眠的藥物）與阿斯匹靈，都是不錯的個人風格。

最了不起的障眼法

回到正題，瀟灑不羈是公共生活美學中最了不起的障眼法風格，或許也是我們讓自己落入兩難情境時的解決方法。那個兩難就是人們生活中最私密的面向，只是提供給電視「自白」製作工廠或網站的材料，有公民義務與責任感的人卻愈來愈少。在這麼長時間缺乏這些東西之後，

或許我們應該請益那些布滿塵埃的禮儀手冊，重新思考公共**場合**這個概念；因為傳統上，關在門內與表現在門外的行為是十分不同的。我們甚至應該重新開始教授禮儀，並發展出一種公民風格，讓人欣賞其中一些適切的技巧和優雅。如同18世紀的英國詩人亞歷山大·波普（Alexander Pope）清楚地了解到：

> 真正的自在來自藝術，而非僥倖，
>
> 就像學過跳舞的人，走起路來總是毫不費力。

1　1714～1837年，有四位名為喬治的國王連續在位，其中1811～1820年又稱為攝政時期。

2　1889～1961年，美國劇作家、劇場導演，以劇本《浮生若夢》（*You can't take it with You*）獲得普立茲獎。

3　在英國內戰中支持查理一世與查理二世國王的富有男性。

4　原本是喬傑·黑爾（Georgette Heyer）所寫的關於攝政時期的浪漫與神秘小說，在此借指攝政時期。

5　指第7任美國總統安德魯·傑克森（Andrew Jackson）於1828年當選後，直到1858年奴隸問題愈演愈烈，以及美國政治因為南北戰爭而轉為第三政黨制的時期。

6　法國大革命中於1795年11月～1799年10月間掌握法國最高政權的政府。

第 23 章

西裝

Suits

查理二世宣告男人開始穿西裝

　　1666 年 10 月 7 日，當塞繆爾・皮普斯還是英國海軍的小軍官時，他參加了一場上午的議事會議，聽取當天的新聞與活動簡報。他在這場會議中見證了英王查理二世的非凡宣言，這是一則即將改變時尚史進程的聲明。皮普斯在隔天的日記中寫下：「國王昨天在議事會議中宣告，他決定為服裝設立一種風尚，而且永遠不會改變。是一種背心，我不太知道到底是什麼樣子，但這是為了用來教貴族學習節儉，對大家都好。」

　　國王的宣告對英國男人來說是一種驚喜，因為他們習慣穿著緊身上衣（從上到下都有扣子的緊身外套）、馬褲（較短的長褲），以及斗篷。國王建議的是一件外套與更長的馬褲，外加皮普斯記錄的那種背心。簡單地說，就是一套三件式西裝。

　　我們不知道查理二世到底是在這種風潮的最前線，或只是在航程中一時興起，不過我們卻知道，他認可的那種服裝風格立刻受到大眾喜愛。一週之後，也就是 10 月 15 日，皮普斯到西敏廳（Westminster Hall）晉見穿著新服飾的國王：

　　這一天，國王開始穿上他的背心，我確實也看到上議院與下議院一些重要朝臣穿著背心。這種貼近身體的長衣由黑色布料製成，下擺（也就是開衩）有白色的絲綢，外面套上一件大衣，而腿上有著像是鴿腿般起皺的黑色飾帶。整體而言，我希望國王能保留這套服裝，因為這是很細緻又瀟灑的衣著。

　　1666 年 10 月的那幾個星期，在社會史上劃下一個轉折點。那種死板正式的朝服被揚棄，開啟了男士服裝的民主傾向，諷刺的是，這個過程竟是由一個精力充沛的君王展開的。

西裝不斷演進

　　經過 200 年，這種三件式服裝才成為今天所穿的現代西裝。不過，在大揚棄期間，遠離了華麗的絲與緞製的朝服、銀色飾扣及上粉假髮，最終興起的是現代的精紡毛紗西裝、棉質襯衫，以及商務套裝的樸素領巾。最後，在國王宣告中所指定的風格就成為官員的制服。（參見「序言」更多關於大揚棄的介紹。）

　　自從查理二世如此宣告後，在幾個世紀中，西裝的風格與比例以這

種方式以及一時的風潮，有了不同的變化。在19世紀中期之前不久，男人大衣的下擺開始明顯從膝蓋部分往上升，接著繼續向上移動，直到1860年代末期，下擺來到臀部的下端，從此以後，多少都維持在這個位置。1820年代，男人長褲的剪裁就是從腰部到腳踝，到了這時期，背心已經有了現代背心的模樣。相對來說，之後的結構、製作及時尚變化都不大。這種稍短的外套一開始是在腰部接縫，被稱為「長禮服」，扣子的位置較高。到了1850年，西服首度出現：「由於寬鬆舒適，受歡迎的程度不斷增加。西服是單排扣又有些許腰身，起初稍微包覆臀部，但是到了那個年代末期，包覆臀部的範圍進而增加。西服前面筆直下垂，腰間沒有縫線、臀部鈕扣或是皺褶，不過背後通常會有短的開口……有3～4顆鈕扣可以扣上。」到了1870年，這種服裝的風格已經確定了，之後150年都沒改變。

19世紀末以後，現代西裝幾乎不曾改變，就連改變的動機也沒有。這可能是西裝最有趣的一個面向，尤其是當你想到時尚一向變化得非常快速時。就如同時尚作家與藝術史學家安・侯蘭德（Anne Hollander）[1] 所寫的：「事實上，過去兩個世紀裡，科技與經濟組織的進展傾向於**保留**男性訂製服的特色，並且擴大其可得性。」換句話說，西裝目前已不再演變，只是盡可能地征服我們願意讓它征服的服飾領域。

雙排扣西裝比較講究

西裝外套只有兩種基本版型：單排扣與雙排扣。兩款都可以穿背心，也可以不穿。單排扣西裝一向較受歡迎，至少在一般人的穿著上是

如此；至於水手穿的雙排扣短上衣這種軍裝，則又另當別論。對這種選擇，最簡單的解釋就是，騎馬時穿單排扣外套最合適，不過，這個論點要留待另一本書再談。

　　單排扣西裝與休閒西裝外套，其主要特色取決於前面的扣子：可能有 1 顆、2 顆、3 顆或 4 顆扣子，4 顆扣子的西裝在 20 世紀頭幾年後就不太常見了。3 顆扣子的外套是最受歡迎的，也是最常見的。其他的細節，像是肩膀與翻領的寬度、有無腰身的剪裁、貼袋或在開口處有嵌線的口袋（besom pocket），背後下擺有無開口，根據的都是當時的風潮。

　　單排扣西裝唯一有特色的部分，就是兩件式或三件式。我在這裡指的是極具功能性的服裝──背心，英國裁縫師都稱為 waistcoat。事實上，背心現在的長度只到腰際；但在 1660 年代開始受歡迎時，當時的背

心是大衣內及膝的長衣（學者光從一件背心的長度就能指出其流行的年代）。原本的背心有袖子，但是在19世紀早期就沒有了。1840年代，一件訂製的背心樣式就很接近現在的模樣：無袖，前面有6顆扣子、背後有帶扣、前身下擺是尖的或圓的、有二或四個口袋，可以有翻領，也可以沒有翻領。

背心的命運隨著時尚的興衰，以及與外套前方的剪裁、襯衫衣領及領飾的關係而起伏不定。如同莎士比亞（Shakespeare）說的，時尚磨損的衣服比男人穿破的衣服還多。

穿西裝是否搭配背心，純粹是時尚與否，而非實用性的考量。不過，一旦是個人訂製服，背心就是個好主意，有幾個原因：第一，增加服裝的變化性，有更多不同的樣子；第二，有更多口袋；第三，讓整套衣服更能因應天氣變化。最後這一點對於在不同氣候的地區旅行的人格外重要。

有趣的是，好的背心製造商總是供不應求。會出現這種情況的原因有兩個：第一，這是一項需求十分不穩定的專業，因為沒有人知道背心什麼時候會流行；第二，因為背心是最貼近皮膚的訂製服，必須完全平順，能夠容忍的誤差很小。一件太鬆或太緊的背心看起來就是明顯的錯誤，穿起來也不舒服。

在有空調的地方穿著雙排扣西裝再搭配背心，就顯得有些多餘；不過，雙排扣西裝本身是必要的。事實上，如果你想要一套講究的西裝，最好穿雙排扣西裝。我之所以提出這個建議，是因為我很清楚有些新手對雙排扣西裝有疑慮，希望接下來的說明能減少這種不安。

在某些地區，有人才剛注意到雙排扣西裝；在其他地區，這款西裝卻一直存在著。2011 年，當我出席小道格拉斯·費爾賓克（Douglas Fairbanks Jr.）的資產拍賣時，有人提醒了我這一點。小道格拉斯·費爾賓克是備受讚揚的美國演員、時尚偶像，也是知名默劇演員老道格拉斯·費爾賓克（Douglas Fairbanks Sr.）之子。他的衣櫥裡有十幾套雙排扣西裝與外套，其中有三件是昂貴的天鵝絨雙排扣晚宴外套，這是非常有趣的。

任何體型都可以穿雙排扣西裝

我不想重提雙排扣西裝的歷史，雖然那些事十分迷人；我反而想談談對於雙排扣西裝的迷思，因為很可能有人從沒穿過雙排扣西裝或外套。

有許多男人都能找到充分理由，說服自己做想做的事，而不去做害怕的事，穿或不穿雙排扣西裝就屬於後者。男人不穿雙排扣西裝的理由似乎無窮無盡，你會聽到像是「我就是沒辦法穿，和我的外型不合」，或是「我太矮了／太胖／太高／太瘦／太有稜有角（你自己選一個答案吧！）」彷彿風格和體型真的有關。

不過，情況真的比想像中更糟，不是嗎？有些男人還會對你說，他們無法穿雙排扣西裝，是因為口袋蓋會讓視線遠離中心點，衣服重疊的部分會擴大視線範圍，讓人看起來更胖，會讓人注意到腹部等等。我最近看到一本男性風格手冊上這麼寫著：「雙排扣西裝並不適合個子較小或較胖的人，因為它增加了你身體中段的布料。」這段話聽起來很蠢。

　　人們不穿雙排扣西裝,有成千上百個理由;說真的,那些理由都是無中生有。你只要看看四周,就能找到足以說明那些說法並不誠實的證據,我可以提供一個好例子。

　　有一次,我遇見亞里斯多德‧歐納西斯(編註:已故希臘船王),我可以跟你說,他的體型並不像卡萊‧葛倫或布萊德‧彼特。當時讓我震驚的是,他的體型很接近西洋梨形,身材有點中廣,肩膀比較削瘦。然而,他看起來就像其他人一樣好看:純白的絲質禮服用襯衫與海軍藍絲質領帶、擦得發亮的黑色小牛皮訂製鞋,以及剪裁好看的海軍藍絲質雙排扣西裝。配件是亮白的口袋巾和厚重的黑色眼鏡,而那種眼鏡也是他的招牌,他全身上下都散發出優雅氣息。

　　許多男人沒必要地放棄了穿戴衣櫥中各種配件的愉悅感,講到雙排扣西裝的尊榮時,真的是一種悲哀。想想那些在我們這個年代中最會穿

衣服的人：幸運的威爾斯親王（查爾斯王子）和較有紈褲子弟風格的佛雷瑟、完美的義大利裁縫師馬利亞諾・魯賓納奇（Mariano Rubinacci）與巴貝拉、演員裘德洛（Jude Law）與丹佐・華盛頓（Denzel Washington），以及掌握生活風格的行家雷夫・羅倫。他們的外型和身材都不同，但是都偏愛雙排扣西裝。關於規則這種事，一個人能穿什麼、不該穿什麼，都跟態度有關，跟體形無關。

　　另外，你可以記住一些跟樣式有關的小技巧。雙排扣西裝比較正式，而且比單排扣西裝看起來更具都會感。基於這一點，單色與條紋比格紋來得好（雖然格紋的雙排扣西裝看起來特別瀟灑）。而且傳統上，雙排扣西裝都是劍領，西裝領則是單排扣西裝外套用的。再者，西裝外套前身的下片與上片重疊處，都會用一個「錨」釦來固定，這樣比較妥當。最後，雙排扣西裝外套通常會比單排扣西裝外套的長度短一些，以彌補重疊處多出來的布料。

　　經典的雙排扣西裝，無論是西裝大衣或西裝外套，都有6顆扣子，其中2顆通常是固定的。不過，這並不是既定的規則，因為有些男人會選擇只扣右邊那排的扣子。說得更複雜一些，有些男人偏好只有4顆扣子，而不是6顆扣子，甚至是只有2顆並排的扣子；最後這種做法（2顆扣子）通常會受到質疑，因為太偏離常規了。有選擇性總是好的，講究時尚的男人總是會稍微越界。

1　1930～2014年，美國歷史學家，為時尚與服裝史，以及兩者和藝術史的關係提出新見解。

第 24 章

夏季布料

Summer Fabrics

馬克吐溫喜歡穿亞麻西裝

不久前，我很幸運地獲邀參加一個午餐會，地點在曼哈頓最有名的表演場所：演出者俱樂部（Players Club）。從此以後，這裡就成為我最喜愛的地方。它原本是間連棟住宅，由19世紀備受尊敬的美國演員艾德溫・布斯〔Edwin Booth，他的弟弟是不那麼受尊敬的演員，而且刺殺了林肯總統的約翰・威爾克斯・布斯（John Wilkes Booth）〕購入，並由美好年代（Belle Epoque）[1]的明星建築師史坦福・懷特（Stanford White）改裝成一家俱樂部。這個地方充滿舞台歷史，或許在某些情況下真的是如此，因為現場展示了十幾件歷史悠久的戲服，還有許多知名演員的塑像、上百張知名演員令人讚嘆的肖像畫〔包括約翰・辛格・薩金特（John Singer Sargent）[2]的一些畫作〕、許多如道具劍、拐杖、彈簧匕首、

劇場家具，以及數不清的劇場物品，更別說其中還有美國最好、最讓人愉快的劇場書店。

但是，在所有這些吸引人的物品中，最讓我關注的是樓下的餐廳。燒烤廳（Grill Room）是個小型的晚餐空間，餐桌分散在各個角落；旁邊有個吧檯、一座壁爐，以及一張撞球桌。我詢問請客的東道主，有人用過那張撞球桌嗎？他說：「自從1888年這家俱樂部成立以來，一直都有人使用，掛在壁爐上的那根撞球桿就是馬克·吐溫的。」

我坐在那裡，吃著火雞總匯三明治，心裡想著，那該是多棒的19世紀末景象：馬克·吐溫和幾個友人叼著哈瓦那（Havana）雪茄，吐著煙圈，並且打著撞球。他們沿著撞球桌邊緣移動白蘭地酒杯，然後一擊連撞兩球。懷特就是其中之一，因為他也是俱樂部的常客。1906年6月25日，他確實在這裡享用了最後一餐，接著就到麥迪遜廣場花園（Madison Square Garden）私會情婦，也就是當時的大美人艾芙琳·奈絲比（Evelyn Nesbit）[3]，卻在那裡被奈絲比的丈夫發現，遭到槍殺身亡。

我心想，**懷特或是哈利·滔（Harry Thaw）[4]在這間屋子裡打撞球時，穿的是亞麻西裝嗎？**像馬克·吐溫那種反傳統的人，就極為喜愛白色亞麻西裝。他在某次接受《紐約時報》的訪問時，提到最喜愛的服裝。他解釋：「我發現當一個男人到了像我這樣71歲的年紀時，若不斷看到深色服裝，可能會變沮喪；淺色服裝較為賞心悅目，並且能振奮精神。」這是重點，而且提振精神總是很有用的。雖然一套瀟灑的白色亞麻西裝無法穩定道瓊（Dow Jones）指數、緩和南亞次大陸（Indian subcontinent）[5]的緊張局勢，或是讓電視節目變得更有意思，但是從另一

個角度來看，它會讓穿著這套西裝的人擁有更多尊嚴，讓他所在的地方更明亮，不只會提振自己的精神，也讓身邊的人覺得振奮，是很值得考慮的選項。

亞麻布料再次盛行

在過去一個世紀以來，無論是仿麂皮絨布與斜紋華達呢、山東綢、棉，甚至是巴拉西亞毛料，不同布料的白色西裝都有耀眼的表現。然而，亞麻也是其中一種選擇，在南美洲，亞麻一直都是體面的標誌。或許是繼馬克·吐溫之後，白色亞麻西裝的代表人物、國際級執褲子弟伍爾夫曾說過，他的服裝選擇可能不自覺地受到在維吉尼亞州里奇蒙（Richmond）的童年所影響，當地「即使不是真正的紳士，不論天氣多熱，出門時都會穿外套、打領帶，還有許多人穿著白色亞麻西裝。」

這種紳士的俱樂部、白色亞麻西裝、撞球與白蘭地，現在都被那些過度設計的運動鞋、高科技裝置和低卡碳酸飲料取代了。但是，並不完全如此！亞麻再度抬頭，成為西裝與休閒服的布料。我之所以穿亞麻，是因為既舒適又優雅，當然這一向是我個人獨特的風格標準。我一直無法理解穿其他布料的理由，不過，這只是我個人的問題。

亞麻是由亞麻樹（確切的植物學名是linum usitatissimum）纖維織成的，在人類有文明之前就已經存在，甚至有可能是包覆身體最古老的物品，當然，無花果葉子不算數。在埃及用亞麻編製成衣服已經有好幾個世紀，之後才出現聖經中路加（Luke）講述一則有教養紳士的故事。「某個富有的人穿著細緻的紫色亞麻，每天都很奢華」，而這個人住在里奇

蒙東邊很遠的地方。一開始，顯然大家都了解亞麻不只是一種耐用的材料，也很容易洗乾淨。在中世紀的歐洲，亞麻已經成為主要紡織品，甚至就連窮人也會使用。亞麻這種布料有很多用途，像是做成床單、壽衣、餐巾、毛巾，也可以做成衣服、外套和內衣。

亞麻是18世紀上流階級是否體面的標準

然而，在亞麻用來穿在身上的歷史中，人們的清潔習慣形成了重要的區別。17世紀時，人們學會新的衛生習慣，包括偶爾要更換衣物，有時候也要加以清洗。亞麻很容易清潔，在清洗過程中也不會損壞。事實上，丹尼‧羅切（Daniel Roche）在引人入勝的調查研究《服飾文化》（*The Culture of Clothing*）一書中講述了完整的事實：「亞麻的普及，尤其是亞麻襯衫，讓有系統地更換服裝來保持身體清潔變得更容易了。」

到了18世紀中葉，細緻的亞麻襯衫與內衣（當時稱為「小亞麻」），成為上流階級體面表現的標準。男性外表的品質，取決於他能否頻繁更換襯衫；據說即使是一般的法國商店老闆都可能有6件亞麻襯衫，更專業或富有的人則可能擁有多達25件左右。身為作家兼哲學家的尚－雅克‧盧梭（Jean-Jacques Rousseau），某天晚上聽完音樂會回家，發現自己最好的42件亞麻襯衫被偷了時，真的很抓狂。

愛爾蘭、比利時及義大利的亞麻傳統上都屬高價位，而且穿乾淨的亞麻也成為現代服飾的特色之一。英國自然學家吉伯‧懷特（Gilbert White，1720～1793年）指出：「相較於長期在身上穿著骯髒不潔的毛織品，使用並替換亞麻襯衫或是寬鬆的長袍，與整潔息息相關，而且相當

現代化。」到了 19 世紀之交，布魯梅爾藉著打造有個人穿著標準的衣櫥，成為倫敦社會裡的時尚偶像，而他也認為「經過清洗的乾淨亞麻」應該配合每天沐浴。即使布魯梅爾的格言與建議在當時相當具有革命性，他那些攝政時期的貴族友人最後卻都十分認真遵守。愈來愈多男人買得起亞麻衣服，也確實開始更換衣物，並且頻繁地沐浴。即使公共環境衛生花了更多時間才得以改善，但是個人的現代衛生標準在布魯梅爾在世時就成形了。

起皺正是亞麻的魅力和風采所在

漸漸地，棉開始取代亞麻成為襯衫與內衣的布料，不過亞麻仍然被用在外衣上。到了 20 世紀之交，在複雜多變的南方氣候下，如義大利、古巴、美國南部、西班牙及普羅旺斯的本地人與遊客，都會碰到許多穿著大量上漿且熨燙過的白色亞麻西裝的男人。這樣處理過後的亞麻西裝就不會起皺，不過，起皺正是亞麻的魅力與風采所在，如果說亞麻有什麼特殊之處，就是它會被弄皺的那種優雅，和現今那些像是鋁箔般堅不可摧的合成布料相比，實在有魅力多了。亞麻帶給人的就是瀟灑不羈，那種無憂無慮的冷靜，表現出你真的無所謂。或許是因為有些人會「假內行」，羅倫必須向他那些沒有安全感的客戶，保證他的西裝是實實在在的亞麻，於是在西裝上縫製「保證起皺」的標籤；亞曼尼也把西裝直接從洗衣機中拿出來，然後掛在衣架上。不過，認得白色亞麻西裝的行家並不需要任何保證：想一下諾維・考沃在蒙地卡羅（Monte Carlo）的賭場中、賈利・古柏在比佛利山莊（Beverley Hills）的泳池旁，甚至是喬

治·克隆尼在科莫湖（Lake Como）邊，別忘了還有知名作家伍爾夫在紐約曼哈頓上東區閒逛的身影。

當然，我們現在說的不只是白色亞麻。義大利男人對亞麻有種奇特的認知，他們對這種衣服的了解並非來自科學層面，而是把亞麻視為一種藝術。我年輕時曾看過巴貝拉與瑟吉歐·洛羅·皮亞納（Sergio Loro Piana）[6]這兩個有史以來最會穿衣服的人，他們當時穿著菸草棕色雙排扣亞麻西裝；我很確定那是由米蘭偉大的奧古斯都·卡拉切尼（Augusto Caraceni）[7]所製作，那些衣服真的是這類服飾中的詩篇。沙棕色是另一種雅致的選擇，橄欖綠、海軍藍與灰綠色也是。至於受人尊敬的拿波里裁縫師魯賓納奇，在晚間則喜歡穿著黑色亞麻西裝，真的非常別緻。其中在社交圈較活躍的人甚至也會穿著柔和色調的亞麻西裝，好比是粉紅色、淺橘色、孔雀藍、奶油黃、珍珠灰及薄荷綠。

這類服裝要求某種紀律與自我覺察，不適合心智軟弱、容易困惑或是害羞的人。在這個年代裡，眾多服飾業持續兜售不會起皺、不需整燙的聚酯纖維產品，在滿是皺褶的天然亞麻中則有一股浪漫，傳遞出舒適的端莊、優雅及完美的瀟灑不羈與不感興趣的天分，甚至對那些尋求完美光滑的人展現輕蔑之意。穿亞麻西裝仍是某種自信的表現，因為自然產生的輕微摺痕和皺褶被認為是一種冷靜沉著的格調、細緻，以及天生的自信。經過一段時間後，好的亞麻會有一點褪色，有歲月的痕跡，這種色調就代表衣服成了老朋友，也是風格勝過制服的另一種表徵。這可能不適合美感不夠成熟的人，而是要給有自信又有個人鑑賞力的男人，再也沒有什麼比得過亞麻了。

適合夏天穿的其他布料

那麼，夏天還可以穿什麼布料呢？20世紀後面的幾十年以後，大家開始注意到被稱為「特級布料」的極細美麗諾羊毛。20世紀後半，像這樣的布料創新無疑是男裝中最讓人興奮的發展了。如果男裝有所謂的主要風潮，就是趨向舒適，真正的**耐穿性**有了大幅的改變。

如果你願意的話，可以想一想在這個轉變之前，大多數的男性服飾有多麼不舒適。例如100年前，那些商務人士穿的深色精紡西裝，由每一碼12～18盎司的厚重布料製成，甚至可能高達20盎司（一件西裝通常需要4碼長的布）。而且這種西裝外套要搭配高度上漿的襯衫、硬挺的圓頂禮帽，以及腳踝有扣環的皮鞋。冬天則要加上厚實的麥爾登呢大衣（用的是20盎司或是更重的布）。這些服裝的顏色很深，既僵硬又累贅、笨重而沉悶。當時沒有空調，基於禮貌，這些紳士不會在辦公室中脫掉外套。你可以花點時間想一想那種情況。

難怪後來興起的服裝創新會趨向舒適，不過，有趣的是，讓我們多了選擇的自由，不必被自己的衣服悶到老死，並不是因為**樣式**的改變。因為訂製服裝的風格及配件在過去幾百年並沒有太大變化，反而是布料有了變化。進步的技術提供了輕盈柔軟、可重複穿戴與清洗的耐用布料。

布料是做一套好西裝的重要元素，即使是最好的裁縫師，也無法彌補品質不佳的布料。傳統上，裁縫師依賴的是天然纖維，如羊毛、亞麻、棉與蠶絲。在18世紀的大揚棄期間（參見「序言」），男人摒棄了絲緞，反而專注在訂製服時，羊毛成了標準布料，用各種方式呈現穿著它

們的身軀。這種轉向實用的情況首先發生在英國，編織工人數百年來都專業地生產毛料織物。羊毛有許多值得推薦的優點：容易裁製又透氣、好穿，不管是清洗、整燙或修改都很方便。羊毛也能吸溼，能吸收超過其重量30％的水分，穿起來也不會覺得潮溼；因為羊毛能很快排出溼氣，讓它揮發到空氣中，難怪綿羊看起來那麼舒服。

特級羊毛與輕透布料是夏季西裝的好選擇

由於現在的環境愈來愈受氣候所影響，我們有了更輕盈且四季都能穿的西裝，雖然聽起來很奇怪，不過有許多這樣的西裝布料中都加了羊毛。大多數訂製服的布料製造仍然是以好的羊毛打底，最知名的羊毛無疑是來自澳洲與紐西蘭的美麗諾綿羊。而且美麗諾羊毛的供應量仍然很大，被認為是上等西裝布料的羊毛。未處理的頂級羊毛由服裝製造商在拍賣會上購得，再運送到各自的工廠加工：擦乾淨、染色、梳理，而後紡製成毛線。然後，毛線才會被織成各種不同的布料：法蘭絨與斜紋軟呢、精紡毛紗、華達呢、高捻度的平紋布與斜紋布，族繁不及備載。

一旦羊毛開始紡織，就要加以「分級」；意思就是決定其細緻度，這是相當主觀的判斷。專家只是用指尖搓揉那些纖維，而後就判斷其粗細，這也是為何即使到了現在，感受羊毛的方式通常會說是「手感」，也就是「手觸摸時感受」的簡稱。不過，最近有人發明出一種更科學的系統，來精確測量纖維的等級。羊毛纖維的單位是微米（1微米比人類的毛髮還細），以一種精密的電子顯微鏡來測量。最好的纖維則會標示為「特級」（superfine），特級纖維更細，但卻更長也更有彈性。這些纖維非

常細，因此1磅特級100羊毛（Super 100s wool）〔數字是以微米測量的直徑，從50～100到200以上都有〕能夠被紡製成30碼（編註：約1,600公尺）長的毛線。基本上，特級羊毛的數字愈高，織物就會愈細。有些特級布料每碼的重量不到8盎司，卻有良好的抗皺性與包覆性，能承受高溫和溼氣。

　　這些特級布料從1980年代開始就引起眾多注意，不過也有其他的天然纖維布料可以使用。例如，輕透布料（fresco cloth）是1920年就開始流行的傳統羊毛布料，被用來製作夏天的西裝，現在依然是很好的選擇。這種布料的毛線會先扭轉後才鬆散地紡製。這種技術製造出清涼、出奇透氣又非常抗皺的布料。早期的輕透布料會讓人有點發癢，而且14盎司的重量有點重。但是，自從發明了能扭轉輕質毛線的機器後，輕透布料的重量就大幅降低了，起先減少到9盎司，而幾季前已經達到了不起的7盎司，而且仍然保有透氣、彈性抗皺及細微顆粒觸感的特色。這種布料成為製作西裝、休閒外套與休閒羊毛褲，尤其是旅行用衣物的絕佳選擇。

輕質喀什米爾毛料適合混紡

　　平常你一定不會認為喀什米爾毛料是熱帶氣候所用的布料，如果你25年前這麼想，一定是對的。喀什米爾毛料傳統上是以「羊毛織物」的方法來製造，這種用於較重布料的製作過程中，纖維並不會延展，也不會梳理平整，這也是斜紋軟呢與法蘭絨這種布料有密集、有些蓬鬆或海綿般觸感的原因。另一種主要的羊毛紡織方式則稱為「精紡」，能製造

比較平坦滑順的織物，變成更輕的布料。不過，第二次世界大戰以後，在精紡機械上所做的試驗，發現它能處理更纖細的喀什米爾纖維；事實上，現今每家布料商都能提供7.5～8.5盎司的喀什米爾毛料。輕質的喀什米爾毛料非常柔軟，有雲朵一般的觸感，很容易染色，所以喀什米爾毛料的色調看起來雖然很柔和，同時卻很鮮明。

輕質喀什米爾毛料的缺點，就是不耐用又不抗皺。這種布料還沒有那些高捻度布料的優點，對長褲來說，這種布料太纖細，比較適合特殊場合所穿的休閒外套或類似的衣服。不過，這種纖細的特性能夠藉由和其他纖維，像是絲、羊毛或亞麻混紡來調整。較早的混紡用的是合成纖維與棉和羊毛一起紡製，但是目前的趨勢全都是混合天然纖維，展現每種纖維的最佳品質。這也是我比較喜歡的趨勢，況且天然纖維也比較透氣。由喀什米爾羊毛、絲與羊毛混紡製作而成的輕質衣物，具有羊毛的抗皺性、絲的低光澤感，以及喀什米爾的柔軟度，每種纖維的比例則由該種布料最重要的屬性來決定。

毛海和絲混紡的衣服有都會風格

除了混合喀什米爾、絲及羊毛以外，另一種良好的夏季混紡是毛海與絲。這兩種材質都有優雅的都會風格，也有些許光澤，而且兩者都再度回到服裝舞台上。法蘭克・辛納屈、迪安・馬丁（Dean Martin）[8]、小山米・戴維斯（Sammy Davis Jr.）[9]，以及「鼠黨」（Rat Pack）[10]的其他人，於1950年代晚期與1960年代早期在拉斯維加斯金沙賭場（Sands Casino）的舞台上演出，他們穿著毛海，充滿陽剛味的性感，就像如今

展現在窄版西裝的性感。線條俐落的版型非常適合毛海這種都會布料，跟鼠黨讓這種布料受歡迎的那個年代比較起來，這種布料現在更受人喜愛。

在過去，毛海的纖維來自成熟的安哥拉山羊。這些長又硬的纖維有較明顯的光澤、有點扎手，還有易碎的結構，這意味著布料會有點讓人發癢且會磨損，沿著摺痕的地方可能會裂開。現在的毛海布料是用小山羊身上刷下來的羊毛紡製而成，因此稱為「幼」（kid）毛海，較細、較柔軟，光澤也比較不明顯。許多製布廠都會將幼毛海和一些美麗諾細羊毛混紡，強化各自的特色，也會讓便宜的布料變得比較耐用。毛海呈現的色彩有如珠寶般清晰，如紫紅色、黑色、午夜藍、焦紅棕色及炭灰色都是備受喜愛的色調，這種布料較適合做晚禮服與西裝，較不適合用在鄉村服裝上。

絲織品具有悠久歷史

蠶絲通常會與毛海混紡，也會和羊毛混紡。就像毛海一樣，絲也有一種光澤。就像另一種熱帶氣候下使用的布料——亞麻，絲也是古老的布料。如果你想知道蠶絲這項產品的來源，我建議你查閱關於不同昆蟲的生物學書籍，尤其是關於蛾的幼蟲，還有從不同的管道、腺體及吐絲器中分泌出蛋白絲與黏液的過程；對我來說，這有點太聳動了。

在人類歷史上，絲織品的歷史悠久，充滿了神話和傳奇。絲織品的歷史與知名的絲路傳說（絲路名稱就來自於蠶絲）交織而成，那是一條從中國延伸到地中海的貿易路線。這段多彩多姿的歷史，應該追溯到約莫

四千年前，充滿貿易商與商人、朝聖者與士兵，還有皇帝與小偷的故事。

　　大家都認為蠶絲文化是在西元500～600年間經由君士坦丁堡傳到西方，而到了14世紀，義大利已經具有製造良好絲織品的名聲。如今，西方國家已經不再生產許多蠶絲，不過，義大利的紡織廠依然會製造限量的絲織品，特別是那些被稱為「原料」的另一種產品，例如：最知名的山東綢與**雙宮綢**。山東綢是一種較粗的絲，多半用來製作配件，像是領巾和帽邊；不過，雙宮綢在1950年代卻享有風格潮流的地位，用來製作高雅的西裝與晚禮服。雙宮綢做為時尚形象的名氣變得響亮，是因為辛納屈及他的友人成了它的粉絲，在舞台上穿著閃亮的絲質男士晚禮服，由比佛利山莊的裁縫師縫製、剪裁精準的西裝，以及男性服飾品牌賽德

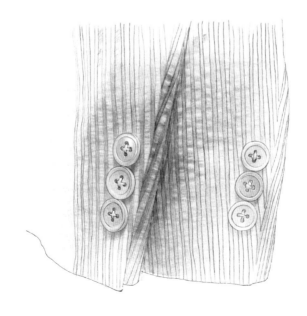

佛爾（Sy Devore）的衣服。身形修長、閃亮又清新優雅，這種模樣完全表現出當時悠閒的自信，以及圓滑世故的都會景象。那是個洛杉磯人很酷、拉斯維加斯人很潮，整個美國大陸的人都很瀟灑的年代。許多人都說，那是男性風格在美國最好的時光：剪裁完美的亮面西裝、閃亮的白色圓領襯衫、許多袖口都露出來、銀色緞面領帶、有寬沿絲質帽邊的草帽、色彩鮮豔的口袋巾，以及擦亮的懶人鞋；1960 年代的鼠黨電影《瞞天過海》（*Ocean's Eleven*）中都看得到這些東西。

泡泡紗是最適合夏天的布料

在夏季布料中另一頭的則是泡泡紗。它有粗糙和平滑交錯的條紋，是公認最適合夏天的西裝布料，最早紡織這種布料的很可能是印度人。（泡泡紗的英文「seersucker」是印度語誤用了波斯話shir shaker，意思是「牛奶與糖」。）這個字的語源或許能解釋這種布料中不同質地的條紋。泡泡紗顯著的特點，就是透過所謂的「鬆緊編織法」形成這些條紋。在編織過程中，兩組交錯的纖維中有一組保持正常的緊度，另一組纖維則保持鬆弛，結果就會讓布料本身有種獨特的起皺與平滑的條紋。

用泡泡紗製成的服裝自然會有皺褶，因此整燙是多餘的。這不僅是泡泡紗獨一無二的特色，也是它最大的優點。人們不需要擔心那些皺褶，因為這種布料永遠都是皺的，所以在氣候炎熱地區穿，是一種近乎完美的方法。

泡泡紗布料最先在美國南部使用，用來製造便宜實用的服裝；直到1920 年代，才成為受歡迎的西裝布料進入美國北部的城市。想知道它得

以普及的原因，需要社會學的深入探討，因為泡泡紗的魅力和具有皺褶的特性有很大的關係。

我們可以說（有些人鐵定會這麼說），沒有皺褶的衣服代表了某種以衛生考量為基礎的審美觀，那些起皺的服裝顯示出一個不修邊幅的人。但是，沒有皺褶的服裝也被解讀為財富的象徵，意味著穿這種服裝的人高於勞動階層。提倡沒有皺褶的服裝，迎合的就是這種高高在上的概念，也顯現出白領階級受到工業革命興起、中產階級崛起並主導所產生的一種連帶的症候群。優秀的美國社會學家托斯丹・范伯倫（Thorstein Veblen）於1899年首次出版的《有閒階級論》（*Theory of the Leisure Class*）中清楚又幽默地提出「炫耀性消費」的概念，很適合用在這裡。穿著寬大裙子到處奔波的女人，以及穿著無皺褶衣服的男人，都說著同樣的話：「我不用做任何勞力工作。」

我們很容易就能了解范伯倫會怎麼看待沒有皺褶的便宜合成布料。較近期的發明，也意味著無皺褶的外表已經不再是大家追求的目標，因為所有人（無論多賣力工作），幾乎都買得起這種服裝。簡單地說，科技已經讓時尚美感規則不得不改變，即使它的基本原則仍然不變。

明白地說，泡泡紗就位於科技進步時代下、無皺褶布料的另一端。直到1920年代，泡泡紗依然被當成工人服裝的布料。到了1930年代，布克兄弟販售的泡泡紗西裝只要15美元。之後，大學男生開始穿泡泡紗，這種布料很快就占據一席之地；先是校園，接著是鄉村俱樂部。現在，一套品質好、純棉又製作精良的泡泡紗西裝，已經不再是便宜商品（有些與聚酯纖維混紡的比較便宜）。不過，這種瀟灑、舒適得不得了的服

裝，依舊統一了夏季西裝的天下，這是一種讓所有的毛料、毛海，甚至讓亞麻都自慚形穢的布料。

---

1 約在 1871 年普法戰爭結束到 1914 年第一次世界大戰爆發時。這個時期在文化、科技及科學上有許多創新。

2 1856～1925 年，美國藝術家，由於描繪愛德華時代的奢華，被認為是那個世代最重要的肖像畫家。

3 1884～1967 年，美國知名模特兒。

4 奈絲比的丈夫，匹茲堡煤礦與鐵路大亨老威廉‧滔（William Thaw, Sr.）之子。

5 又稱為印度次大陸，喜馬拉雅山脈以南一大片半島形的陸地。

6 洛羅皮亞納服裝公司的執行長，於 2013 年去世。

7 義大利訂製服之父多明尼克‧卡拉切尼（Domenico Caraceni）的兄弟，多明尼克在 1913 年於羅馬成立卡拉切尼服裝品牌，專門做高級訂製西裝。

8 1917～1995 年，美國歌手、演員。

9 1925～1990 年，美國演員。

10 出現在 1950 年代，指一群來自紐約的美國演員形成的小團體，以亨佛萊‧鮑嘉（Humphrey Bogart）為首。

第 25 章

高領毛衣

Turtlenecks

高領毛衣原本是漁夫穿的

　　高領毛衣是（至少應該是）在寒冷天氣中搭配訂製服的衣服。穿西裝配上高領毛衣？有何不可？刻意的漠不關心就在這種時候展現。1920年代，威爾斯親王（溫莎公爵）甚至穿著高領毛衣搭配休閒西裝外套，與及膝的高爾夫球褲。1930 與 1940 年代，好萊塢明星勞勃‧泰勒（Robert Taylor）[1]、小道格拉斯‧費爾賓克、艾羅爾‧弗林（Errol Flynn）[2]，以及其他人，不論是穿西裝或休閒西裝外套都會搭配高領毛衣與馬球領毛衣，而這種半休閒的穿著似乎是在加州各地發明出來的。

　　回顧當時，高領毛衣增添了一種堅韌陽剛的派頭，但這本來就是高領毛衣的特色：在其生命歷程中，高領毛衣有不同的連結，喚起的不是精力充沛的戶外勞動者，就是運動員、知識份子，甚至是罪犯。這些類

別聽起來可能很奇怪，讓我來說明一下。

如同大多數的現代男性服裝，這種毛衣〔許多英國人會稱為「翻領毛衣」（roll neck）〕從一開始完全就是實用性服裝，是愛爾蘭阿蘭（Aran）群島的漁夫或在海上討生活的人穿的一種嚴重刷洗過、色彩天然的套頭毛衣。每個島上家庭的編織花樣各異，被認為是要藉此辨識溺水者的身分。

從這裡開始，高領毛衣最後來到休閒運動的世界裡。1880 年代，這種毛衣與熱愛騎自行車、打網球、開遊艇及打馬球的風潮結合在一起。20 世紀初期，美國最受歡迎的雜誌——《週六晚報》（*Saturday Evening Post*），很喜歡在封面放一些穿著運動服，下巴方正的帥氣大學生。像是喬瑟夫・克里斯汀・萊安克德（Joseph Christian Leyendecker）[3] 描繪的哈佛划艇隊隊員，穿著厚稜紋、有字母和大學特定色彩的高領毛衣，是典型會讀書又會運動的男生。

罪犯和有教養的人都穿高領毛衣

在第一次世界大戰之後，對戶外運動的興趣與日俱增：打獵、釣魚、滑雪、風帆、騎馬，以及對健行的狂熱。健行者的統一裝扮是：一頂貝雷帽、開領襯衫、耐洗的卡其短褲、高領毛衣，還有防水背包。當時很容易在運動畫報中看到高領毛衣，沒有任何照片比尤瑟夫・卡希（Yousuf Karsh）為海明威拍攝的照片更傳神，這張照片拍攝於 1950 年代：焦點對準頭部的照片，讓他看起來很像現代維京冒險家，一臉濃密的鬍子，穿著粗獷厚重的高領毛衣，這正是海明威希望被看到的樣子。

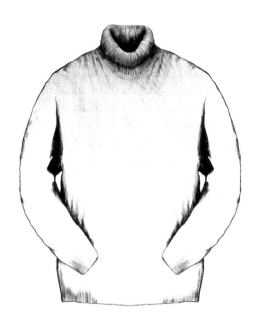

　　不管是事實或象徵，這種實用的面向一直跟著高領毛衣。第二次世界大戰時，許多經歷過北大西洋戰役的水兵，在冰冷刺骨的漫長黑夜裡待在甲板上時，對於能穿著羊毛高領厚毛衣、水手帽，以及短呢厚大衣感到非常慶幸。我們記憶中的他們站在護欄前，毛衣的深色高領從短呢大衣露出來，脖子上還掛著望遠鏡。我記得叔叔當時就是水兵，被分派到北大西洋的掃雷艦上，穿的就是這種制服。

　　不過，當高領毛衣依然有努力工作、盡忠職守的這些正面意涵時，這種毛衣也象徵性地分成兩大陣營：一方面，高領毛衣和過去被稱為犯罪階級的人有了親密的連結：在經典的偵探驚悚小說或電影裡，那些頭腦有問題的傢伙會戴著格子布帽子、黑色面罩，穿著深色高領毛衣。為

了讓這種諷刺形象更完整，他們還需要一個上面印著「贓物」的大帆布袋。這些人最後都會被像是萊佛士（Raffles）[4]與鬥牛犬杜蒙（Bulldog Drummond）[5]、聖徒（Saint）[6]、法孔（Falcon）[7]，以及波士頓黑仔（Boston Blackie）[8]的人給逮到。

　　另一方面則比較有教養又時髦，某一派美學專家也穿高領毛衣。伊夫林・沃夫來到倫敦造訪以前常去的地方，1924 年 11 月某個週六夜晚，他來到牛津大學的墨頓學院（Merton College）參加一場派對，在他的日記中記錄了一種新風格：「每個人都穿著一種有高領的新穎針織套衫，相當好看，而且方便縱慾；因為它省去了所有最不浪漫的小玩意兒，像是扣飾與領帶。這種衣服也隱藏了熱情，大多數的年輕人看起來就像是脖子多了一層硬殼。」幾週後，沃夫自己也買了一件高領毛衣，即使他並不喜歡穿這件毛衣。

高領毛衣成了英國年輕知識份子的象徵

　　在其他地方，穿高領毛衣的美學專家則完全不同。第二次世界大戰後，法國存在主義的波西米亞人〔像是貝克特（Samuel Beckett），在沃夫放棄高領毛衣不久後，穿起了高領毛衣〕，以及美國垮世代中的成員將黑色高領毛衣變成日常穿著，而這種穿著在法國，會加上像沙特（Jean Paul Sartre）或卡繆（Albert Camus）穿的黑色皮夾克；在美國則會搭配各種貝雷帽、山羊鬍、牛仔褲、軍用品的卡其長褲與野戰夾克、墨鏡及邦哥鼓（在詹姆斯・狄恩、馬龍・白蘭度的許多照片中都看得到）。研究垮世代的史蒂文・瓦森（Steven Watson），拍過一張很棒的照片，就是年輕的

威廉·柏洛茲（William Burroughs）⁹站在他位於丹吉爾〔Tangier，他所說的妄想別墅（Villa Delirium），是「任何事都會產生關聯的源頭」〕住處外的小巷子，穿著基本服裝，當然也包括最不可或缺的黑色高領毛衣。

事實上，波希米亞與垮世代的外表，只是比美國和歐洲的許多大學生（有許多曾是軍人）極端一點點的裝扮，他們每天都穿著這樣的服裝去上課，像是剩餘軍用品中的卡其服、粗呢大衣及高領毛衣。在法國的索邦（Sorbonne）大學，新潮流波西米亞主義將黑色皮夾克當作必需品，如同戰後存在主義在受高等教育的年輕人之間成了反時尚的服裝表現。在英國，寬寬大大的高領毛衣成了年輕知識份子的象徵，在有紅磚建築的大學中，「憤怒的年輕人」穿著粗條紋燈芯絨褲，以及厚底雕花皮鞋。這種服裝試圖展現對保守勢力（以訂製的深色西裝、白襯衫及俱樂部領帶為代表）的反抗，如同新左派在1960年代中期於西方興起時，藍領工人的團結一致。

這些「普羅大眾」風格顯然很容易模仿、誇大，在某種程度上也很容易收編新血，而時尚理所當然就吸納了一切。當高領毛衣的魅力提升到上流階層，中間階層的人變得比較講究穿著，而那些有企圖心的花花公子，穿的則是細天鵝絨與蠶絲這類更奢華的版本。休·海夫納（Hugh Hefner）¹⁰當然不可能將自己在1960年代中期穿著絲質高領衫搭配短暫存在的尼赫魯夾克（Nehru jacket）〔以印度總理尼赫魯（Jawaharla Nehru）的名字來命名，他明智地（也可以說是諷刺地）試圖忽略這種外型古怪、半軍事風格的夾克，更諷刺的是，這種衣服穿在他身上比穿在其他人身上更好看〕時的相片全都銷毀。還有一點也很古怪，在這段時間出現在

高領毛衣衣領上的是串珠，反而少了領帶，想必讓許多中產階級男人穿高領毛衣時會覺得有點嬉皮風，但算是還能接受。這些毛衣有別於他們的存在主義兄弟所穿的衣服，後者穿的高領毛衣很貼身，屬於皮包骨的版型，在店內販售時還會搭配獵裝、花襯衫與喇叭褲。

由街頭流行到上流階層

那個不幸卻很快消失的尼赫魯風潮過後，就是1960年代的大西裝外套熱潮（Great Blazer Craze），細腰、雙排扣的海軍藍外套，有很深的側邊開口，胸前的閃亮金屬扣飾有如機場的起落跑道，搭配白色高領套衫（要是細綿或絲質的）。這個趨勢與安東尼・阿姆斯壯－瓊斯（Antony Armstrong-Jones）有關，也要歸因於他，這個時髦的攝影師在1960年與英國的瑪格麗特（Margaret）公主結婚時，成為史諾登（Snowden）伯爵。這對夫婦成為倫敦時尚圈裡的新寵兒，刻意開著普羅大眾的Mini Cooper，從一場宴會趕赴另一場宴會。在這段期間，大西洋兩岸的聚會都有許多男性穿著這樣的服裝，實在無法不讓人聯想到德國的潛水艇指揮官。

高領毛衣的普羅大眾出身，使它成為第一件現代服裝，有效翻轉了傳統上男裝受歡迎的路徑。歷史上，風格永遠都是從富人階級往下層流動，高領毛衣的情況卻是風潮從街頭竄升到閣樓。在那些年當中，牛仔褲與法蘭絨襯衫、軍用大衣和工作靴的流行，也遵循了同樣的途徑。

不過，這種「底層懷舊風格」並不是太新的風格，在之前的年代就曾被刻意忽略。17世紀時，英國保王黨成員的服裝確實有刻意的漠不關

心〔被仔細地記錄在凡・戴克的畫作與海瑞克的詩作中〕，如同 16 世紀時，德國貴族刻意將緊身上衣開洞（現在也有人對牛仔褲這樣做），露出衣服下的填充物。法國大革命之後、英國的攝政時期，以及美國的傑克森年代，都是那些刻意將服裝穿得不正式的年代。

所以，街上的粗魯與美感其實並沒有這麼大的落差。我認為應該是喬治・歐威爾（George Orwell）**11** 指出了這一點，也就是沃夫的大學同事都盡可能地暢飲啤酒，像那些工人一樣稱呼啤酒為麥芽酒。那些垮世代及 1970 年代追隨他們精神的「花之子」都很類似，他們吸著突然出現在美國內陸城市黑人貧民區的毒品、演奏民歌與藍調，也認同那些在底層的一般人。親愛的朋友，愈是不同，就愈沒有什麼兩樣，不是嗎？

---

1 1911～1969 年，美國電影和電視演員，電影《魂斷藍橋》男主角。

2 1909～1959 年，澳洲電影演員、編劇。演過《俠盜羅賓漢》、《江山美人》等電影。

3 1874～1951 年，美國插畫家，以海報、書籍、廣告的繪圖與雜誌封面設計而聞名。

4 洪納（Ernest William Hornung）筆下的小說人物，被描繪成最了不起的偵探小偷。

5 英國作家沙波（Sapper）創作的小說人物，是第一次大戰的退役軍人，戰後成為冒險家。

6 英國小說中的人物賽門・鄧普拉（Simon Templar），是像羅賓漢一樣的俠盜。

7 1940 年由小說家麥克・阿倫（Michael Arlen）創造的人物，是自由的冒險家。

8 作家傑克・波以勒（Jack Boyle）筆下的人物，原本是珠寶小偷，之後成為偵探。

9 1914～1997 年，美國散文家、小說家、社會評論家。

10 1926 年～，《花花公子》（Playboy）雜誌創辦人。

11 英國作家，著有政治諷刺小說《一九八四》。

第 26 章

因應天氣變化的裝備

Weather Gear

戶外服裝的特色就是非常耐用

　　如果有一種服裝能反映出我們認為21世紀服裝真正的轉變，應該就是厚重的戶外夾克了，在大多數男人的衣櫥中，這是因應天氣變化的主要衣物。20世紀的大多數時候，戶外服裝的設計若不是運動型，就是軍裝型，要不然就是給商務人士穿的服裝（因此，設計上是要穿在訂製服裝的外面，本身也是訂製的）。不過，在今天，這些以前的戶外服飾，如軍裝大衣、野戰夾克、工人夾克，以及探險家與冒險家的戶外服裝，也屬於商務服裝。

　　無論樣式為何，這些起源於軍用或運動用的戶外服裝，特色就是十分耐用，有些值得一提的地方：(1)這些衣服以實用的布料所製成，例如厚帆布或尼龍布、粗皮革、上蠟棉布、麥爾登呢，或是洗絨羊毛（boiled wool），以及各種天然與合成纖維混紡；(2)許多衣服的內裡都有鵝絨、毛料、合成絕緣布料和有拉鍊能拆卸的背心；(3)這些衣服經常都有帽子，有些是可拆卸或隱藏式的；以及(4)所有衣服都有十幾個各種尺寸與形狀的口袋。這些不同的選擇提供了各種組合的可能性，也可以解釋為什麼戶外夾克會增加得這麼快。最近一季，我注意到有位設計師——雷夫・羅倫，光是他一個人就推出了198種樣式的戶外夾克，包括飛行員圓領夾克、卡車司機夾克、軍官大衣、厚呢短大衣、機車夾克、粗呢大衣、飛行員夾克，以及牛仔外套。

這種從訂製服裝轉向粗重的休閒夾克，正好呼應了藝術史學家拉維爾的理論：現代男裝是從運動服或軍裝開始，再走向日常生活，變得愈來愈正式，最後成了僵硬的服裝。他認為燕尾服就是這種演變的例子之一，在19世紀早期，燕尾服是獵狐時穿的服裝，但是到了20世紀，燕尾服成了最正式的晚禮服。在今天，只有在最正式的場合中，或是交響樂的指揮才會穿燕尾服，知道怎麼做一套燕尾服的裁縫師也少之又少。

風衣與馬球外套是很好的外衣

我想再談談拉維爾的理論，但我要先指出不論是風衣或馬球外套，都是很好的外衣。馬球外套一開始是皮帶寬鬆，有點像是浴袍的服裝，被馬球球員披在肩膀上，讓自己在比賽中場休息時保暖，接著被時髦的年輕男性當成日常外套。風衣的狀況也很類似，風衣是英國軍官在第一次世界大戰期間發明的，倖存者退役後將風衣當成實用的外套。現在這兩種外套可能不被當作正式服裝，但是卻夠講究，幾乎能穿在任何一種

男裝（包括男士晚禮服）外面。

當然，風衣也是軍用外套成為平民服飾的經典範例。在第一次世界大戰大規模的戰地活動後，風衣的原始形態依然留存了一百年，如同許多其他的「時尚」變化，而且風衣還有保護作用，尤其能擋雨，因此尚未被其他服裝超越。這一切在在顯示了，當一件物品設計良好又具有實用性時，就能長長久久。

博柏利的雨衣布料既透氣又防水

雨衣的主要差異不全然是大多數人會先注意到的風格，而是材質。製作服裝用的防水布料有兩種方式，到現在都還是做雨衣的方法，而且都很受推崇，這真的跟品味比較有關係，跟功能無關。（要記住，也有較便宜的尼龍雨衣與尼龍連帽登山外套，不穿時可以折起來。這是理想的旅行裝備，容易攜帶，卻不能成為商務大衣或是較優雅的服裝，除非是緊急情況。）

　　第一種製造防水布料的方法較為古老，是黏合一層橡膠與一層棉布。這種方法是由蘇格蘭人查爾斯・麥金托許〔Charles Macintosh，1766～1843年；不要把他和蘇格蘭建築師兼畫家查爾斯・雷尼・麥金托許（Charles Rennie Mackintosh）混為一談〕在1820年代早期發現的。麥金托許原本的工作是化學家，卻突發奇想地試驗橡膠布料。特威德河（River Tweed）的北邊有許多酒吧被稱為「高地人之傘」（Highlandman's Umbrella），難怪蘇格蘭人的心中一直都有防雨的念頭。但是，麥金托許似乎特別沉迷其中。我把這個只有化學家會對細節感到興奮的故事長話短說，就是麥金托許終於找到了能在兩層布料之間黏合一層橡膠的完美方法。

　　根據《服裝與時尚百科全書》（The Encyclopedia of Clothing and Fashion），麥金托許將他的發明描述為「『印度橡膠布』，藉由大麻纖維、亞麻纖維、羊毛、棉、絲，還有皮革、紙和其他材質，能變得防水、不透氣。像是在做『三明治』一樣，兩塊布包著中間已由輕油（naphtha）軟化過的橡膠。」用這種布料製成的大衣很快就成為雨衣的同義詞，甚至直到今日，在英國，雨衣經常被稱為「麥克」（mac），還有一家以製作雨衣聞名的麥金托許品牌。由於內層有橡膠，這些大衣比較重、比較硬，也比較沒有透氣孔，這也是為什麼許多雨衣都會在腋下做切口（通常是一連串的小洞），這樣大衣就能「呼吸」了，但防水性還是十分出色。

　　另一位早年的雨衣天才，以及另一種最高貴的防雨布料的發明者是湯瑪斯・博柏利（Thomas Burberry，1835～1926年）。博柏利出生、成長

在薩里郡（Surrey）的一個小村莊，先在地方上的布店擔任學徒，學習布料買賣的基礎知識，接著於1856年在罕布夏郡（Hampshire）的貝辛斯托克（Basingstoke）開設自己的店面。藉由附近棉布紡織廠老闆的協助，他開始試驗並在最後突然想到黏合的程序，成功證明了，在製線與製布這兩個階段中用羊毛脂（是一種純化的羊毛油脂）處理，就能製造出防水棉布：棉線經過化學浸透後，緊密地織成布料，最後整片織成的布料就會再次浸透，產生比橡膠布料更輕盈、更涼爽的防水布，並具有自然透氣與極佳的防水效果。

博柏利開始專精於製造並販售他「認證過的」布料，同時針對運動領域做出能持久防護的衣服（他個人是狂熱的運動愛好者），當他愈來愈成功時，1891年時他將店面搬到倫敦。〔博柏利的旗艦店舊址位於乾草市場街（Haymarket）30號約一百年，現在已搬到攝政街121號。〕他在店裡設計並販售各種外衣：有精美楔形袖的狩獵斗篷、有隱藏褶的騎馬外套，為新興的騎機車運動製作、剪裁寬鬆的「防塵」大衣，以及許多不同的樣式。羅伯特・法爾肯・史考特（Robert Falcon Scott）、歐內斯特・沙克爾頓（Ernest Shackleton），以及羅爾德・阿蒙森（Roald Amundsen）這些極地探險家，都穿著博柏利設計與製作的防風防水服裝，就連阿蒙森所帶的帳篷也是博柏利這家公司製造的。

經典風衣歷久不衰

在20世紀的第一個10年，博柏利成立制服部門，設計並製造棉質軍用雨衣。這些樣式中的其中一種，成為第一次世界大戰中最知名的風

衣。這種大衣的設計是為了承受壕溝戰中各種艱難狀況，當它被呈給知名的英軍元帥與戰務司長基欽納（Kitchener）勛爵時，就得到了顯而易見的成功，因為基欽納也穿了。（據說在 1916 年 6 月時，當基欽納的船艦被德國水雷擊中，全體船員都淹死時，他身上也穿了一件這種風衣）。在 1914～1918 年間的戰爭行動中，50 萬英國軍人都穿著博柏利的風衣以及其他雨具。雖然不是防彈衣，但這些風衣對於抵擋風雨、寒冷與泥濘，卻發揮了強大的作用。

正因為擁有如此堅實的作用，這種令人敬畏的風衣歷久不衰，經歷了第二次世界大戰，也是 1940 年代黑白電影中私家偵探必備的外套，立刻想到的就有《海外特派員》（Foreign Correspondent）中的喬爾‧麥克雷（Joel McCrea）、《愛人謀殺》（Murder, My Sweet）裡的狄克‧鮑威爾（Dick Powell）、《再見，吾愛》（Farewell My Lovely）中的勞勃‧米契（Robert Mitchum）、《雇用槍手》（This Gun for Hire）裡的亞倫‧賴德，以及《北非諜影》（Casablanca）中的亨佛萊‧鮑嘉。風衣似乎有一陣子因為直筒的巴爾馬坎式（balmacaan）雨衣而失色，但是又再度受到歡迎，如今在任何設計師的設計當中幾乎都找得到。除了因應各個時代的流行，在長度上做了些微調整以外，風衣仍保留了軍裝的形態：雙排扣、防水的卡其棉布、有肩飾、可在風雨中收緊的腕帶，防風的托肩片與後過肩、楔形背部皺褶、大領子和頸部擋片，以及強化的腰帶搭配金屬腰帶扣環（原本是為了用來勾住軍用品，如水壺、戰鬥用短刀、手榴彈、地圖盒之類的物品）。你在克里夫蘭或是舊金山的市中心可能用不到這些東西，但是這些扣環仍然很適用來掛相機或旅行用雨傘。

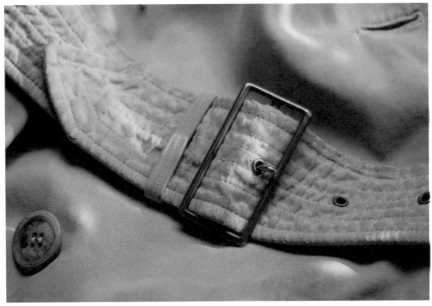

巴伯夾克從運動服變成日常服裝

正如經典的風衣是軍裝平民化的完美典範，巴伯夾克也是一種運動服變成日常服裝的理想案例。在今天，巴伯夾克有許多版本，每位設計師至少都會在服裝系列中設計一種巴伯夾克，品牌也助長了仿冒。但是，巴伯製作的最原始版本依舊是最好的。〔事實上，這種夾克有三種版本曾經極受歡迎：較短的博佛（Beaufort）與博戴爾（Bedale），以及長一點的博得（Border）夾克。不過，該品牌多年來為運動及英國軍隊設計了十幾種款式，只有這三種最受歡迎。〕

約翰・巴伯（John Barbour，1849～1918年）是個來自蓋洛威（Galloway）的蘇格蘭人。他在20歲時離開家中的農場，想在英國碰碰運氣，當個旅行布商。他最後一定是厭倦了旅行，因為在1894年，他在發展中的港口南希爾茲（South Shields）定居，開了一家店，販售油布給逐漸增加的水手與漁夫。幾年之間，他變成最大的戶外服飾供應商，顧客不只是水手，還有農夫和其他的戶外勞動者。

巴伯公司以此為基礎開始為軍隊製作制服，包括烏蘇拉（Ursula）潛艦（第二次大戰的第一種U級潛水艇）的艦長喬治・菲利浦（George Phillips）及船員所穿的知名烏蘇拉軍裝（Ursula suit），也為英國國際摩托車隊、奧林匹克馬術代表隊、王室成員，以及各地喜愛戶外運動的人製作服飾。

這些夾克之所以如此受歡迎，是因為能有效防風、防雨，穿的人也會感到溫暖與乾爽。巴伯採用的並非「黏合」法（將橡膠夾在兩層棉布中間），其技術是將埃及棉浸泡在以石蠟為基底的蠟之中。優點就是布料

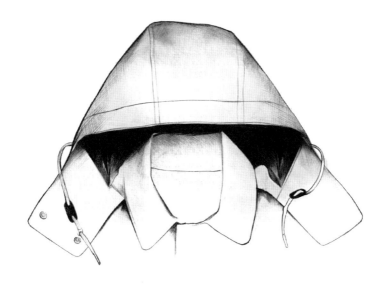

　既透氣又柔軟；缺點則是布料需要不時地重新上蠟。巴伯可能是全世界唯一為其服裝提供保養服務的服裝公司，許多客戶都會將他們的外套送回南希爾茲，重新上蠟、修補或修改。

　　巴伯的衣服並不像拉維爾的理論所說的，是從運動服與軍裝演變而來，而是從製作工人的防護衣演變而來。普羅大眾的衣物顯然是拉維爾沒想到的種類，或許是因為他活得不夠久，才沒看到所謂的「工人風格」興起。（拉維爾在1975年過世，那時普羅大眾服飾還在發展初期，並且局限於大學校園、嬉皮社群，以及休閒牧場）。拉維爾的理論指出，現代男性服飾的開端是運動服或軍裝，然後才演變成正式服裝。事實上，大約在20世紀中期，男性服飾風格已經開始從社會階級底層向上攀升，而不再像幾個世紀以來都是從上而下地發展。

牧場夾克從制服變成設計新潮的衣服

　　「由上而下」，以及「由下而上」這兩種概念有可能不分勝負嗎？我不確定。但是，我很確定從普羅大眾制服變成設計新潮的衣服，沒有比地位低下的牧場夾克這種戶外服飾更好的例子。牧場夾克與覆蓋臀部的穀倉式夾克有關，但兩者並不相同，牧場夾克的長度只到腰部（因此也少了穀倉夾克前面下方有的大口袋）。這種服飾一開始十分卑微，但是在1960與1970年代，嬉皮－孔雀革命吸引了大學生，並順著社會階梯向上爬之後，有貴族穿著內裡有貂皮的仿舊牛仔牧場夾克，這種現象讓我想到拉維爾說的另一件事：有錢人為了大眾的愉悅而炫耀財富，到愛德華時代就結束了。拉維爾顯然提早預言了金・卡達夏（Kim Kardashian）與肯伊・威斯特（Kanye West）這種人。（編註：卡達夏和威斯特是很愛炫富的美國名人夫妻檔）。

　　牧場夾克的歷史研究雖然尚未完成，不過，這種服飾據說起源於19世紀，跟著牛仔褲等重要的西部服裝一起出現（參見第6章）。我們知道李維・史特勞斯在1853年成立公司製造牛仔褲，他和賈克・戴維斯在1873年為了這項經典設計申請專利（美國專利第139.121號），從此牛仔褲幾乎都是同一種樣子。牛仔牧場夾克很有可能在當時與20世紀頭幾年之間誕生。可以確定的是，自從1920年代西部片興起成為一種電影類型，以及1930年代休閒牧場興起成為度假勝地後，牛仔褲與牧場夾克便同時受到歡迎。到了1950年代，牧場夾克進一步取得現在這種極具代表性的地位，成為普羅潮男最喜愛的夾克，讓已有牛仔褲、T恤、工程師靴等基本配備的衣櫥更加完備。事實上，現在只要是有休閒系列服裝的

設計師，都會設計這款經典夾克。

就像另一款黑色皮革機車夾克，牧場夾克的長度及腰，有著圓袖與翻領。但是，牧場夾克的獨一無二之處，是有兩組口袋（一組是有蓋貼袋，另一組則是切縫口袋）、鈕扣袖口、前身有鈕扣。在氣候較涼爽的地方，內裡就用法蘭絨。這種夾克有基本的實用性，這也是它之所以很容易在形態上做改變。牧場夾克的設計簡單，款式又能搭配任何一種長褲，很容易用任何一種布料加以詮釋：粗獷華麗的皮革、特殊的動物皮、昂貴的毛皮、緞、合成布料，當然還有羊毛、亞麻與絲，即使是一件紫紅色鱷魚皮的牧場夾克也不難想像。

不只是保護那些在聖塔菲步道（Santa Fe Trail）驅趕牛群的孤獨牛仔，這些牧場夾克能夠無上限地加以改裝。摩托車騎士會扯掉袖子，而鄉村歌手則會加上刺繡。納許維爾（Nashville）的知名設計師與裁縫師曼紐爾（Manuel）就在這種類型的衣服上展現絕技，他親手縫製50件夾克，每一件都代表美國的一州，還有每一州的州徽、州鳥及州花。這些夾克是真正的藝術品，而且顯示出由一個藝術家主導時，一件簡陋的衣物也可以變成多麼精彩的樣子。

同時，無論是李維或其他牛仔褲製造商做的經典牧場夾克，都有各自的特色，一百年來完全沒有改變：一直都是及腰的長度，前身有6顆扣子與小翻領、鈕扣袖口和有扣子的腰袢（編註：用來固定皮帶或腰帶的小袢帶）、兩個有扣子的胸前口袋與兩個有蓋的側邊口袋。布料是11盎司的丹寧布，扣子則是有金屬柄的金屬鈕扣，橘色縫線也很耐用，其他的元素都是裝飾。

買一把好傘反而比較划算

當然，最好的戶外夾克與雨衣到目前為止也只能保護我們不受天候影響，如果不只考量實用性的話，還有哪些選擇呢？在惡劣的天氣下，我們應該怎麼穿，才能免於更糟糕的情況，而且看起來很得體，甚至有點優雅呢？

沒錯，我們大多數的人都不像以前的人有很多時間在戶外。現在，有許多人從家裡走到自己的車庫，開車上班，將車子停在地下停車場，搭電梯到辦公室；一天結束後，又重複著順序相反的過程。你可以想像，有些人可能數十年都沒有真的走到戶外。不過，我們偶爾需要冒險，有時是為了在戶外待得更久（或是在更糟的天氣下），就會需要比最耐用的巴伯夾克、粗呢大衣，或是麥金托許雨衣更能承受這種情況的配備。

在這種情況下，有兩種惡劣天氣可使用的基本裝備可以選擇。特別是下雨天，仍然有必要帶傘。就像雨衣一樣，雨傘有許多樣式與種類，還有不同的材質。不過，一般的規則是品質更重要，因為是出於實用的考量，而不只是美感。我要說的是，那些便宜的雨傘其實非常昂貴，因為它們發揮不了作用，結果我們很快就會丟棄這些傘。建議你在品質上投資，一把好的傘能用數年之久。

雨傘至少已經存在大約三千年的時間，不論是擋雨或遮陽（稱為「陽傘」），還有各式各樣製作傘面的材質，從紙、蕾絲到絲、條紋棉布及繡花緞。現在，最好的雨傘有金屬或木頭的中棒，傘面則是用密織的尼龍布，有時則是上蠟的棉布；除了黑色以外，還有許多顏色可以選

擇。傘柄可以用任何材質製作，通常也會決定一把傘的價格。傳統的傘柄是木頭的，若不是黃竹、麻六甲白藤，就是其他的硬質木頭。皮革包覆的傘柄通常售價較高，傘柄有雕花木頭、水晶或是金屬的傘也同樣較昂貴。如果你想真正了解這個主題，雨傘界的世界領導品牌，就是位於倫敦新牛津街53號的詹姆斯史密斯父子（James Smith & Sons）。該公司從1830年就開始製作精緻的雨傘、拐杖及拐杖架。這家公司的商品有很多選擇，也接受顧客訂製。

下雨天適合套上高筒鞋套

除了雨傘之外，合適的鞋子也是天氣變糟時的必要裝備。在這種情況下，靴子就是男士最好的朋友了（參見第2章）。不過，有些場合如董事會和婚禮等，並不適合在室內穿著沉重的里昂比恩靴或是防水的佛萊鞋。

遇到這種情況，就應該在皮鞋外穿上高筒鞋套，到達目的地後，立刻找機會脫下。這種橡膠鞋套很容易穿脫，也很容易壓成一團塞進塑膠袋，放到公事包，甚至是大衣的口袋裡。親愛的讀者，除了你以外，沒有人有更好的方法了，這樣一來你會乾爽許多。

當然，市面上也有很多都會橡膠鞋套，是比較小的鞋套，只套住一部分鞋子。這些鞋套有不同的風格與顏色（黑色還是傳統的顏色），卻比稍重的高筒鞋套容易攜帶，而且很輕、防滑又容易穿脫。

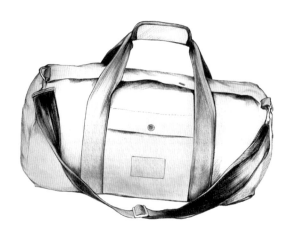

致謝

本書中，有些文章是首次刊登，有些文章則是原本刊登在以下地方，並且修改過的版本。

- ASuitableWardrobe.com
- 布魯斯・波耶（G. Bruce Boyer）《優雅：男裝品質指南》（*Elegance: A Guide to Quality in Menswear*），紐約：諾頓（Norton）出版社，1985年
- 布魯斯・波耶，《特別合適：商務服飾中的風格元素》（*Eminently Suitable: The Elements of Style in Business Attire*），紐約：諾頓出版社，1990年
- Ivy-Style.com
- *L'Uomo Vogue*
- MrPorter.com
- *The Rake*

我要特別感謝艾力克斯・利托菲德（Alex Littlefield）對本書的重大貢獻，他明智的意見、編輯技巧，以及對這個寫作計畫的熱情，讓這份工作充滿愉悅。他對大小細節的關注與掌握，每每成為我的指引。

我也要向時裝技術學院博物館館長派翠西亞・米爾斯（Patricia Mears）致謝，感謝她的支持以及具有洞察力的意見。

附錄

最適合男性參考的時尚書籍

想了解更多男性服飾相關內容的人可以看的書

　　從1980年代開始，有愈來愈多時尚書籍都在談男性服飾，這與市場上男裝設計師興起和他們的重要性息息相關。這些書籍之中，有些是嚴肅的學術研究，其他則是流行史、豪華的大部頭書籍、建議手冊，以及關於裝扮與穿著的規範手冊，有些書籍則整合了這些內容。有些書荒謬到難以想像，有些書對一般人來說則顯得太博學，不只是腦袋，甚至連全身都會猶豫是否要破解這些內容。當然也有一些介於兩者之間的書，也就是其學術性內容可讓門外漢接受，大眾化的內容也兼顧了嚴謹和風趣之間的平衡。

　　我放了時尚相關書籍的18個書架都在吱嘎作響，真的應該丟掉其中一些書，就是那些從一開始就不應該出版的書，或是我已經讀過卻從沒用過，也不會再讀的書。不過，在這裡我還是斗膽地依照作者姓氏的字母順序排列，介紹我曾從中獲得許多樂趣，並且幸運地有所領悟的書。

尼可拉斯·安東吉亞凡尼（Nicholas Antongiavanni），《魔力西裝：向上晉升的品味穿著》（*The Suit: A Machiavellian Approach to Men's Style*），紐約：柯林斯（Collins）出版社，2006年

這是一本關於訂做服飾的實用指南，教導讀者應該如何穿，運用的是知名的義大利文藝復興論述《君主論》（*The Prince*）中的風格典範。書中的建議有些過度強調規則與公式，犧牲了創意及偶爾發生的時尚變化，因而顯得有些過時，不過書中的訊息依然很扎實，而且很有一致性。

昆丁·貝爾（Quentin Bell），《論人類的服飾》（*On Human Finery*），修訂第二版，紐約：蕭肯圖書（Schocken Books），1976年

將托斯丹·范伯倫談西方社會炫耀性消費的理論運用在時尚方面的絕佳研究著作。這是對於該主題嚴肅的檢視，書寫上卻十分風趣且富有娛樂性的洞察力，適合歷史學者與一般讀者閱讀。貝爾本身是位藝術家，是布盧姆茨伯里派（Bloomsbury Group）[1]的一員，也是維吉尼亞·伍爾芙（Virginia Woolf）的姪子，對於創造性服飾具有相當的洞察力。

布魯斯·波耶，《優雅：男裝品質指南》。紐約：諾頓出版社，1985年

以百科全書形式，針對男性經典服裝所寫的一系列易讀文章，由筆者所寫。本書比較服務導向，列出服飾店與服飾供應商清單，可惜那些資料現在已經過時了。筆者一開始就警告過出版社，現在則覺得自己有點像卡珊德拉（Cassandra）[2]。

克里斯多福・布里沃德編輯，《時尚理論：服裝、身體與文化的日記》（*Fashion Theory: The Journal of Dress, Body & Culture*），第4卷第4期，《陽剛氣質》（*Masculinities*），牛津：伯格（Berg）出版社，2000年

相當知名的《時尚理論》（*Fashion Theory*）期刊中專門講述男性時尚的一卷，由該領域的知名學者編輯而成，包含關於裁縫、1930年代的服裝、好萊塢戲服，以及20世紀後半風潮的精闢文章。

麥可・卡特（Michael Carter），《從卡萊爾到巴特的時尚經典》（*Fashion Classics from Carlyle to Barthes*），牛津：伯格出版社，2003年

方便的單書，嚴肅地探討、分析19與20世紀最重要的時尚文章，從湯瑪斯・卡萊爾（Thomas Carlyle）的《衣服哲學》（*Sartor Resartus*），到法國文化評論與文學理論家羅蘭・巴特（Roland Bathes）的重要作品。

法希德・席諾拿（Farid Chenoune）著，德克・杜欣貝爾（Deke Dusinberre）譯，《男性時尚史》（*A History of Men's Fashion*），巴黎：弗拉馬利翁（Flammarion）出版社，1993年

1760～1990年歐洲與美國男性服裝最佳的歷史著作，光是豐富的插圖就值回票價。書中對於這段期間的法國時尚有讓人耳目一新的說明，席諾拿絕對是這方面的專家。

維托利亞・德・布查卡利尼（Vittoria De Buzzaccarini），《男士大衣》（*Men's Coats*），義大利摩德納：棧非（Zanfi Editori）出版社，1994年

這本大衣的研究著作，是《20世紀時尚系列》（*The Twentieth Century Fashion Series*）其中一卷。這套書是針對從19世紀末到現在不同服飾的專論。範例與插圖主要來自當時法國、英國及義大利的主要男性雜誌。

羅伯特・愛爾姆（Robert Elms），《我們穿衣服的方式：絲線中的生活》（*The Way We Wore: A Life in Threads*），紐約：皮卡多爾（Picador）出版社，2005年

由獲獎的英國記者所寫，是記錄40年（1965～2005年）個人穿著歷程、充滿溫情的回憶錄。以溫柔而有趣的細節，記錄不同年代中的每種潮流，是值得成為經典的小珍藏。

亞蘭・佛雷瑟，《為男人著裝：掌握永久時尚的藝術》（*Dressing the Man: Mastering the Art of Permanent Fashion*），紐約：哈珀柯林斯（HarperCollins）出版集團，2002年

佛雷瑟寫的每一本書都值得一讀，而這一本是最新、最完整又最好看的。沒有人比作者更懂得正確穿著的實用性。多年來，他的建議是許多會穿衣服的男士最好的指引。

保羅・福塞爾，《愛上制服：制服的文化與歷史》（*Uniforms: Why We Are What We Wear*），波士頓：豪頓米林（Houghton Mifflin）出版社，2002 年

制服不僅讓人有歸屬，同時也讓人被排除在外。福塞爾是一名學者，也是非常好的作家。書中透過對文化的洞察、活潑的趣聞與歷史，探討我們為什麼會穿著規定的服裝。

瑪莉・麗莎・賈維娜（Mary Lisa Gavenas），《菲爾喬男裝百科》（*The Fairchild Encyclopedia of Menswear*），紐約：菲爾喬出版社（Fairchild Publications），2008 年

一本不可或缺的參考書。每個項目都很簡短扼要，有許多都附有適合又有意義的插圖，還有適當的參考書目。

湯瑪斯・吉爾丁，《差異製造者：城鎮與鄉村紳士的供應商》，倫敦：哈維爾出版社，1959 年

這類書籍中少數的經典，迷人地描繪一個過去的世界，其中英國紳士擁有所有為他量身訂製的物品，可能包括了內衣與雨衣。一部對舊大陸工藝致敬的優美作品，也是對服裝工藝師的偉大時代迷人而且認同的一種注視。

安·侯蘭德，《性別與西裝：現代服裝的演變》（*Sex and Suits: The Evolution of Modern Dress*），紐約：科諾普夫（Knopf）出版社，1994年

侯蘭德是藝術史學家，她能從一幅肖像畫看出大多數人無法看到的細節。在本書中，她提出具有爭議性的論點：從18世紀起，跟女性服飾對照比較起來，男人的西裝是最現代且實用的服裝。

大衛·庫查塔，《三件式西裝與現代男子氣概：英國，1550～1850年》（*The Three-Piece Suit and Modern Masculinity: England, 1550-1850*），柏克萊：加州大學出版社（University of California Press），2002年

我猜這曾是一篇博士論文，不過沒關係。關於16～19世紀之間，西裝如何在英國發展，這是最可信而完整的論述，再也沒有比這本更扎實又迷人的社會史了。

理查·馬丁（Richard Martin）與哈洛·克達（Harold Koda），《運動狂與書呆子：20世紀的男士風格》（*Jocks and Nerds: Men's Style in the Twentieth Century*），紐約：利佐立（Rizzoli）出版社，1989年

有大量插圖，針對20世紀男士穿著做分類：工人、叛逆者、紈褲子弟、商務人士——你知道我在說什麼。當然，有些類別似乎有些牽強，因為論及服裝種類時，現代男士的生活與服裝有愈來愈多重疊的部分。不過，這還是一本很好的大眾讀物。

彼得・麥克尼爾（Peter McNeil）與維琪・卡拉米娜（Vicki Karaminas）編輯，《男士的時尚讀物》（*The Men's Fashion Reader*），牛津：伯格出版社，2009年

可以將這本書視為男性時尚重要作品的最佳單書，由該領域最知名的學者編輯而成。內容包括男裝的歷史與演變、男子氣概和性別的討論，還有次文化、設計及消費主義的風尚，也有非常實用的參考書目。

艾倫・慕爾（Ellen Moers），《紈褲子弟：從布魯梅爾到畢爾彭》（*The Dandy: Brummell to Beerbohm*），倫敦：賽克爾和沃伯格（Secker & Warburg）出版社，1960年

最先研究這個主題的經典研究報告，使其他人不得不開始研究。如今，當其他作家更進一步研究該主題，並朝著不同方向發展時，你會發現，對於19世紀英國與法國紈褲子弟的探討，本書仍舊是最好的一本。

菲利普・佩羅（Philippe Perrot），《讓中產階級變時髦：19世紀的服裝史》（*Fashioning the Bourgeoisie: A History of Clothing in the Nineteenth Century*），紐澤西州普林斯頓：普林斯頓大學出版社（Princeton University Press），1994年

書中有鉅細靡遺的註釋，學術性非常高，也是一本值得一讀、文字優美的社會史。是首先嘗試透過衣服的選擇，來詮釋文化社會學的作品之一。

班賀・羅澤（Bernhard Roetzel），《紳士：永恆的時尚指南》（*Gentleman: A Timeless Guide to Fashion*），波茨坦：烏爾曼（Ullmann）出版社，2010年
對於紳士從整理鬍子到穿鞋子，以及所有的服飾，蒐集了相當多的圖片。還有如何保養服飾的實用文章、詞彙表，以及參考書目。

舒瓦茲科芙（O. E. Schoeffler）與威廉・蓋爾（Wlliam Gale），《紳士百科：20世紀的男性時尚》（*Esquire's Encyclopedia of 20th Century Men's Fashions*），紐約：麥格羅希爾（McGraw-Hill）出版社，1973年
出版至今已超過40年，這本有分量的著作十分重要，現在則是收藏者的驕傲。以百科全書形式所寫的優秀通俗歷史，尤其是1930～1960年代之間的歷史。建議出版社應該改版並更新內容，或是重新刊印。

布蘭特・亞倫・尚恩（Brent Alan Shannon），《他的外套剪裁：英國的男士、服裝與消費者文化，1860～1914年》（*The Cut of His Coat: Men, Dress and Consumer Culture in Britain, 1860-1914*），阿森斯：俄亥俄大學出版社（Ohio University Press），2006年
這是繼庫查塔的研究之後最完美的學術研究，主題是1860年到第一次世界大戰之間的男性服飾，被掩蓋的是這段期間消費主義的社會史；有詳細的參考書目。

詹姆斯・雪伍（James Sherwood），《倫敦剪裁：薩佛街的裁縫》（*The London Cut: Savile Row Bespoke Tailoring*），米蘭：瑪西流（Marsilio）出版社，2007年

由該主題的專家提供對當今薩佛街的概況介紹與分析。針對現今的商店有詳細、近距離而精確的探討，包括歷史、房屋風格及顧客，應該當成該主題的聖經。

費利斯・托特拉（Phyllis G. Tortora），《菲爾喬的布料辭典》（*Fairchild's Dictionary of Textiles*），紐約：菲爾喬出版社，1996年

被當成該領域的標準參考書，是該主題真正的辭典，對於初學者與專家來說都很有系統又平易近人，有很好用的參考索引。

理查・沃克（Richard Walker），《薩佛街：圖像歷史》（*Savile Row: An Illustrated History*），紐約：利佐立出版社，1988年

對18～20世紀全世界最知名的裁縫所在地區歷史的簡介。有豐富的插圖，還有實用的專業術語與口語說法的詞彙表。

1　1905年到第二次世界大戰期間，由英國藝術家和學者組成的團體，伍爾芙是代表人物。

2　希臘神話的人物，因為太陽神阿波羅而得到預言能力，但預言卻不被人相信，最後被殺害。

True Style：懂文化的男人才時尚

作者	布魯斯 ‧ 波耶
譯者	周明佳
商周集團榮譽發行人	金惟純
商周集團執行長	王文靜
視覺顧問	陳栩椿
商業周刊出版部	
總編輯	余幸娟
責任編輯	錢滿姿
特約編輯	蘇淑君
封面設計、內文排版	Atelier Design Ours
出版發行	城邦文化事業股份有限公司 - 商業周刊
地址	104 台北市中山區民生東路二段 141 號 4 樓
傳真服務	（02）2503-6989
劃撥帳號	50003033
戶名	英屬蓋曼群島商家庭傳媒股份有限公司城邦分公司
網站	www.businessweekly.com.tw
製版印刷	中原造像股份有限公司
總經銷	高見文化行銷股份有限公司 電話：0800-055365
初版 1 刷	2016 年（民 105 年）9 月
定價	450 元
ISBN	978-986-93405-3-3（平裝）

TRUE STYLE: The History and Principles of Classic Menswear
by G. Bruce Boyer
Copyright ©2015 by G. Bruce Boyer
Complex Chinese translation copyright © 2016
by Business Weekly, a Division of Cite Publishing Ltd.
Published by arrangement with Basic Books, a Member of Perseus Books LLC
through Bardon-Chinese Media Agency
博達著作權代理有限公司
ALL RIGHTS RESERVED

國家圖書館出版品預行編目資料

True Style：懂文化的男人才時尚 / 布魯斯．波耶 (Bruce Boyer) 著；周明佳
譯 . -- 初版 . -- 臺北市：城邦商業周刊, 民 105.09
　面；　公分
譯自：True style : the history & principles of classic menswear
ISBN 978-986-93405-3-3(平裝)

1. 男裝 2. 衣飾 3. 時尚

423.21　　　　　　　　　　　　　　　　　　　　　105014658

時刻感受　時刻享受